河出文庫

怪談・骨董

小泉八雲
平川祐弘 訳

河出書房新社

怪談・骨董　目次

怪談

骨董

怪談・骨董

怪談

怪奇な事の物語と研究

序文

怪談というのは英語の Weird Tales であるが、以下に掲げる物語の多くは日本の昔の書物からとられた。——題名をあげれば『夜窓《やそう》鬼談』『佛教《ぶつきょう》百科全書』『古今著聞集《ここんちょもんじゅう》』『玉すだれ』『百物語』などである。[1] こうした物語のあるものは起源は中国なのかもしれない。たとえば、あの瞠目《どうもく》すべき「安藝之介《あきのすけ》の夢」はまちがいなく元は中国の話である。[2] だが、いずれの場合も日本の語り手は、形も色も変えて、作品をいわば日本に帰化させている……。「雪女」という奇妙な物語は、武蔵《むさし》の国、西多摩郡《にしたまごおり》、調布《ちょうふ》村のある百姓が、自分の生まれ育った村の伝説として語ってくれたもので、この話が日本の書物に既に記録されてあるのかどうか私は知らない。しかしこの伝説にあるような不思議な信仰は必ずや日本の各地に、さまざまな珍しい形で存在したものであろう……。「力《りき》ばか」の事件は実際の経験で、私はほとんどそのまま起こった通りに書いた。ただし話した日本人が口にした姓だけは変えてある。[3]

日本、東京にて。一九〇四年一月二十日。

L・H

怪談

耳なし芳一の話

いまを去る七百余年の昔、下関《しものせき》海峡の壇《だん》ノ浦《うら》で、長いあいだ覇《は》を競《きそ》うた源氏《げんじ》と平家《へいけ》の最後の合戦《かっせん》が行なわれた。そこで平家は女や子供にいたるまでことごとく滅《ほろ》び、いまでは安徳《あんとく》天皇として記憶される幼帝もまた命を落としたのである。そしてその海も浜辺も七百年のあいだ、亡霊に取り憑《つ》かれてきた……。私は前に別の本で壇ノ浦に見られる奇妙な蟹《かに》のことを述べたが、[1] それは平家《へいけ》蟹《がに》と呼ばれ、甲羅《こうら》に人面の模様があり、平家の侍《さむらい》の霊であるといわれている。しかしその海岸沿いには、いくつも奇怪なことが見聞きされるのである。闇夜《やみよ》には不気味な火が何千となく浜辺を漂い、波間を舞う。――その青白い火を漁師たちは鬼火《おにび》と呼んでいる。風が立つたびに、海の方から合戦の鬨《とき》の声にも似た大きなどよめきが聞こえてくる。

かつて平家はいまよりずっと不穏《ふおん》であった。夜行く舟があれば舷《ふなばた》に身をもたげて沈めようとし、昼夜を問わず、泳いでいる人を狙っては水底《みなそこ》へ引きこもうとした。赤間関《あかまがせき》[2]に阿弥陀寺《あみだじ》という仏式の寺院が建てられたのは、こうした死者の霊を弔《とむら》うためである。寺のすぐそば、浜辺近くには墓地も作られ、そこには入水《じゅすい》した天皇とその主な家臣の名を記した墓碑が設けられて、菩提《ぼだい》を弔うための法会《ほうえ》が定められた日に営まれた。寺が建ち墓が作られて以後、平家は以前ほど人騒がせはしなくなったが、それでもときどき妙なことをしでかした。――亡霊どもはすっかり成仏《じょうぶつ》したわけでもなかったのである。

何百年か前に赤間関には芳一《ほういち》という名の盲人が住んでいた。琵琶《びわ》[3]を弾《ひ》いて語るのが上手なことで名を知られた。幼いときから芸を仕込まれ、まだ若者のうちに師匠たちを凌《りょう》駕《が》した。琵琶法師として身を立てたが、源平の物語を語るのがとくに評判で、芳一が壇ノ浦の戦《いく》さの段を語る様《さま》は「鬼神《きじん》ヲモ泣カシム」ほどだったといわれる。

琵琶法師になりたてのころ、芳一はたいそう貧乏だったが、助けてくれる良き人に恵まれた。阿弥陀寺の和尚《おしょう》は詩歌管絃《しいかかんげん》を好み、芳一をしばしば寺に招き琵琶語りを所望《しょもう》した。この若者のすばらしい芸に感心した和尚はやがて芳一に寺に住み込むようすすめ、芳一は有難《ありがた》くその申し出を受けた。寺の一間《ひとま》を与えられた芳一は、食と住とを供《きょう》される代わりに、ほかに用のないときに限って、ときどき夕刻に琵琶を弾いて和尚を慰め申すこととなった。

　ある夏の夜、和尚は亡くなった檀家《だんか》の家へ法事に呼ばれた。小僧を連れていったので寺には芳一がひとり残された。暑い夜で、盲目の芳一は涼《りょう》を取ろうと寝間《ねま》の前の縁側に出た。縁側は阿弥陀寺の裏の小さな庭に面している。そこで芳一は和尚の帰りを待ちながら、琵琶を弾いて淋《さび》しさをまぎらわそうとした。真夜中も過ぎたが、和尚はまだ戻らない。しかし寝間の内に入るにはまだあまりに暑かったので、芳一はそのまま屋外にいた。ようやく裏門から近づいてくる足音が聞こえた。誰かが庭を横切って、縁側をさしてやってくる。そして芳一の真ん前で立ち止まった――が和尚ではない。突然、遠慮会釈《えしゃく》もなく、侍が下の者を呼びつけるように、深い声が盲人の名前を呼んだ、

「芳一！」

　芳一は仰天《ぎょうてん》のあまり、即座に返事ができなかった。するとその声はふたたび、厳しい命令口調で呼んだ、

「芳一！」

「はい！」と盲目の芳一は、相手の声に含まれた脅《おど》しに怯《おび》えて答えた、「わたしは目が見えませぬ。――わたしをお呼びの方はどなた様でございますか」

「なにも恐がることはない」と知らぬ相手は、おだやかな口調になって言った、「私はこの寺の近くに宿泊する者で、言伝《ことづて》を頼まれてやってきた。私が現在お仕え申す殿様《とのさま》は、たいへん高い御身分のやんごとない方であらせられるが、いま数多くの高貴なお供《とも》の

方々とともに赤間関に御滞留中であらせられる。壇ノ浦の合戦の古戦場を御覧になりたいと仰せ出されて、本日はその場所へおこしなされた。その合戦の様を物語る芸のほどを聞こし召されて、ぜひ一曲語ってもらいたいとの御意《ぎょい》である。左様であるから琵琶を持って私について、御前様はじめ皆様がお集まりの上お待ちになっている館《やかた》までただちに来てもらいたい」

その当時は、侍の命令はそう軽々しく無視するわけにはいかなかった。芳一は草履《ぞうり》をはき、琵琶を取ると、知らぬ相手と一緒に出掛けた。侍は上手に手を引いてくれたが、芳一は急ぎ足で歩かねばならなかった。自分を引いていく手は鉄のようで、侍が大股《おおまた》に歩くたびに金属の音がする。侍は鎧兜《よろいかぶと》にすっかり身を固めているのだ。——おそらくどこかの御所《ごしょ》の警護の武士に相違ない。芳一の最初の危惧《きぐ》の念は消えた。これは幸運にめぐりあえたとひそかに悦《よろこ》んだ。侍が「たいへん高い御身分のやんごとない方」と言って聞かせた以上、自分の語りを所望される殿様は、一流のお大名以下であることはまずあり得ないと思ったからである。まもなく侍は立ち止まった。そして芳一は自分たちが大きな門構《もんがま》えの前に着いたことに気がついた。阿弥陀寺の山門《さんもん》をのぞけば、町のそのあたりにそんな大きな門があろうとは思えない。芳一が不思議な気がしていると、

「開門《かいもん》[4]！」

と侍が叫んだ。すると閂《かんぬき》をはずす軋《きし》んだ音が聞こえた。二人はその門を通り抜け、広い庭を横切り、なにやら入口らしい前でまた立ち止まった。そこで侍は大きな声で呼ば

わった、

「誰《たれ》かある。ただいま、芳一を召し連れて参りました」

　すると急ぎ足の音、障子《しょうじ》や襖《ふすま》を開ける音、雨戸《あまど》を繰《く》る音、囁《ささや》きあう女どもの声が聞こえた。女たちの言葉づかいから、芳一は、どこぞのやんごとないお屋敷に仕える者に相違ないと判断した。だがそれでも自分がどこへ連れてこられたのか見当がつかなかった。あれこれ思いめぐらす時間もなかった。手を引かれて石段を数段昇ると、最後の段のところで草履を脱ぐように言われた。女の手に引かれて磨きたてた板敷のはてしなく長い廊下を進み、柱のある曲がり角を数えきれぬほど何度も曲がる。そして驚くほど広い畳《たたみ》敷《じき》の間《ま》を横切って、たいへん広い御座敷の中ほどへまかり出た。ここに大勢の偉い方がお集まりになっているのだ、と芳一は思った。衣《きぬ》ずれの音が林の中の葉ずれのようである。また大勢の人が低い声で囁いているのも聞こえる。その言葉づかいは大宮人《おおみやびと》のそれだった。

　芳一は気を楽にするようにと言われ、自分のために座布団《ざぶとん》が用意されてあるのに気づいた。その上に坐《すわ》って、楽器の調子を整えると、女官《じょかん》たちを取りしきる老女とおぼしき人の声が、芳一に向かってこう告げた、

「平家を語り琵琶を弾《だん》じなさい」

　全曲を語るには数晩はかかる。そこで芳一は思いきって尋ねた、

「全曲はすぐには語れませせぬので、いずれの巻《まき》を語り申しあげればよろしうございます

か」

老女の声が答えた、

「壇ノ浦の合戦の篇《へん》がことにあわれも深かろうと存じます。その段をお語りなさい」

そこで芳一は声を張りあげて苦海の合戦の語りを語った。——弾ずる琵琶の音《ね》はさながら櫓《ろ》櫂《かい》が軋り、舟と舟とが突進するがごとく、矢が唸《うな》りを立てて飛び交《か》うがごとく、武士《もののふ》の雄叫《おたけ》びや船板を踏み鳴らす音、兜《かぶと》に鋼鉄の刃《やいば》が砕《くだ》ける音、さらには斬《き》り殺された者があえなく波間に落ちるがごとくであった。すると芳一の左右で感賞《かんしょう》する声が、息をつく合い間にひそひそと聞こえたのである。

「なんという見事な芸であろう」「私どもの国でこのような語りを聞いたことはございませぬ」「いや日本国中探しても芳一ごとき平家語りはほかにおりますまい」

そこでいよいよ気力がみなぎって、芳一は前にもましてたくみに歌いかつ演じた。周囲は驚歎《きょうたん》のあまり静まりかえった。だがついに美しく力なき者の運命を——女子供の哀《あわ》れな最期《さいご》と、腕に幼帝を抱いた二位《にい》の尼《あま》の身投げを語る段となったとき、聴く人々はみな一斉《いっせい》に長い長い悲痛の嘆声を発した。そして狂おしいまでに大きな声で泣き叫び、目の見えぬ芳一は自分がつくり出した悲哀の情の激しさに思わず怯えたほどである。長いあいだ嗚咽《おえつ》と啜《すす》り泣きは続いたが、やがて嘆きの声は消えて、その後に続く深い沈黙の中で芳一は老女に相違ない女の声をふたたび聞いた。

女は言った、

「琵琶を弾き平家を語ることにかけては並ぶ者なき巧者《こうしゃ》ということは聞いていましたが、おまえが今晩語ってみせたほど芸達者な者がいようとは存じませんでした。御主君はしかるべき礼をしたいと申されております。しかし御主君はこれから続けて六晩のあいだ、毎晩一段ずつおまえの曲を聴きたいと御所望です。それからお帰りの旅路《たびじ》に上《のぼ》られましょう。ですから明晩も同じ時刻に来ていただきます。今晩案内をした家の者がお迎えに参りましょう……。それからもう一つ申しておかねばならぬことがございます。御主君が赤間関に御滞在中、おまえがここへ訪ねにくることを誰にも洩《も》らしてはなりませぬ。おしのびの御旅行ゆえ[6]、こうしたことについて口外無用との仰《おお》せです……。それではお寺へお帰りになってよろしい」

芳一がきちんと礼を述べた後で、女の手が芳一を館の入口まで案内した。そこに先刻自分を連れてきたと同じ侍が待っていた。侍は芳一を連れて寺の裏の縁側まで来るとそこで別れを告げた。

芳一が戻ってきたときはもう明け方近くだった。しかし寺を留守にしたことに誰も気づかなかった。和尚は夜更けて戻ったので、芳一は寝ていると思ったのである。日中、芳一は多少休むことができた。この不思議な一件についてはなにも口外しなかった。次の晩も真夜中に侍が迎えに来て、お偉い人々の集まりへ連れていった。そして前の晩おさめたと同じ喝采《かっさい》を博した。しかしこの二回目の外出中に寺を留守にしたことが、ふとしたことから露見してしまった。そして朝になって戻ったとき、芳一は和尚の前へ呼び出されたのである。和尚はやさしくたしなめる口調で言った、

「芳一や、おまえのことでたいへん気をもんだ。盲目のおまえがひとりで、夜こんな遅く外出するのは物騒だ。なぜなにも言わずに外出したのだね。出るなら誰か下男にでもお伴をさせたのに。いったいどこへ行っていたのだ？」

芳一は誤魔化《ごまか》すように答えた、

「和尚さま、御免ください。ちょっと私用がございまして。別の時刻では扱いかねたものでございますから」

芳一が口ごもったので、和尚は心を痛めるというより驚いた。なにか不自然なものを感じ、良からぬことがあるのではないかと怪《あや》しんだ。盲目の若者がなにか悪霊《あくりょう》に憑《つ》かれてたぶらかされているのではないかと思ったのである。それ以上問いただしはしなかったが、芳一の動静を見守るようこっそりと寺男たちに言いつけ、夜になってまた寺から抜け出すようなことがあるなら後をつけるように命じた。

はたしてその晩、芳一は寺を抜け出そうとするところを人に見られた。下男たちはただちに提灯《ちょうちん》をさげて後をつけた。だがその晩は雨が降っていてたいへん暗く、寺の者どもが通りに出ると、芳一は姿を消していた。どう見ても芳一がたいへん速足で歩いたと

しか思われない。それは芳一が目が見えぬということを考えると奇妙なことであった。道も歩きにくかったはずだ。下男たちは町の通りという通りを急いでまわり、芳一が行きそうな家を片端から訪ねた。しかし誰もなにも知らないと言う。とうとう浜辺の方から寺へ引き返したが、そのときなんと阿弥陀寺の墓地から、琵琶の音が激しく聞こえるではないか。そこらは闇夜に飛び交う鬼火を除けば真暗闇《まつくらやみ》である。下男たちは驚いてすぐ墓地へ急いだ。そして提灯をかざして見ると、芳一がただひとり雨の中で安徳天皇の墓の前に坐って琵琶を弾き、壇ノ浦の合戦の段を大きな声で語っていた。芳一の背後にも、まわりにも、また墓という墓の上にも、たくさんの鬼火がさながら蠟燭《ろうそく》のごとく燃えている。かつてこれほどの鬼火の大群が人間の目にふれたことはあるまい……。

「芳一さん、芳一さん！」と下男たちは叫んだ、「あなたはたぶらかされている……。芳一さん！」

だが盲目の芳一にはその声も聞こえないらしい。芳一は夢中になって琵琶をかき鳴らし、ますますもの狂おしげに壇ノ浦の合戦の語りを語っている。下男たちは芳一の体をつかんで、その耳に向かって叫んだ、

「芳一さん、芳一さん！　一緒にすぐお寺へ帰りましょう」

芳一は叱るような口調で言った、

「かようなおそれ多い方々がお集まりの場所で、無礼な邪魔立ては許されまいぞ」

それを聞くと、いかに奇妙な事態とはいえ、下男たちは吹き出さずにはいられなかっ

た。芳一がたぶらかされているのは間違いないと思うと、下男たちは芳一をつかんで、無理矢理に引き立たせ、力づくで芳一を急いで寺へ連れ戻した。そして寺へ着くと芳一は和尚の命令ですぐ雨に濡《ぬ》れた着物を脱がせられ、着替えをすませると食べ物や飲み物を強《し》いてすすめられた。それから和尚は芳一のこの呆《あき》れはてた振舞《ふるまい》について一部始終をきちんと話すように求めた。

芳一は長いあいだ口を割ることをためらった。だがしかし、自分の振舞が本当に良き和尚を心配させ、怒らせもしたと悟《さと》ると、もう隠し立てはするまいと思い、侍が最初に訪ねてきたときからの事をことごとく打ち明けた。

和尚は言った、

「芳一、気の毒におまえはいまたいへん危ない目にあっている。前に一切《いっさい》を私に打ち明けなかったことはたいへんまずかった。おまえがすばらしく楽《がく》の才に恵まれていることが、この思いもかけぬ災難をもたらした。いまとなってはわかるだろうが、おまえはどこぞのお屋敷に上がったのではなく、墓地で平家の墓に囲まれて夜を過ごしていたのだ。寺の衆が今晩おまえを見つけ出したのは、安徳天皇の墓の前だ。雨が降りしきる中で坐っていた。おまえが思いこんでいたことは、亡者《もうじゃ》たちに呼ばれたということを別とすれば、すべてこれ幻《まぼろし》だ。いったん亡者の言いなりになった以上、おまえはその手中に落ちてしまった。もしもう一度また亡者の言いなりになるなら、こうしたことが起こった以上、八つ裂きにされてしまうに相違ない。だがいずれにせよ、遅かれ早かれ、おまえは殺されるはずだったのだ……。ところで私は今晩、一緒に居られない。今晩も別のよんどころない法事に呼ばれている。だが、出掛ける前に、おまえの体にお経《きょう》を書いておまえに危害の加えられることのないようにしてやろう」

日が暮れる前に和尚と小僧は芳一を裸にすると、筆でもって二人は芳一の胸や背、頭や顔や首、腕や脚や足の裏まで、いたるところに般若心経《はんにゃしんぎょう7》の文句を書きつけた。それが済んだとき、和尚は芳一にこう言い聞かせた、

「今晩、私が出掛けたら、おまえは縁側に坐ってじっと待っていなさい。呼ばれるだろうが、何事が起ころうとも、返事をしてはいけない。動いてはならない。なにも言わずに、座禅を組んだようにじっと坐っていなさい。もし動いたり、物音を立てたりすればおまえの体は引き裂かれてしまう。けっして狼狽《ろうばい》して助けを呼んだりしてはいけない――助けを呼んでも助けにならぬからだ。だがいま言った通りにしていさえすればなにも危ないことはない。そしてそれきり二度と心配するようなことは起こらないはずだ」

日が暮れてから和尚と小僧は出ていった。芳一は和尚に言われた通り縁側に坐った。琵琶をかたわらの板敷の上に置くと、瞑想三昧《めいそうざんまい》の姿勢を取り、じっとしていた。咳《せき》を立てたり、息づかいが聞こえることのないよう気を配った。こうして何時間ものあいだ坐っていた。

すると、道から足音が近づいてくるのが聞こえた。門を過ぎ、庭を横切り、縁側に近づいてき、芳一の真ん前で立ち止まった。

「芳一！」と深い声が呼んだ。だが盲目の芳一は息をひそめ、じっと坐っている。

「芳一！」とその声はもう一度ぶっきら棒に呼んだ。それから三度目に——荒々しく、

「芳一！」

　芳一は石のようにおし黙っている。するとその声がぶつぶつ言った、

「返事がない。これはまずいぞ……。奴《やつ》がどこにいるか見なければならん」

　重い足が縁側に上がる音がした。足はゆっくりと近づいてき、芳一の横で立ち止まった。それから長いあいだ——その間《かん》、芳一は全身が心臓の鼓動にあわせてわななくのを感じた——死のような沈黙が続いた。

　ついに荒々しい声が芳一のそばで呟いた、

「ここに琵琶がある。だが琵琶法師は——耳が二つ見えるきりだ……。なるほどこれでは返事ができぬのも道理だ。答えようにも口がないのだ。芳一に残されているのは両耳のみだ……。それではできるかぎり仰せに従ったということの証《あか》しに、御主君にこの二つの耳をお届けするとしよう」

　その瞬間、芳一は左右の耳が鉄の指でつかまれ、引きちぎられるのを感じた。その苦痛はすさまじかったが、芳一は一言も発しなかった。重たい足音は縁側沿いに去っていき、庭に降り、外の通りへ出ていき、聞こえなくなった。頭の両側から盲目の芳一は濃

い温かいものが滴《したた》るのを感じたが、手をあげる気力もなかった……。

夜明け前に和尚は帰ってきた。急いで裏へまわり、縁側に上がってなにか粘々《ねばねば》したものを踏んで滑《すべ》った。そしてぞっとして叫んだ。自分の提灯の明かりで粘々したものが血だとわかったからである。だがそこに芳一が瞑想三昧の姿勢のまま坐っているのも見えた。傷口から血が滴っていた。

「おお芳一！　なんと気の毒な」と和尚は声をふるわせて叫んだ、「これはまた何事だ……。怪我《けが》をしたのか」……

和尚の声に盲目の芳一は助かったと思った。そしてわっと声をあげて泣き出し、涙まじりに夜中に起こったことを物語った。

「芳一、気の毒なことをした。芳一」と和尚は叫んだ、「すまぬ、私が悪かった――私の不覚だ……。おまえの体のいたるところにお経を書いておいたが――耳だけ洩れた。小僧にそこはまかせておいたが、きちんと書いたか確かめなかったのは、すまぬ、私の落ち度だ……。だがいまとなってはいたし方ない――できるだけ早く傷を癒《いや》してやるだけがせめてものこと。さあ、元気を出してくれ。もうこれから先は危ない目にあうことはない。もう二度とああした亡者どもに呼び出されることはないのだから」

良き医師の手当で芳一の傷はじきに回復した。芳一が不思議な目にあった話は遠方までひろがり、じきに芳一は有名になった。高貴なやんごとない方が幾人《いくにん》も赤間関《あかまがせき》へ芳一の語りを聞きに見えた。そしてたいそうな額の贈り物が届けられ、芳一は金持となった……。だがその事件以後、芳一はもっぱら「耳なし芳一」の名で世に知られたとのことである。

おしどり

陸奥《むつ》の国の田村郷《たむらのごう》に、鷹《たか》使いで猟師《りょうし》の尊允《そんじょう》[1]という者がいた。ある日、狩りに出たが、獲物《えもの》がまったく見つからなかった。しかし帰り道に、赤沼《あかぬま》というところに差しかかると、渡ろうとした川に一番《ひとつがい》のおしどり[2]が泳いでいる。おしどりを殺すのは良くない。だが尊允はたまたまひどく腹が空《す》いていたので、その番《つがい》に向かって矢を放った。矢は雄鳥《おどり》を貫いた。雌鳥《めどり》は向こう岸の真菰《まこも》の蔭《かげ》に逃れて、姿を消した。尊允は殺した鳥を持ち帰り、調理した。

その夜、尊允はもの淋《さび》しい夢を見た。美しい女が部屋に入ってき、枕《まくら》もとに立って、泣き始めた。いかにも辛《つら》そうに泣くので、尊允は聞いていて胸がかきむしられるような思いがした。女はこう訴えた、

「なぜ、ああなぜ、あの人を殺したのです？　あの人になんの罪があったというので

す？……赤沼でわたくしたちは一緒にとても幸せでした。それなのにあなたはあの人を殺した……。いったいあの人があなたをどんなひどい目にあわせたというのですか？　あなたは御自分が何をしたか本当にわかっておいでですか？　どんな酷《むご》い、どんなひどいことをしでかしたかわかっておいでですか？……あなたはこのわたくしまで殺しました。わたくしは夫なしでは生きながらえることはできません……。このことを申しにこへ参りました」……

それからまた声をあげて激しく泣いた。その声は聞く猟師の心の髄《ずい》を突き刺した。女は泣きじゃくりながら次の歌をよんだ。

日暮るればさそひしものを赤沼の真菰《まこも》がくれの[3]ひとり寝ぞ憂き

「夕方になるとわたくしは一緒に帰ろうとあの方をお誘いしたものです。いまは赤沼の真菰の蔭で独《ひと》り寝をする――ああ、その辛さ、みじめさは言いようもありません[4]」

この歌を唱えると、女は叫んだ、

「あなたは何をなさったか自分でもわからない、わかっていないのです。しかし、明日《あす》赤沼へ行けば、おわかりになりましょう、きっとおわかりになりましょう……」

そう言うと、いたましげに泣いて、女は消え去った。

翌朝、目を覚ましたとき、この夢は尊允の脳裏《のうり》に鮮やかに残っていた。それでただならぬ胸騒ぎを覚えた。「しかし、明日赤沼へ行けば、おわかりになりましょう、きっとおわかりになりましょう」という言葉はまだ耳の奥に響いていた。すぐそこへ行こうと心に決めた。夢が単なる夢か、それともそれ以上のなにかであるか、わかるはずだと思ったのである。

それで赤沼へ行った。川岸まで来てみると、雌のおしどりがただ独り泳いでいる。と同時に向こうも尊允に気がついた。だが逃げるどころか、雌鳥はまっすぐに男めがけて泳いでくる。奇妙なじっと据《す》わった目つきで男を見詰めたままである。と、突然、雌鳥は己《おのれ》の嘴《くちばし》でわれとわが腹を引き裂いたかと見る間《ま》に、猟師の目の前で死んだ……。

尊允は頭を剃《そ》って、僧になった。

お貞の話

いまは昔、越後《えちご》の国、新潟《にいがた》の町に、長尾杏生《ながおきょうせい》[1]という男が住んでいた。長尾は医師の倅《せがれ》で、父の職業を継《つ》ぐべく教育を受けた。まだ年若いころから、お貞《てい》という、父の友人の娘といいなづけの仲で、両家では、長尾が学業を了《お》えたらすぐ、婚礼の式をあげることに話が決まっていた。ところがお貞は健康がすぐれず、十五の年に不治の肺病におかされた。死なねばならぬと悟《さと》ったとき、お貞は今生《こんじょう》の別れを告げようと長尾を呼びにやった。

長尾がお貞の枕《まくら》もとに身をかがめたとき、お貞は言った、

「長尾様、わたしどもは幼いときからゆくゆくは一緒になると言い交《か》わしたいいなづけの仲でございました。今年の末には結婚することになっておりました。しかしいまわたしは死なねばなりませせぬ。なにが本当に良いことかは神様のみが御存知でいらっしゃい

ます。たといもう四、五年生きのびることができようと、他人様《ひとさま》に御迷惑をかけ続けるだけで嘆きの種《たね》でございましょう。このようなひよわな体では、とても良き妻にはなれませぬ。それでございますから、たといあなた様のためにもせよ、これ以上生きたいと望むことは、たいへん手前勝手な望みとなりましょう。わたしはもう死ぬものと諦《あきら》めております。どうぞお嘆きなさいませぬようお約束くださいませ……。それに、わたしどもはまたいつかお会いできる気がして、そのことを申しあげたく思いました」……

「いや実際に、わたしたちはまた会えますよ」と長尾は真顔で答えた、「浄土《じょうど》へ参れば別離の苦しみはもうありますまい」

「いえ、いえ」とお貞はおだやかに答えた、「西方《さいほう》浄土のお話をいたしたのではございません。たといこの体が明日埋葬されようとも――わたしどもはこの世でまたお会いするよう運命づけられている、と信じているのでございます」

長尾は驚いてお貞を見つめた。長尾の驚いた様《さま》を見てお貞がにっこりとした。お貞は、やさしい、夢見るような声で続けた、

「左様でございます。この世で――あなた様の今生《こんじょう》のうちに、長尾様……。ただ、本当に、あなた様がお望みならばでございますよ。ただし、そうなるためには、わたしはもう一度女の子に生まれて一人前の女にまで育たなければなりません。そのためお待ちいただかなければなりませぬ。十五年か、十六年、これは長い年月でございます……。でもあなた様はまだ十九歳……」

臨終《いまわ》の苦しみを安らげようと思った長尾はやさしく言った、

「おまえ様をお待ちするのは、務めというより喜びです。わたしたち二人は七世《しちせ》を誓いあった仲ですから」

「でも本当のこととは思えますまい？」とお貞は長尾の顔を見つめながら問うた。

「それは」と長尾は答えた、「ほかの人に生まれ変わってほかの人の名前となってはおまえ様とわかるかどうか――おまえ様がわたしになにか印なり合図なりしてくださらないかぎり」

「それはわたしにもできません」とお貞は言った、「神様や仏様でないかぎり、わたしたちがどこでどうして会えるかはわかりません。でもあなた様がおいやでないかぎり、必ず――それはもう必ず――わたしはあなた様のもとへ帰って参ります……。どうかこのわたしの言葉を覚えておいてくださいまし」……

お貞の言葉はそこで途切れた。両の眼が閉じた。お貞は死んだ。

長尾は心からお貞を愛慕していただけに嘆きは深かった。位牌《いはい》をつくらせるとお貞の俗名《ぞくみょう》[2]を記させた。そしてその位牌を仏壇《ぶつだん》[3]に置いて、毎日その前にお供《そな》えをした。お貞が死ぬ直前に自分に言った不思議な言葉について、いろいろと思いめぐらした。そしてお貞の御魂《みたま》を慰めるために、もしお貞が別人の姿で自分のもとに帰ってくることができるなら、自分はお貞を娶《めと》りますというおごそかな誓《ちか》いを立てた。その誓紙《せいし》に長尾は自分の判を捺《お》し、仏壇の中のお貞の位牌の脇《わき》に置いた。

しかし長尾は一人息子であったから、嫁を貰《もら》わねばならない。家族の願いはもだしがたくて、父が選んでくれた女を妻に迎えることをじきに承諾せざるを得なかった。しかし結婚したあともお貞の位牌の前にお供えを欠かさず、いつも愛着をこめてお貞のことを思い出していた。だがそれでもお貞の面影《おもかげ》は長尾の記憶の中で次第に薄れ、思い返すのが難しい夢のようになってしまった。こうして歳月は過ぎていった。

その間《かん》に長尾はいくつかの不幸に見舞われた。まず両親と死別し——それから妻と一人息子が亡くなり、いつかこの世でひとりきりとなった。長尾は寂しいわが家を捨て、悲しみを忘れるために長い旅に出た。

ある日、旅の途次《とじ》、伊香保《いかほ》に着いた。伊香保はいまでも温泉で名高い風光明媚《めいび》の地である。この山中の村の宿に泊ると、若い給仕の女が現れた。その顔を一目見るやはっと息を呑《の》んだ。心はかつてないときめきを覚えた。不思議なほどお貞に似ている。長尾は夢を見ているのではないかとわれとわが身をつねってみた。女は行ったり来たりする。長尾は火や食事を運び、お客の部屋の片づけに来る。そのときの物腰や動作の一つ一つが長尾の胸中にかつてはいいなづけであった人の美しい記憶をよみがえらせたのである。話しかけるとおだやかなはっきりした声で答えた。その甘美な声音《こわね》がありし日の悲しみで長尾を悲しくさせた。

あまりのことに、長尾はこう尋ねた、

「お姉さん、あなたが昔知っていた人にあまりに似ているものだから、最初部屋に入ってらしたとき、私はすっかり驚いてしまった。失礼ですが、あなたのお生まれの所とお名前を聞かせていただけませんか」

たちどころに――あの忘れもせぬ亡くなった人の声で――女はこう答えた、

「わたしの名はお貞、おまえ様はわたしのいいなづけ、越後の長尾杏生さま。十七年前、わたしは新潟で死にました。それからおまえ様はわたしが女の身としてこの世に戻ってくるならばわたしを娶ると誓いを立てられ、――その誓紙に判を捺して封をし、仏壇の中のわたしの名前が記された位牌の脇に置いてくださいました。それゆえ帰って参ったのでございます……」

この最後の言葉を発したとき、女は気を失って倒れた。

長尾はこの女を娶り、二人は幸せに暮らした。だが女は自分が伊香保の宿で男に聞かれて答えた言葉をそれきりもう思い出すことができなかった。あの出会いの瞬間に不思議にも灯《とも》った前世の記憶はふたたび掻《か》き消え、その後もよみがえることはなかった。

乳母桜

いまを去る三百年の昔、伊予《いよ》の国、温泉郡《おんせんごおり》、朝美村《あさみむら》に、徳兵衛《とくべえ》という御仁《ごじん》がいた。この徳兵衛はこの地方随一の長者《ちょうじゃ》で、村長《むらおさ》をつとめていた。なにごとにも恵まれて暮らしていたが、四十になりながら父親になるという幸せを知らずにいた。子宝に恵まれぬことを嘆いた徳兵衛と妻は、それで朝美村にある高名な西法寺《さいほうじ》に詣《もう》でて不動明王《ふどうみょうおう》に願《がん》をかけた。

ついに夫婦の祈願は聞き届けられ、徳兵衛の妻は一女《いちじょ》を産んだ。たいそう可愛《かわい》らしい娘で、露《つゆ》と名づけられた。母親に乳が不足したので、お袖《そで》という乳母《うば》が雇われた。

お露はすくすくと成長してたいへんな器量よしとなった。しかし十五の歳《とし》に病《やまい》にかかり、これはもう助かるまいと医者たちも匙《さじ》を投げた。そのとき、実《じつ》の母のようにお露のことを可愛がってきた乳母のお袖は、西法寺へ行き、娘のために熱烈に不動様に祈った。二十一日のあいだ、一日も欠かさずに祈願したのである。すると満願《まんがん》の日に、突然、お露の病気は平癒《へいゆ》した。

一家はもう大喜びである。娘の本復を寿《ことほ》ぎ、徳兵衛は友人知人を残らず招いて祝宴を開いた。ところがその祝宴の夜、乳母のお袖が突然発病した。そしてその翌朝、呼ばれて介抱にあたっていた医者は、末期《まつご》の間近い旨《むね》を告げた。

家中は悲嘆にくれ、別れを告げるべくみな病人の枕頭《ちんとう》に集まった。するとお袖が言った、

「どなた様もご存知ないことを申し上げるときがまいりました。わたくしの祈りは聞き届けられました。わたくしは不動様にお露さまの身代わりに死なせてくれと願《がん》をかけたのでございます。この大願《たいがん》は叶《かな》えられました。それゆえ、わたくしが死んでもお嘆きになることはございません……。ただ一つだけお頼みがございます。わたくし、お礼のしるしとして西法寺の境内《けいだい》に桜の樹を一本奉納すると不動様にお約束いたしておりました。もはやこの手で植えることはできません。どうかわたくしに代わってその誓いを果たしてくださいませ……。では皆さま、お別れいたします。わたくしお露さまのために死ぬのが嬉《うれ》しうございます。そのことを覚えておいてくださいませ」

お袖の葬式の後に、いかにも枝ぶりのいい桜の若木が西法寺の庭にお露の両親の手で

植えられた。樹は大きくなりすくすくと枝葉《えだは》を伸ばした。そして翌年の二月十六日に、それはお袖の命日にあたったが、見事な花を咲かせた。それからというもの、この樹は二百五十四年にわたって、毎年きまって二月十六日に花を咲かせ続けている。その白に薄紅《うすくれない》のさした花びらは、乳にぬれた女の豊かな胸の乳首《ちくび》にそっくりだという。それで人々はその樹を「乳母桜《うばざくら》」と呼んだとのことである。

策略

打首《うちくび》は屋敷の庭で行なわれることに決まった。男はそこへ引き立てられ、飛石《とびいし》が並んだ広い砂の庭に跪《ひざまず》くよう命ぜられた。このような庭園は、いまでも日本で見られる様式である。男は両腕を背後で縛られていた。家来たちは桶《おけ》に入れて水を運んできた。また砂利《じゃり》のつまった俵《たわら》も運んでき、跪いた男のまわりに俵を積みあげた。——このようにはさみこんだのは、男が身動きできなくするためである。屋敷の主人が現れてその支度《したく》を検分し、了承した。別になにも言わなかった。

突然、死罪を宣《せん》せられた男が主人に向かって喚《わめ》いた、

「お殿様、俺《おれ》がいまお仕置きになる咎《とが》は、なにも知っての上でやらかした咎ではねえ。俺が大馬鹿だからやっちまったんだ。性来愚鈍《せいらいぐどん》なのは前世《ぜんせ》の業《ごう》だ。それでどうしても馬鹿な過ちをやっちまったんだ。だがな、人間馬鹿に生まれついたからといってそいつを

死罪にするのは間違っている——そんなことは良くない。必ず報《むく》いてやる。あんたがこの俺を殺すなら、この俺もきっとあんたに仕返しをしてやる。あんたが酷《こく》なことをするから怨《うら》みが生まれる。その怨みはきっとはらしてやる。悪いことをすれば悪いことが祟《たた》るぞ」……

深い恨みをのんだまま殺されると、殺された人の亡霊は殺した人に復讐《ふくしゅう》できる。そのことは屋敷の主人も知っていた。主人はおだやかに——ほとんど相手を慰藉《いしゃ》するような口調で言った、

「本当に口で言うほどおまえが怨んでいるとは信じがたいが、よろしい、おまえが死んだ後、いくらでも気のはれるまで私らを脅《おど》しても結構だ。だが打首になった後で、その深い怨みのしるしをなにか見せてくれるか」

「もちろん見せてやる」と男は答えた。

「それは結構」と主人の侍は言って、おもむろに長刀《ちょうとう》を抜きはらった、「私はこれからおまえの首を刎《は》ねる。おまえの目の前に飛石が一つある。首が刎ねられた後、あの飛石に嚙《か》みついてみるがいい。もしおまえの亡霊が怒り狂ってそうした真似《まね》をすることができようものなら、私らの中に怯《おび》える者も出るだろう……。あの石に嚙みつけるか」

「嚙みついてやろうとも」と男は怒り狂って叫んだ、「嚙みついてやろうとも！　嚙みついて」

一瞬、さっと光ったと見る間《ま》に、刀は空《くう》を切り、首がどさりと落ちた。縛られた体が

俵の上にくずれ落ちた。――斬《き》り放たれた首先から二条《ふたすじ》の血潮《ちしお》が長くほとばしった。そして首は砂の上を転がった。重々しく飛石の方へ転がっていくや、やにわに跳《は》ねあがって、飛石の上端を両の歯でとらえると、一瞬死物狂いにがっと嚙みしめ、それから力の失せたように地面へ落ちた。

一言も発する者はなく、恐怖におののいた家来はみな主人の顔を見た。主人は平然としている。手近の従者にただ刀を差し出した。従者は柄杓《ひしやく》で柄《つか》から切っ先まで刀に水を注《そそ》ぎ、やわらかな懐紙《かいし》で数回そっと刃《やいば》をぬぐった……。こうして斬首《ざんしゅ》の刑の儀式の方は終わった。

それから数カ月というもの、家来たちも下男下女も亡霊が現れることに絶えず怯えながら暮らした。きっと復讐しに来るだろうとみな信じて疑わなかったのである。その絶え間ない怖れのためにみなありもせぬ物音を聞き、ありもせぬ幻影に怯えた。竹叢《たけむら》の中の風の音にさえおののいた、――庭の中で物影が動くのにもわなないた。ついに、一同協議の挙句《あげく》、主人に、妄執《もうしゅう》を抱く亡霊のために施餓鬼供養《せがきくよう》をしていただきたい、と願い出ることとした。筆頭の家来が一同に代わって願いを述べたとき、「まったく不要」と主人はにべもなく答えた、「死に臨《のぞ》んだ者の復讐の怨念《おんねん》が恐怖の種《たね》となるであろうことは私も承知している。しかし今回に限ってなにも怖れるには及ばぬ」

家来は懇願《こんがん》するような眼差《まなざ》しで主人を見上げたが、この主人のたいへんな自信の理由は尋ねかねた。すると家来の心中を察したかのように主人は、

「いや、その訳は至極簡単」と侍らしくきっぱりと言った、「彼奴《きやつ》の臨終《いまわ》の怨念はなるほど恐ろしいものであった。それで私は彼奴に怨みのしるしを見せてくれと挑発して、彼奴の気持を復讐の念からよそへそらしたのだ。彼奴は是が非でも飛石に噛みつこうと固く決心して死んだ。そしてその臨終《いまわ》の際《きわ》の思いを果たしたが、そこまでだ。その一念以外のことは念頭からすっかり失せていたのだ……。それだからこの件に関してこれ以上くよくよ心配するには及ばない」

――実際、死んだ男はそれ以上なんの騒ぎも起こさなかった。まったくなんの祟《たた》りもなかったのである。

鏡と鐘と

八百年ほど前に、遠江《とおとうみ》の無間山《むげんやま》の僧侶《そうりょ》たちは自分たちの寺に大きな鐘《かね》が欲しい、と思った。それで近郷《きんごう》の信徒の女たちに鐘を鋳造《ちゅうぞう》する材料として古い青銅の鏡を喜捨《きしゃ》してくれるよう呼びかけた。

「今日《こんにち》でも、日本のお寺の境内《けいだい》に行くと、こうした目的のために喜捨された古い青銅の鏡が積んであるのが見かけられる。私が見たこの種の寄進の最大のものは九州の博多にある浄土宗のお寺の境内で、高さ三十三尺の青銅の阿弥陀像《あみだぞう》を建立《こんりゅう》するために寄進されたものだった」

そのころ無間山に住んでいたある百姓の若い女房は、鐘を鋳《い》る一助《いちじょ》にと、寺に鏡を喜捨した。しかし後になって、出さなければよかった、とひどく惜《おし》んだ。母親がその鏡について語り聞かせてくれたことをいろいろ思い出した。その鏡が母だけでなく、母の母も、母の祖母も使ったものだったことを思い出した。考えてみると自分もその鏡によく笑顔を映したものだ。もちろん、鏡の代わりになにがしかの額の金子《きんす》を包んで坊様に差し出せば、代々の家宝を返してほしいと頼むこともできた。しかしそれだけの金が女にはなかった。お寺へ行くたびに、境内の柵《さく》の向こうに幾百と積まれた鏡に混じって置いてある自分の鏡が見えた。自分のだとわかるのは鏡の裏面に松竹梅《しょうちくばい》が浮彫《うきぼり》にされているからである。このめでたい松と竹と梅の花との三種の紋様《もんよう》は、まだ赤ん坊のころ母親がはじめて鏡を見せてくれたとき、女の幼い目を喜ばせたものだった。鏡を盗んで隠してしまう機会でもないものか、と思った。そうすればずっと大事にお宝としてしまっておくこともできる。しかしそうした機会は来なかった。そして女はたいへんみじめになった。なにか自分自身の命の一部を愚かにも他人にくれてやったような気がした。鏡は女の魂という古い諺《ことわざ》を思い出し（多くの青銅の鏡の背に刻まれている「魂」という漢字は、この諺を神秘的に表現している）、その諺は思っていた以上に無気味なまでに真実なのではないかとおそれた。しかしその苦しみを口に出して人に言うこともできなかった。

　無間山の鐘のために喜捨された鏡がすべて鋳造場《ちゅうぞうじょう》に送られたが、職人たちはその中にどうしても融《と》けようとしない鏡が一つあるのに気がついた。何度も何度も融かそうとしたが、どうしても融けない。この鏡を喜捨した女がその喜捨を悔《く》いたに相違ないことは明白だった。女が本心から奉納したのでないために、女の我執《がしゅう》が鏡に執念となって残り、それで炉《ろ》の火の中にくべても鏡は冷たく硬いままなのである。

もちろんこの話はみなの耳に伝わり、その融けようとしない鏡が誰のものか、じきにわかってしまった。こうして内に秘めた咎《とが》が世間にあばかれたとき、この哀《あわ》れな女はたいへん恥じ入り、また深く怨《うら》んだ。やがて世間の白い目に耐えられなくなり、川に身を投げて死んだが、残された遺言状にはこんな言葉がしたためてあった。

「わが身果てなば、鏡融かして梵鐘《ぼんしょう》を鋳ること難《かた》かるまじ。さあれ梵鐘撞《つ》き破りし者いできたらむに、わが霊の一念もてあまたの財宝を授くべし」

――御承知のように猛《たけ》り狂って死んだり自害したりした人の最後の願いや約束は、普通、超自然的な力を備えていると考えられている。死んだ女の鏡が融かされ、鐘が見事に鋳造された後も、世間の人々は遺言状の言葉をおぼえていた。女の魂魄《こんぱく》が、鐘を撞《つ》き破った人に必ずや万金の富を授けるに相違ないと信じていた。それで寺の境内に鐘が吊るされるやいなや、大勢の人がそれを撞きに押しよせた。みな一生懸命力をこめて鐘撞《かねつき》棒《ぼう》を撞いた。しかし鐘は立派な鐘で、寄ってたかって叩《たた》いても平然としている。だがそれくらいで人々は気落ちしなかった。来る日も来る日も、朝から晩まで、みな狂ったように鐘を鳴らし続けた。坊さんの制止などに誰も耳を貸さない。そのため鐘の音は苦痛の種《たね》となり、坊さんたちには耐えがたいものになった。それで坊さんたちは鐘を山から転がして沼に沈めて処分してしまった。沼は深く、鐘は沼底に呑《の》みこまれた。そしてそれがその鐘の最期であった。ただ伝説だけがいまに伝わり、伝説ではその鐘は無間鐘《むげんかね》と呼ばれている。

*

ところで昔から日本人は「なぞらえる」という動詞で含意される（それで言いつくされているわけではないが）ある種の頭脳的な動作の魔術的効力に対して奇妙な信仰を寄せている。その「なぞらえる」という言葉そのものは適当な英語に移すことができない。それというのもその語は宗教上の信仰行為の実践との関連でも、多種多様な擬態的魔術との関連でも、使われるからである。「なぞらえる」の通常の意味は、辞書に従うと、to imitate, to compare, to liken などである。しかしそれより奥の意味は「空想力で、あるものやある行為をそれ以外のものと取り換え、そうすることによってなにか魔術的ないしは奇蹟《きせき》的な結果を生みだすこと」である。

たとえば、あなたにはお寺を建てる金はない。しかしそれでも、仮にお金持ならばお寺を建てようと発心《ほっしん》したであろうと同じ敬虔《けいけん》な気持になって、仏像の前に小石を置くことはできる。そのようにして小石を差し出す功徳《くどく》は、お寺を一つ建立する功徳に等しい、あるいはほぼ等しい……。あなたは仏教の六千七百七十一巻のお経《きょう》をみな読むことはできない。しかしそのお経を中に納めた回転書棚を作って、巻揚機《まきあげき》のように押して廻《まわ》すことはできる。そしてもし六千七百七十一巻のお経を是非とも読みたいという熱誠をこめてそれを押せば、そのお経を読んだと同じ功徳が得られる……。以上で「なぞらえる」という言葉の宗教的な意味は十分に説明がついたであろう。

その語の魔術的な意味は多種多様の例なしには説明不可能だが、しかし差し当たっては、次の例で十分であろう。シスター・ヘレン[1]が小さな臘《ろう》人形を作ったと同じ理由で、あなたが小さな藁《わら》人形を作ったとして、丑《うし》の刻《こく》にお寺の森のどこかの木にその人形を五寸釘《くぎ》で打ちつけたとする。そしてその藁人形で空想裡《り》に描かれた人物がその後恐ろしい苦悶《くもん》のうちに死んだとする。——そうなれば「なぞらえる」という言葉の一つの意味がはっきりするだろう……。また、夜あなたの家に泥棒が入り、貴重品を盗んだとする。庭先に泥棒の足跡《あしあと》が見つかったとして、すぐさまその両足の足跡の上でもぐさをたくさん焚《た》くと、泥棒の足の裏は脹《は》れあがり、泥棒は自首して赦《ゆる》しを乞《こ》わないかぎり、休むことも眠ることもできなくなるはずである。これが「なぞらえる」という語で表現される擬態的魔術のもう一つの種類である。そして第三の種類は無間鐘のさまざまな伝説で示された類《たぐい》のものである。

＊

鐘が転がされて沼に沈められた後は、それを撞き破ろうにも鐘を撞く機会はもちろんもうなかった。しかしその機会を失ったことを残念に思った人々は、その鐘になぞらえたものを叩いては壊し、それでもってひそかに鏡の所有者であった故人の霊に取り入ろうとした。なんとも面倒をかけた鏡であった。そうした一人が梅ケ枝《うめがえ》という女で、日本の伝説では源氏の武将梶原景季《かじわらかげすえ》[2]との関係で有名である。二人が一緒に旅していたある日、梶原は金に窮し非常な難儀におちいった。すると梅ケ枝は無間の鐘の故事を思い出し、青銅の手水鉢《ちょうずばち》を取り出して、脳裡《のうり》でそれを無間鐘とみなして、それが割れるまで叩いた。同時に三百両の金《きん》を大声で乞い求めた。二人と泊りあわせた宿の客の一人が鉢を叩く響きや叫び声の訳を問い、窮迫《きゅうはく》した身の上を聞くに及んで、梅ケ枝に金三百両を本当に恵んでくれた、というのである。後になって梅ケ枝の青銅の手水鉢にまつわる歌[3]ができ、その歌はいまでも芸者によって歌われている――

梅ケ枝の手水鉢叩いて
お金が出るならば、
みなさん身請《みうけ》を

そうれ頼みます。

こうしたことがあってから、無間鐘の評判は高くなった。多くの人が梅ケ枝の例にならって、同女の幸運に自分もあやかろうとした。そうした人々のうちに、無間山の近くの、大井川のほとりに住む自堕落《じだらく》な百姓がいた。放埒《ほうらつ》な生活のうちに財産を蕩尽《とうじん》した挙句《あげく》、この百姓は自分の家の庭の泥でもって無間鐘を模《も》したものを拵《こしら》え、莫大《ばくだい》な富を大声で乞い求めながら、その泥の鐘を叩き壊した。

すると目の前の地面から、長い髪をゆるやかにとかした白衣の女が、蓋《ふた》をした甕《かめ》を持って現れた。女は言った、

「あなた様の熱心なお祈りを聞き届けるために参りました。殊勝《しゅしょう》な心がけゆえ、この甕をお受け取りください」

そう言うと、女は甕を男の手に渡し、消えた。

男は家の中へ大喜びで駈《か》けこみ、朗報を妻に知らせた。そして妻の前に蓋をした甕を据えた。ずっしりと重い甕であった。夫婦は二人でその蓋をあけた。見るとその甕は縁《ふち》まで一杯……

いや、いけません！――何が一杯つまっていたかはさすがに私も口に出しかねます。

食《じき》人《にん》鬼《き》

あるとき、禅宗《ぜんしゅう》の僧、夢窓国師《むそうこくし》はただひとり美濃《みの》の国を旅していたが、山中で道に迷った。道を教えてくれる人影もなく、長いあいだ途方に暮れてさまよい歩いた。もう今夜の宿は見つからぬものとあきらめかけたとき、沈んだ夕日の最後の光に照らされた丘の頂きに、「庵室《あんじつ》」と呼ばれる小さな庵《いおり》を一つ見つけた。庵室とはひとりきりで山に籠《こも》る僧の住処《すみか》である。朽ちはてた様子だったが、それでもすがりつく思いで、その庵をさして急いだ。着いてみると、そこには年老いた僧がひとり住んでいたので、一夜の宿の恵みを乞《こ》うた。するとこの老僧はにべもなく断り、代わりに近くの谷のとある村里まで行けるよう、道筋を教えてくれた。そこへ行けば宿も食い物も見つかるはずだ、という。

夢窓禅師《ぜんじ》は是非なく山を下っていくと、十軒あまりの百姓家から成る村里があって、村長《むらおさ》の家が親切に迎えてくれた。着いたとき、奥の大座敷には四、五十人の人が集まっていた。しかし禅師は小さな別の間《ま》へ案内され、すぐに食事が出され床《とこ》がのべられた。たいそう疲れていたので、早い時間に横になった。ところが夜半《やはん》近くなって隣の座敷から聞こえてくる愁嘆《しゅうたん》の声に禅師は目を覚ました。やがて襖《ふすま》がそっと左右に開いて、提灯《ちょうちん》を手にした若い男が部屋に入ってき、恭《うやうや》しくお辞儀をすると禅師に向かいこう言った、

「お坊様、まことに申しあげますのも辛《つら》い務めでございますが、じつは私、昨日まではこの家のただの長男でございましたが、いまは一家の主人として家の一切を取りしきる身となりました。お坊様がお着きになりましたときは、いかにも御疲労の御《ご》様子で、窮屈《きゅうくつ》な思いをおかけしてはと存じ、父が数刻《すうこく》前に亡くなりましたことを申すのを遠慮いたしました。隣の間《ま》で御覧になりました者はみな村の衆で、故人にお別れをするために集まりました。これからみなで一里ほど離れた隣村へ参ります。と申しますのは慣《なら》わしにより、誰か死人が出た夜は、私ども誰ひとりこの村に居残ってはならぬのでございます。きちんとお供《そな》えをし、お経《きょう》をあげました後、仏様だけを置いて立ち去りますと、いつもきまって奇怪至極《しごく》なことが、仏様がひとり残された家で起こるのです。そうした次第ゆえ、お坊様も私どもと御一緒にお立ち退《の》きになられた方が宜《よろ》しいかと存じます。先方の村でもあなた様のお宿はきちんと用意いたします。しかしもしや、お坊様の御身《おんみ》ゆえ、鬼も悪霊《あくりょう》も怖ろしくない、ひとりきりで亡骸《なきがら》と居残ってもよい、との思《おぼ》し召《め》しでございますなら、その節は拙宅《せったく》を御自由にお使いくださいませ。ただ、ここに今晩残ろうという者はお坊様のほかには居《お》りませぬ。その点なにとぞお含みおきくださいませ」

夢窓禅師は答えた、

「御親切なお心づくし、温かいおもてなし、厚く御礼申します。しかし残念なことをいたしました、私が着きましたとき、お父上の御不幸のこと、もしお話しくださいましたなら、多少疲れていたとは申せ、これでも僧侶《そうりよ》の端《はし》くれ、お勤めは果たせたかと存じます。もし一言仰《おお》せくださいましたならば、皆様の御出立《ごしゆったつ》前にお経をあげることもできましたのに。こうなりました以上、皆様方がお立ち退きになりました後で、お経をあげさせていただくことといたしましょう。そして明朝まで御遺体のおそばにいさせていただきます。ここにひとり居残ると物騒な目にあうというお言葉の意味はよく解《げ》しかねますが、幽霊も鬼も恐れることはございません。私につきましてはなにとぞ御心配くださいますな」

若主人は夢窓禅師のこの言葉がよほど嬉《うれ》しかったらしく、言葉の足りた挨拶《あいさつ》で丁寧《ていねい》に礼を述べた。ついで禅師の思いやりのある約束の言葉を伝え聞いて身内の者や隣の座敷に集まった村の衆が次々と禅師の前へまかり出て挨拶した。それがすむと若主人は言った、

「それでは、お坊様、おひとりでお残し申してたいへん恐縮でございますが、私どもおいとまを申さねばなりません。この村の掟《おきて》では、私どもは誰ひとりここに夜半過ぎてまで居残ることはできないのでございます。なんのお世話もできかねますが、なにとぞ、御親切なお坊様、御身《おんみ》に十分お気をつけくださいませ。またもしや私どもの留守のあい

だになにか奇妙なことを御見聞になりましたら、私どもが朝帰りました節にはなにとぞお教えくださいませ」

それからみなその家を出ていき、ひとり残された禅師は、遺体が安置してある座敷へ行った。決まり通りお供物《くもつ》が亡骸の前に供えられ、お灯明《とうみょう》があがっていた。禅師はお経を唱え、法要を営み、それがすむと黙想に入った。そしてひっそりと数時間、坐禅《ざぜん》を組んだ。人気《ひとけ》のなくなった村には物音ひとつしない。が、夜も更けてしんと静まりかえったころ、漠《ばく》とした大きな物影が一つ、音もなくそこへ入ってきた。と同時に夢窓禅師はわが身から、体を動かす力も、声を立てる力も、抜けてしまったのを感じた。見るとその物影は、両手で持ちあげるかのように、亡骸を抱きおこすと、がつがつ貪《むさぼ》り食った。猫が鼠《ねずみ》を食うよりもすばやかった。頭から食いはじめ、髪の毛も骨も経帷子《きょうかたびら》にいたるまで、なにもかも貪り食った。そしてその怪《あや》しい物《もの》の怪《け》は、こうして死体を食いつくすと、今度はお供え物に向かい、それもまた食いつくした。それから、来たときと同様、不思議や、どこかへ立ち去った。

村人が翌朝帰ってきたとき、夢窓禅師は村の衆の帰りを村長の家の戸口で待ち受けていた。みな次々と禅師に挨拶し、座敷へ上がってあたりを見まわしたが、誰ひとり、遺体やお供え物がなくなったことに驚いた様子はなかった。家の主人が夢窓禅師に向かっ

て言った、

「お坊様、お坊様はきっと夜中に不快なことを御覧になりましたでしょう。私どもはみなお坊様のお身の上を案じておりました。御無事でお怪我《けが》もない御様子、なによりと嬉しく存じます。できましたら私どもも御一緒して残りたかったのでございますが、昨晩も申しました通り、村の掟によりまして、死人が出た夜は私ども亡骸だけを残してこの村を立ち退く定めになっております。この掟を守らなかったときはいつも、なにか大きな不幸がこれまで起こりました。掟を守りますと、いつも私どもの留守のあいだに亡骸もお供え物も消え失せるのでございます。もしやお坊様はその訳を御覧になりましたのではございませぬか」

そこで夢窓禅師は、漠とした怖ろしい物影が、遺体の安置してあった座敷に入りこみ、遺体もお供え物も貪り食った様を話した。その話に、村の衆は誰ひとり驚いた様子はない。家の主人はこう言った、

「お坊様のお話は、昔から言い伝えられてきたことに違《たが》わぬ話でございます」

そこで夢窓禅師が尋ねた、

「丘の上のあの坊さんは皆さん方の家で死人が出たときに葬式をあげてはくださらないのですか?」

「どのお坊様で?」と若主人が尋ねた。

「昨晩この村に行くよう私に道を教えてくれた坊さんです」と夢窓禅師が答えた、「私

は向こうの丘の上にあるその坊さんの庵室を訪ねたのですが、宿を断られ、代わりにこちらへ来る道を教えてもらったのです」

村人たちはその話を聞いて怪訝《けげん》そうに顔を見あわせ、一瞬おし黙った。家の主人が言った、

「お坊様、あの丘の上にはお坊様など住んでおりませぬ、庵室もありませぬ。何代ものあいだ、このあたりに住みついてくださったお坊様はおりませんのです」

夢窓禅師はもうこれ以上言うまいと思った。自分を親切に迎えてくれた村の人たちが、自分が鬼か化物《ばけもの》にたぶらかされたのだ、と信じている様が表に出ていたからである。しかし一同と別れの挨拶を交わし、道筋についてしかるべき教えを乞うと、いま一度あの丘の上の庵室を探り当てよう、そして自分が本当にたぶらかされたのかどうか確かめよう、と決心した。庵室は難なく見つかった。すると今度は、老僧の方から庵《いおり》の中へと招じ入れた。禅師が中へ入ると、老庵主は禅師の前でおずおずと平伏し、苦しそうな声を立てた、

「お恥ずかしい次第でございます。まことにお恥ずかしい、なんともまたお恥ずかしいかぎりで」

「そう恐縮なさるには及びません、一夜の宿をお断りになったからといって」と夢窓禅師は相手をさえぎった、「それにあなた様は向こうの村へ行く道を教えてくださいました。お蔭で親切なもてなしを受けました。それにつきお礼を申しあげます」

「じつは私はどなたにも宿をお貸しできぬ身の上で」と庵を結ぶ老僧が答えた、「私が恥じ入りましたのは宿をお断りしたからではございませぬ。恥じ入りましたのはあなた様が必ずや私めの真《まこと》の姿を御覧になったに相違ないからでございます。昨晩あなた様の目の前で死人の亡骸とお供え物を貪り食ったのは、ほかならぬこの私でございます……。お坊様、この私めは人肉《じんにく》を食う食人鬼《じきにんき》[1]——なにとぞ憐《あわ》れと思《おぼ》し召せ。いったいなんでこうした様《さま》になったのか、そのひた隠しに隠してまいった罪を申し上げ、懺悔《ざんげ》するのをお許しくださいませ。

ずっと、ずっと昔のこと、私はこの人気《ひとけ》のない地方で僧職を勤めておりました。あたり何里ものあいだ、私のほかに坊様は一人もおりませんでした。それで当時は、山の人が誰か死にますと、みな遺体をここまで、ときには何里という道程《みちのり》を、担いできたものでございます。それというのもお経をあげてもらうためでございました。しかし私は、お経を唱えるのも、法事を営むのも、ただただ渡世《とせい》の方便《ほうべん》としてやって参りました。心中では坊主の職のお蔭で得られる世すぎ口すぎの衣食の御利益《ごりやく》のみを思うておりました。その罰当《ばちあ》たりな不信心の祟《たた》りで、死ぬやいなや、食人鬼の姿に生まれ変わったのでございます。それからというもの、このあたりで死人が出ればその死体を貪り食うという因《いん》果《が》なことになってしまいました。どの人もこの人も、昨晩御覧になりましたのと同じ風に食いつくさねばなりませぬ……。お坊様、なにとぞこの私めを憐れと思し召して、施《せ》餓鬼《がき》の法会《ほうえ》[2]を営んではくださいませぬか。なにとぞあなた様の御祈禱《ごきとう》の念力《ねんりき》で、お願いでございます、この怖ろしい今の様《さま》から私めが早く脱《ぬ》け出ることのできますよう、なにとぞお助けくださいませ」……

そう頼むや老庵主の姿はかき消え、それとともに庵室も消え失せた。ふと気づくと夢窓国師はただ一人、丈《たけ》の高い草むらの中でひざまずいていた。かたわらには苔《こけ》むした古い墓がある。五輪石《ごりんせき》3と呼ばれる形のもので、それは誰やら坊様の墓であるようだった。

貉《むじな》

東京の赤坂《あかさか》には紀伊国坂《きいのくにざか》という坂がある。その坂道がなぜこう呼ばれるのかそのわけは知らない。坂の片側は古いお濠《ほり》で、深くて幅もなかなか広く、緑の土手がどこぞのお屋敷の庭まで高く盛りあがっている。他の側は御所《ごしょ》の高い壁で、道沿いに長く延《の》びている。街灯や人力車が世に現れる以前、この界隈《かいわい》は日が暮れると人気《ひとけ》が絶えてたいへんもの淋《さび》しかった。それで家路に遅れた徒歩《かち》の人は、日没後ひとりで紀伊国坂をのぼって帰るよりは、何町も遠回りして帰ったものである。

というのもみなそのあたりに出没する一匹の貉《むじな》ゆえであった。

その貉を最後に見た人は京橋に住んでいた年老いた商人で、もう三十年ほど前に亡くなった。これはその老人が物語ったままの話である。——

ある晩、夜も更《ふ》けた時刻、その男が紀伊国坂をすたすたと急ぎ足でのぼっていくと、お濠端《ほりばた》に女がうつむけにかがんでいるのに気がついた。ひとりきりで、ひどくしゃくりあげて泣いていた。さてはお濠に身を投げるつもりか、そう察した男は、なにか助けてやれぬものか、なにか自分のできることで慰めてやれぬものか、と思って立ち止まった。ほっそりとした上品な女で、身なりもいやしからず、髪は良家《りょうけ》の子女《しじょ》のように高島田《たかしまだ》に結《ゆ》ってある。

「お女中《じょちゅう》」と男は大声で呼びかけながら近づいた、「お女中、そうお泣きなさるな……。なにか困り事でもあるなら言うてください。もしお助けできることがあるなら、喜んでお助けいたしましょう」(商人がそう言ったのは心底からそのつもりだった。商人は本当に親切心に富んでいたのである)

しかし女は泣き続けた、——長い袖《そで》の片方で泣き顔を男から隠していた。

「お女中」と男はできるだけやさしい口調でまた声をかけた、「まあ、どうか、私の言うことをお聞きなさい……。このあたりは若い女が夜分《やぶん》に出歩くような場所ではない。お願いだから、お泣きなさるな。さ、どうすれば私がなにかお役に立つか、それを言うてください」

ゆっくりと女は腰をあげたが、しかし背を男の方に向けたまま、顔を長い袖に隠して泣きじゃくり続けた。男はそっと女の肩に手をやって、言い聞かせた、

「お女中、お女中、お女中!……まあ私の言うことをお聞きなさい、ほんのちょっとの

間《ま》でいいから……。お女中、お女中！」……

するとと、女はこちらを振り向いて袖を落とすと、自分の顔をその手でつるりと撫《な》でた。――と見れば女の顔には眼もなければ鼻も口もない、――アッと男は悲鳴をあげて逃げ出した。

紀伊国坂を上の方へ、上の方へ無我夢中で逃げ出した。あたりは一面の真《ま》っ暗闇《くらやみ》、前方は空無《くうむ》で何ひとつ見えない。怖ろしさのあまり後ろを振り向くこともできず男はひた走りに走った。するとやっとのことで提灯《ちょうちん》の火が見えた。遠くの方で辛《かろ》うじて蛍《ほたる》の火ぐらいの大きさだが、男がそれに向かって駈《か》け寄ると、道端《みちばた》で屋台《やたい》を開いた夜鷹蕎麦《よたかそば》[2]の提灯とわかった。しかしああした目にあった後では、どんな光であれ、どんな人であれ、とにかくそこに口の利ける人がいるというだけで有難《ありがた》かった。男は駈け込みざま蕎麦屋の足もとにへなへなと崩《くず》折れると、「ああ、ああ、ああ！」と声にならぬ叫び声で呻《うめ》いた。

「これ、これ」と蕎麦屋は突慳貪《つっけんどん》に言った、「これ、いったいどうなさいました？　誰かにやられましたか？」

「いや、誰かにやられたのじゃない」と男は、喘《あえ》ぎながら言った、「ただ……ああ、ああ！」

「――ただおどされただけですか？」と屋台曳《ひ》きの蕎麦屋はいたって冷淡に尋ねた、「追剝《おいは》ぎですか？」

「いや追剝ぎじゃない、追剝ぎじゃない」と恐怖に怯《おび》えた男は喘いだ……、「出た……出たんだよ女が――お濠端で――そしてあの女が見せたもの……ああ！　あの女が私に見せたものはとても口では言えない」……

「へえ！　もし、ひょいとして女があなたに見せたものはこんなではございませんでしたか？」

と言うと蕎麦屋は、自分の顔を手でつるりと撫でた――と途端にその顔は大きな卵のようにのっぺらぼうとなった……。そして、同時に、屋台の火も消えた。

轆《ろく》轤《ろ》首《くび》

およそ五百年前、九州菊池の侍臣《じしん》に磯貝平太左衛門武連《いそがいへいだざえもんたけつら》という侍《さむらい》がいた。この磯貝は、武勇の誉《ほま》れ高い先祖から武術に秀でる天性と非凡の力量を受けついで、すでに年少にして剣道、弓道、槍術《そうじゅつ》にかけては師を凌駕《りょうが》し、末は大胆かつ巧妙な武人となるであろうと思われていた。永享《えいきょう》[1]の乱にはしばしば武功を立て、多くの名誉をたまわった。しかし菊池家が滅亡し、磯貝は主君なき身となった。ほかの大名に仕えることはもとよりたやすかったが、磯貝は自分の名誉のために手柄《てがら》を立てようとしたことのない侍で、その心は亡き主君に捧げられていたから、磯貝は世を捨てることとした。それで剃髪《ていはつ》し、法名《ほうみょう》を回龍《かいりょう》と名乗り、行脚《あんぎゃ》の僧となった。

しかし、僧の衣《ころも》[2]を着《ちゃく》したけれども、回龍は身中《しんちゅう》に常に侍の魂を宿していた。往年、危険に莞爾《かんじ》と微笑して相対したように、いまもまた難儀《なんぎ》をおそれなかった。いかなる天候であれ季節であれ、有難《ありがた》い仏の法を説いて行脚を続け、他の僧の行きそうにない土地にまで説法《せっぽう》におもむいたのである。当時は戦乱の時代で、街道をひとりで旅することは、たとい僧侶の身であろうと、物騒千万《せんばん》だったのである。

はじめて長旅に出たとき、回龍には甲斐《かい》の国を訪れる機会があった。山中を行く途中、村から遠く離れた淋《さび》しいあたりでとっぷり日が暮れた。それでやむを得ず一夜を野宿することとした。道端《みちばた》に、草が生《は》えたころあいの場所があったので、そこに横になり眠ろうとした。彼は艱苦《かんく》を好んで行《ぎょう》としたのである。ましなものがなければ剝《む》き出しの岩も良き寝床《ねどこ》としたし、松の根も恰好《かっこう》の枕《まくら》とした。男の体は鉄のごとく、夜露《よつゆ》も雨も霜《しも》も雪も、一切意に介さなかったのである。

回龍が横になるやいなや、斧《おの》を手にし大きな薪《まき》の束《たば》を負《お》うた男が通りがかった。この樵夫《きこり》は回龍が横になっているのを見て立ち止まり、じっと黙って見ていたが、いかにも驚いた様子でこう言った、

「こうした場所にひとりでお休みになろうとは、いったいどういうお方さまですか……。このあたりにはいろいろなものが、それも多数出没いたします。そうした毛深いものが恐ろしくはございませんか」

「いや、いや」と回龍はほがらかに答えた、「私は諸国行脚の身、世にいう雲水《うんすい》の旅客《りよかく》です。畜獣《ちくじゅう》などなにも恐れることはありません。人を化《ば》かす狐《きつね》とか狸《たぬき》とかその類《たぐい》なら御

心配は無用です。辺土幽辟《へんどゆうへき》の地は私の好みで、そうした土地の方が瞑想《めいそう》にうってつけです。露天《ろてん》で寝るのにも慣れている。一命を惜《お》しまぬ心づもりはできています」

「こんなところで横になるとは御坊《ごぼう》はまことに胆《きも》の太い方でいらっしゃいます。しかし」と樵夫は答えた、「このあたりは悪い噂《うわさ》の絶えぬ土地——それは悪い噂です。「君子《くんし》危《あやう》キニ近寄ラズ」と諺《ことわざ》にも申します。ここでお休みになるのは、あまりに物騒でございます。手前どものうちはいかにも見苦しい茅屋《ぼうおく》ですが、どうかすぐに御一緒においでください。お食事とて差し上げるものはございませんが、すくなくも屋根はございます。そこでしたら危ない目にもあわずにお休みになれましょう」

　回龍はその懇請《こんせい》がいかにも親切で好ましく思えたので、このつつましやかな申し出を受けることにした。樵夫は本道をはずれて小道を通り山奥へ案内した。荒くて険しい道だった。——ときに崖裾《がけすそ》を縫い、ときに滑りやすい木の根を伝うほかなく、ときに九折《つづらおり》の道をたどり岩角を攀《よじ》り、ついに丘の上の広々と開けた場所へ出た。満月が頭上で輝いている。見ると、小さな茅葺《かやぶ》きの小屋があって、内に灯が明々とともっている。樵夫は小屋の裏手の物置きに案内した。近くの川から筧《かけひ》で水が引いてある。二人はそこで足を洗った。物置きの向こうの庭は菜園で、その先は杉林と竹林である。林のさらに向こうに滝が一筋光って見えた。どこか高くから落ちてきて、月の光の下で長い白い衣のように揺れている。

回龍が案内の樵夫とともに小屋に入ると、四人の男女が見えた。中の間《なかのま》で炉《ろ》の火に手をかざしてあたっている。四人は僧に向かい低く頭を垂《た》れ、いかにも恭《うやうや》しく挨拶《あいさつ》を述べた。このような山中にいる貧しい者が、きちんとした辞儀の作法をわきまえているのを見て驚いた回龍は、「これは躾《しつけ》のよい人たちだ。行儀作法を心得た人から教わったことがあるにちがいない」と心中で思った。そこで主《あるじ》――とみなが呼ぶ樵夫の方に向かって、回龍は言った、

「先ほどの御親切なお言葉といい、御一家の皆さまの御鄭重《ごていちょう》なお出迎えといい、あなたはもともと樵夫に生まれついた仁《ひと》ではございますまい。昔は御身分の高いお方ではございませんか」

樵夫は笑みを浮かべて言った、

「いかにも左様でございます。ただいまは御覧のような暮らしをしておりますが、以前はいささか名だたる者でございました。私の身の上話は零落《れいらく》した者の話――それも自分の咎《とが》でわれとわが身を滅ぼしたのでございます。その昔はさる大名に仕えて、数ならねども重役を務めました。しかし色に耽《ふけ》り酒に溺《おぼ》れ、癇癖《かんぺき》のあまり、むごいことをいたしました。手前勝手な所業のためにわが家は断絶、あまつさえ多くの人を非業《ひごう》の死に追いやりました。その報《むく》いで、私は長年この国で人の目を避ける身でございます。いまはその積悪《せきあく》の罪滅ぼしをして、家名を再興したいものと念じております。しかしそのようなことのできる手立てはもはやないのでないかと心配でございます。それでも不幸な人を

できるだけ助け、慚愧《ざんき》懺悔《ざんげ》してどうか滅罪《めつざい》の功徳《くどく》を仰ぎたいものと願っております」

回龍はこの良き決心を聞いて喜び、主に告げた、

「いやいや、人間は若いときはとかく愚かなことをしでかすもの。しかし後年には正道《せいどう》を踏みたいものと心を入れかえるようになるものです。悪に強き者は、いったん善き決心をすれば、善に強し、とは経文《きょうもん》にも出ております。あなたが良き心根《こころね》の持主《もちぬし》であることに疑いはありません。良き運が開けることを願っております。今晩は愚僧《ぐそう》、あなたのために終夜読経念誦《どきょうねんじゅ》して、懺悔滅罪の功徳が得られるよう祈りたく存じます」

こうした約束をして、回龍は寝所へ引きさがろうとした。主は僧をいかにも小さな隣の別間《べつま》に案内した。もう床《とこ》がのべてある。それからみな床に就《つ》いたが、回龍だけは行灯《あんどん》の灯《ひ》をたよりにお経《きょう》を読み始め、夜遅くまで読経念誦を続けた。休む前にいま一度外の夜景を一瞥《いちべつ》しようと、別間の窓を開けた。たいそう美しい夜で、空には雲ひとつなく、風もない。皓々《こうこう》たる月光は鋭く暗い葉影を地面に落とし、庭の露《つゆ》にきらめいていた。こおろぎや鈴虫《すずむし》の鳴く音《ね》が響き、近くの滝の音《おと》も、夜が深々と更《ふ》けるにつれて深まるようである。回龍は水の音に耳をすますうちに喉《のど》に渇きをおぼえ、家の裏手に筧《かけひ》のあることを思い出し、あそこまで行けば人をわずらわさずに飲めると思った。それで別間と居間の境の襖《ふすま》をそっと静かに開けた。そして行灯の光で見ると、五人が横になっている——がなんと、首がない！

一瞬ぎょっとして立ちすくんだ。殺人に想《おも》いが走った。だが次の瞬間に回龍は、血が

ないこと、首はないが首先に斬《き》られた跡《あと》がないことを見てとった。そしてははあと思いあたった、「これは狐狸妖怪《こりようかい》に誑《たぶら》かされたか、さもなくば轆轤首《ろくろくび》の住居におびき寄せられたのだ……。『捜神記《そうしんき》』という書物によれば、轆轤首の首なしの胴体を見つけて、その胴体を別のところに移してしまえば、首はもとの胴に二度とつけない、という。また首が戻ってきたとき、胴体がよそへ移されてしまったことを知ると、首は三度地に落ちて三度毬《まり》のように跳《は》ね、恐ろしさのあまり喘《あえ》ぎつつほどなく絶命するとも出ていた。もしこれが轆轤首だとすれば、どうせ良からぬことを企《たくら》んでいるにちがいない。だとすれば『捜神記』の教えに従っても一向にかまうまい」……

回龍は主の両脚を引っ摑《つか》むと、窓辺《まどべ》へ引きずっていき、外へ突き落とした。それから裏口へまわると閂《かんぬき》がかかったままである。とすると首は開けっぱなしの煙出《けむりだ》しから外に出たにちがいない。回龍は静かに閂をはずして庭へ出ると、用心深く庭の向こうの林へ向かった。はたして林の中で声がする。回龍は木蔭《こかげ》から木蔭をつたって声のする方へしのび寄り、ちょうどよい隠れ場所に身をひそめた。そして幹《みき》の背後から覗《のぞ》くと、首が見える——たしかに五つの首がそのあたりを飛びまわりながら話している。地面に匍《は》う虫や樹間《じゅかん》を飛ぶ虫を捕らえては、しきりと喰《く》らっていた。そのうちに主《あるじ》の首が食べるのを止《や》めて言った、

「今宵《こよい》の旅の僧は、全身よく肥《こえ》ていた。あれを喰らったら我々の胃の腑《ふ》もさぞかし飽満するだろう……。どうも馬鹿なことを言ってしまったものだ。お蔭《かげ》で坊さんに俺《おれ》の救い

のためにお経を読ませてしまった。いくらなんでも読経中の坊さんのそばへは寄りつけん。お祈りされているうちは触れることもままならぬ。だがもうじき朝方だ。もう眠っているだろう……。誰か家まで様子を見に行ってくれ」

一人の若い女の首がたちまち上昇し、蝙蝠《こうもり》のように軽々と家の方をさして飛び去った。ややあって立ち帰り、すっかり動揺したらしくかすれ声で、急を告げた、

「あの旅の僧が別間におりません。出ていってしまいました。しかももっと困ったことに主様《あるじ》の胴体がございません。どこへ持っていったのでしょう」

これを聞いた主の首は——月光の下ではっきりと見えたが——慄然《りつぜん》たる様相を呈《てい》した。両眼は恐ろしげにかっと見開き、髪は逆立ち、歯をぎりぎりと嚙《か》んだ。ついでその口から悲傷慟哭《ひしょうどうこく》が洩《も》れ、憤怒《ふんぬ》の涙で叫んだ、

「胴体をよそへやられてしまった以上、もはや合体することはできぬ。死なねばならん……。必定《ひつじょう》これはあの旅僧《りよそう》の仕業《しわざ》。死ぬ前にあの坊主に喰らいついて八つ裂きにし、貪《むさぼ》り食ってやる……。それ、そこにいるぞ。あの樹の蔭だ——隠れているぞ。見ろ、あの肥《ふと》った腰抜け坊主めが！」……

そう喚《わめ》くや、主の首は他の四人の首を従えて、回龍に向かって飛びかかった。しかし僧は剛《ごう》の者、手ごろの若木を引き抜いて身構えると、躍りかかる首を次々と打ちはねた。その勢いの激しさに四人の首は逃げ去った。しかし主の首は一人、打たれても打たれても執拗に回龍に向かって飛びかかる。そしてついに左の袂《たもと》に喰らいついた。回龍はしか

しすばやくその髷《まげ》をつかんでその首をしたたか打擲《ちょうちゃく》した。それでも首は袂を放そうとしない。けれども長い呻《うめ》きを発して、それきり争わなくなった。首は死んだのである。だがその歯は袂に噛みついたままで、回龍の大力《たいりき》をもってしても、その顎《あご》をゆるめることはできなかった。

　袂に首をぶらさげたまま回龍が家に戻ると、四人の轆轤首が内でかたまってうずくまっているのが見えた。あるいは頭から血を流し、あるいは痣《あざ》が見えたが、それでも頭は胴体に復している。だが四人は裏口から入ってくる回龍を見るや、

「坊主だ、坊主だ」

と叫んで、周章狼狽《しゅうしょうろうばい》、表口から飛び出して林の中へ一目散に逃げていった。

　東の空が白《しら》み出した。夜が明けようとしている。回龍は魑魅魍魎《ちみもうりょう》の力は闇《やみ》の刻《とき》に限られていることを承知していた。袂に喰らいついたままの首をしげしげと眺めると、その顔は血と泥にまみれて口から泡を吹いている。回龍は、

「なんという土産《みやげ》だ[4]——鬼の首か！」

　とひとり言を言うと声をあげて笑った。それからわずかな荷物をまとめると、ゆっくりと山を下った。

　回龍はこうして旅路を続け、やがて信濃《しなの》の諏訪《すわ》にさしかかった。袂に生首《なまくび》をぶらぶら下げながら諏訪の城下を悠然《ゆうぜん》と歩いていく。往来の女は気を失い、子供は金切《かなき》り声《ごえ》をあげて逃げた。弥次馬《やじうま》が集まって騒然となったが、捕吏《とりて》（当時の警察官はそう呼ばれた）

がついにこの僧を召し捕らえ、牢屋に引き立てていった。首は殺された男の首で、殺される間際《まぎわ》にこの犯人の袂に噛みついたのだ、と捕吏たちは決めてかかったのである。回龍はというと、取調《とりしら》べに答えもせずただ微笑していた。牢屋で一夜を明かした後、奉行所の庭に引き出された。旅の僧ともあろう者が、なぜ袂に生首をぶらさげているのか、わが犯行を恥知らずにも人々に見せびらかすとはいかなるわけか、詳《つまび》らかにせよ――

そう命じられると回龍はからからと打ち笑い、こう答えた、

「この首を袂にぶらさげたのは私ではございません。首は自分から喰らいついたので、私が頼んだわけではございません。それにそもそも私は誰も殺《あや》めてはおりません。これは人間の首でなく、鬼の首でございます。またもし仮に私が鬼を打ち殺したといたしましても、そのために血は流しませんでした。ただ己《おのれ》の身の安全のために、しかるべき用心をしただけのことでございます」……そして回龍は怪異に遭《あ》った始末を詳らかに物語り、五人の首に出会った様を述べたときはまたからからと哄笑《こうしょう》した。

しかし奉行所の役人たちは笑わなかった。旅僧を目《もく》してすれっからしの大悪党、その言い分はお上《かみ》を愚弄《ぐろう》するものと憤《いきどお》った。もうこれ以上問い糺《ただ》しはせず、一同はその場で即刻処刑を申しつけることに決めた。ところが一人だけ同調せぬ老人がいた。この老役人は、取調べのあいだは一言もいわず事の成行きを見守っていたが、やおら立ちあがってこう言った、

「まず首をとくと調べてみることにしよう。まだ誰もあの首実検《くびじっけん》はしていない。もしあ

の旅僧が真実を申し立てたのなら、あの首そのものがその証拠になろう……。首をここへ運ばせるがよい」

そこで首は、回龍が衣《ころも》を脱いでもなお袂にしっかと嚙みついたままであったが、役人たちの前に据《す》えられた。老役人はその首を幾度も幾度も廻《まわ》し、ためつすがめつ調べていたが、首筋に奇妙な赤い痕《あと》がいくつかあることを確かめた。それを他の役人にさし示し、さらに首が刃物で斬《き》り落とされた様子がどこにもないことを皆の衆にとくと吟味《ぎんみ》させた。なるほど首筋は斬られたというより、落葉が茎から離れたように滑《なめ》らかである……。この老役人はおもむろに言った、

「まことに旅僧の言い分は分明《ぶんみょう》である。この首は轆轤首だ。『南方異物志《なんぽういぶつし》』には「飛頭蛮《ろくろくび》ハ項《くびすじ》ニ赤キ痕《あと》アリ」と出ている。いまこの項《うなじ》には痕がある。赤く塗ったものでないことは皆もお確かめの通りだ。それに、こうした妖怪変化《ようかいへんげ》が甲斐の国の山中に古くからいることは噂にも聞こえていた……。それにしても貴殿は」

と回龍の方を向いて老役人は声をあげた、

「なんという希代《きだい》の不敵な法師。とても只《ただ》の旅僧とは思われぬ。むしろ武士にふさわしいお方とお見受けするが、元は侍でおわしたか」

「御推察の通りでございます」と回龍は答えた、「雲水になる前は、長いあいだ弓矢取る身でありました。当時は人だろうが鬼だろうが惧《おそ》れはしませんでした。そのころは磯貝平太左衛門武連と申し、九州の大名に仕えておりました。お聞きおぼえのお方もおあ

りかと存じます」
その名前を聞くと、感嘆の声が奉行所の白州《しらす》にひろがった。かねて磯貝の名を聞き知っていた侍がそこには何人も居合わせたからである。回龍は裁きの庭でたちまち友人に取り囲まれたかのようになった。奉行所の者はいまや武士として賞讃の情を示さずにはいられなかったからである。彼らは礼を尽くして大名の屋敷までお供した。大名からねんごろな歓迎ともてなしを受けた上、辞去する前には結構な褒賞《ほうしよう》の品さえ戴《いただ》いた。回龍は諏訪を出立するときには、この仮の世で僧侶に許されるかぎりの幸福を覚えたのである。ところで首はというと、それはやはり土産にいたしたいと諧謔《かいぎやく》をまじえて、ぶらさげたまま立ち去った。

それでは終わりにこの首がどうなったかを申し添えたい。

諏訪を出て一、二日後に、回龍は追剝《おいは》ぎに出会った。山中の淋《さび》しい場所である。追剝ぎは衣類を脱ぎ捨てていけと言う。回龍はすぐに衣《ころも》を脱ぎ、それを差し出した。相手はそのときはじめて袂にぶらさがっているものに気づいて、大胆不敵の追剝ぎではあったが、驚いて法衣を手ばなして、後方に飛びのいた。そして叫んだ、
「おまえ、いったいそれでも坊主か。このわしよりも邪悪だな。わしも何人も人を殺《あや》めたが、その首を袂にさげて歩いたことはないぞ……。御坊《ごぼう》は、察するにわしらの同類、

いやはや感心つかまつった……。ところでその首は脅《おど》しに使うのにどうやら具合がよさそうだ。そいつを売ってくれないか。わしの着物と交換して、首代には五両つかわすが、どうだ」

回龍は答えた、

「それほど御所望《ごしょもう》なら首と着物はお譲《ゆず》りするが、断っておくが、これは人様の首ではない、鬼の首。こいつを買いなぞしてのちのち厄介《やっかい》なことになっても、私が騙《だま》したなどとは思うてくれるなよ」

「は、は、面白い坊主だ」と追剝ぎは哄笑した、「おまえは人を殺して、その上冗談まで言うのか……。だがわしは真面目だ。これがわしの着物で、これが金子《きんす》だ。それでは首は戴くぞ……。だがな、冗談を言ってなんの足しになる?」

「持っていくがいい」と回龍は答えた、「私は冗談を言ったのではない。冗談は——それが冗談というなら——おまえの方だ。おまえはけっこうな金まで払って鬼の首を手に入れようとする」

回龍は大声で笑うと、ふたたび旅路を先へ進んだ。

こうして追剝ぎは首と衣とを手に入れ、しばらくのあいだ、街道筋で鬼坊主に扮《ふん》して悪さを働いた。しかし諏訪の近辺に来て、その首にまつわる実話を聞き、轆轤首の霊が厄介なことをしでかすのでないか、と祟《たた》りをおそれるようになった。そこで追剝ぎはその首を元の場所に戻そう、そして胴体と一緒に埋めてやろうという気をおこし、甲斐の山中に荒れ廃《すた》れた小屋を訪ねていったが、そこにはもはや誰もおらず、胴体も見つからない。それで首だけを小屋の裏の林に埋め、上に墓石を建て、轆轤首の霊のために施餓《せが》鬼《き》の法要を営んだ。その墓石は「ろくろ首の塚」として（日本の物語作家の言うところによると）いまでも見ることができるそうである。

葬られた秘密

いまは昔、丹波《たんば》の国に稲村屋《いなむらや》善助《ぜんすけ》という金持の商人が住んでいた。善助にはお園《その》という娘がいた。たいへん利発で可愛《かわい》い娘なので、田舎《いなか》の先生が教えてくれる程度の教育では可哀想《かわいそう》だと善助は思い、信用の置けるお供《とも》をつけて、お園を京都へやった。そうすれば都《みやこ》の上流の御婦人方が習うようなみやびな芸事のお稽古《けいこ》もできようと思ったのである。このような教育を受けた後、娘は父が家族ぐるみでつきあっていた友人で長良屋《ながらや》という商人と結婚した。そして四年近く幸深《さちふか》い暮らしを送った。二人のあいだには男の子も一人生まれた。だがお園は病気にかかり、嫁《とつ》いで四年目に亡くなった。

お園の葬式をすませた日の夜、お園の小さな息子が「お母さんは帰ってきて二階の部屋にいる」と言った。自分に向かってにっこりしたがなにも口はきかない、それでこわくなって逃げてきた、というのである。それで家の者が何人か二階に上がってお園の部屋へ行ってみた。すると驚いたことに、仏壇《ぶつだん》にともされた小さなお灯明《とうみょう》の光に照らされて、亡くなったお園の姿がありありと見えるではないか。お園は衣類や手道具類がまだ納めたままになっている簞笥《たんす》の前に立っているかに見えた。頭や肩のあたりはたいそうはっきり見えたが、腰から下はだんだん薄くなって消えていた。――それはまるでお園の姿の不完全な投影のようで、水に映《うつ》った影のように透き通っていた。

そうなると家の者もこわくなって部屋を出た。階下で集まって相談をすると、お園の夫の母が言った、

「女は自分のこまごました物が好きなもので、お園は自分の持ち物をとても大事にしていました。おそらくそれを見に戻ってきたのでしょう。死んだ人はよくそうするようですよ。――調度類《ちょうどるい》は菩提寺《ぼだいじ》に納めないといけない。お園の着物や帯をお寺さんへあげたら、きっとお園の魂も落ち着くでしょう」

話はすぐにまとまり、翌朝、簞笥の抽出《ひきだ》しは空《あ》けられて、お園の小道具や衣類はすべてお寺へ運ばれた。だがその次の晩もお園は戻ってき、前の晩と同じようにじっと簞笥を見つめた。そのまた次の晩も、その次の晩も、毎晩戻ってきた。こうなると家は恐怖の家と化した。

お園の夫の母はそこで菩提寺へ行き、住職にいままで起きたことを話し、死者の霊を教戒済度《きょうかいさいど》してもらいたいと頼んだ。菩提寺は禅宗で住職は太元和尚《たいげんおしょう》という年取った学識

豊かな坊様であった。和尚は言った、

「これはお園さんの霊が気にしているものが箪笥の中か近くかにあるにちがいない」

「でも抽出しは全部空けました」と姑は答えた、「箪笥の中はもう空《から》でございます」

「それでは」と和尚が言った、「今晩私がお宅に参り、その部屋で見張るとしましょう。そしてどうすればよいか策を講じましょう。私が見張っているあいだは、こちらから呼ばないかぎり、誰も部屋に入ってはいけない。そう家の者に言いつけてください」

日没後、太元和尚はその家に行った。部屋は和尚を迎えるように片づけてある。ひとりでその部屋でお経《きょう》を上げていたが、なにも現れないまま子《ね》の刻《こく》[1]をすぎた。すると突然お園の姿が箪笥の前にくっきりと浮かんだ。その表情は切なそうで、目もはなさず箪笥を眺めている。

和尚はこうしたときのための決まりの経文《きょうもん》を恭《うやうや》しく唱えた。それからお園の姿に向かって戒名《かいみょう》[2]で呼びかけた、

「わしはおまえを助けるためにここへやってきた。多分あの箪笥の中におまえが気にせずにおられぬものがあるのだろう。探して進ぜようか」

亡霊は頭を軽く動かした。同意したかのようである。和尚は、立ちあがると、一番上の抽出しを開けた。空《から》であった。続いて二番目、三番目、四番目と抽出しを開けた。和尚は丹念に抽出しの後ろも下も調べてみた。箪笥の内側も念を入れてあらためてみた。

までである。それでも亡霊は以前と同じように切なげにじっと見つめたままである。「いったい何が気がかりなのだろう」と和尚は考えた。ふと、抽出しの底に敷かれた紙の下になにか隠してあるかもしれないと思いついた。一番上の抽出しの敷紙をはずしてみたが、なにもない。二番目と三番目の敷紙をはずしてみたが、なにもない。だが、一番下の抽出しの敷紙の下に、一通の手紙が、見つかった。

「これがおまえが気にしていたものか」

と和尚が尋ねた。女の亡霊は和尚の方を向き、そのさだかならぬ眼差《まなざ》しは手紙の上にじっと注がれた。

「おまえに代わって焼いて進ぜようか」と和尚が尋ねた。女は和尚の前で一礼した。

「今朝にも寺で焼いてあげよう」と和尚は約束した、「私のほかは誰にも読ませません」

女の姿は微笑して消えた。

東の空が白《しら》んだころ、和尚が階段を降りると、下では家の者が心配そうに待っていた。

「いや、御心配には及びません。もう二度と現れますまい」

と和尚は言った。そして事実、お園は二度と現れなかったのである。

手紙は焼かれた。それは京都で修業していたころお園に寄せられた恋文であった。だがそこになにが書かれていたかを知っていたのは和尚のみで、その秘密は和尚が死んだとき、ともに葬《ほうむ》られたのである。

雪女

武蔵《むさし》の国のある村に、茂作《もさく》と巳之吉《みのきち》という二人の樵夫《きこり》がいた。この話のころ茂作はもう老人で、手伝いの巳之吉の方はまだ十八の若者だった。毎日、二人は一緒に村から二里ほど離れた林へ出掛けた。途中には広い川があり、そこを舟で渡らねばならない。その渡しには何度か橋が架《か》けられたが、架けるたびに水で流されてしまった。水嵩《みずかさ》が増すと、普通の橋ではとてももたないのである。

茂作と巳之吉はとあるたいへん寒い夕方、帰り道にひどい吹雪《ふぶき》に襲われた。二人は渡しのところまで来たが、渡《わた》し守《もり》は舟を向こう岸につないだままどこかへ行ってしまって居なかった。とても泳いで渡れるような日ではない。それで二人は渡し守の番小屋を借りて寒さをしのぐことにした。こうしてしのげるだけでも有難《ありがた》かったのである。小屋には火鉢《ひばち》はもちろん火を焚《た》くような場所もなかった。広さわずか二畳敷[1]の小屋で、戸が一つあるきり、窓はない。茂作と巳之吉は戸をしっかり閉めると蓑《みの》をひっかぶったまま横に臥《ふ》した。はじめのうちはさほど寒いとは感じなかった。吹雪はじきにやむだろうくらいに思っていた。

　年老いた親方はすぐ寝入った。が若い巳之吉は、恐ろしい風の音、雪がひっきりなしに戸に吹き当たる音を聞きながら、いつまでも寝つかれずにいた。川は轟々《ごうごう》と荒れ狂い、小屋はまるで大海に浮かぶ小舟のように軋《きし》んで揺れる。それはすさまじい嵐で、夜気《やき》は刻々と冷えてくる。巳之吉は蓑の下でふるえていたが、それほどの寒気《かんき》にもかかわらず、ついに眠りに落ちた。

　目を覚ましたのは顔にさらさらと雪が吹きつけたからである。知らぬ間《ま》に小屋の戸口が開け放たれている。そして、雪明かりに照らされて、女が小屋の中にいるのが見えた——全身が白装束《しろしょうぞく》の女である。女は茂作の上にかがみこみ、息を吹きかけていた。息は白く光る煙のようだ。とそのとき、女は急にこちらへ向き直り、今度は巳之吉の上に身をかがめた。巳之吉は大声で叫ぼうとしたが、どうしたことか声にならない。白い女はだんだん低くかがみこんできて、その顔がいまにも触れなんばかりになった。巳之吉は女がたいそう美しいと思った——眼はぞっとするほど恐ろしかったが。しばらく女は巳之吉をじっと見つめていたが、微笑《ほほえ》んで、囁《ささや》いた、

「おまえもあの老人と同じ目にあわせてやろうと思ったが、なんだか不憫《ふびん》になった。あ

んまり若いから……。巳之吉、おまえは可愛《かわい》いから、今度は助けてあげる。しかし今晩見たことは誰にも話してはいけない。たといお母さんにでも言えば、只《ただ》ではおかない。そうしたら命はないよ……。いいか、わたしの言いつけをお忘れでないよ」
そう言うと、女は背を向けて、戸口から出ていった。すると巳之吉はやっと身動きが自由になった。飛び起きて、外を見たが、女の姿はもうどこにも見えない。雪は激しく荒れ狂って小屋の中に吹きこんでくる。巳之吉は戸口を閉め、数本の棒切れを打ちつけて戸が開かぬようしっかり固定した。さっき戸が開いたのは風のせいだろうか。あれは夢だろうか。戸口からさしこむ雪明かりを白い女の姿と取り違えたのだろうか。だが心が落ち着かない。茂作に声をかけたが返事がない。はっとして巳之吉は暗闇《くらやみ》の中を手探りで茂作の顔にさわった。氷のように冷たい。茂作は硬くなって死んでいた……。

明け方には吹雪はやんでいた。日の出のすこし後に渡し守が番小屋に戻ってきたとき、巳之吉は凍《こご》え死んだ茂作のかたわらに意識もなく横になっていた。だが急いで介抱《かいほう》すると、若者はじきにわれに戻った。しかしその恐ろしい一夜の寒さのせいで、その後も長いあいだ病んで床《とこ》にふせていた。巳之吉はまた老人が死んだことでもひどく心が怯《おび》えていた。それでも白い女の幻《まぼろし》を見たことは一言も言わなかった。やがて元気になると、また仕事に戻った。毎朝ひとりで林へ出掛け、日暮には薪束《まきたば》を背負《せお》って帰ってくる。母がその薪《たきぎ》を売るのを手伝ってくれた。

翌年の冬のとある夕べ、巳之吉は帰りしなに、たまたま同じ道を旅する娘と一緒になった。女はすらりとした、背の高い、たいへん美しい顔立ちで、巳之吉の挨拶《あいさつ》にまるで小鳥の歌うような快い声で挨拶を返した。巳之吉は女と並んだ。そして二人は言葉を交《か》わしはじめた。

娘の名はお雪[2]といった。両親を先ごろ亡くして、貧しいながら遠縁がいる江戸へ出る途中だという。女中の口でも見つけてもらうつもりだと言った。巳之吉はじきにこの見知らぬ娘の魅力に惹《ひ》かれた。見れば見るほど器量よしに思われる。もう誰か相手はいるのか、と尋ねると、女は笑って、そんなお方はまだおりません、と答えた。そして今度は女が巳之吉に、もう奥さんはおありか、お約束はおありか、と尋ねた。巳之吉は自分は母を養いながらの二人暮らしで、まだ年も若いから嫁の話は考えたこともない、と答えた……。こうして互いに身の上を打ち明けてしまうと、なにも言わずに長いこと歩いた。が、諺《ことわざ》にも言うように、「気があれば、目も口ほどにものを言う」。村に着くころには、二人は互いにたいそう気があっていた。そこで巳之吉はお雪に自分の家でちょっと休んでゆかぬか、と誘った。すこし気恥ずかしげに躊躇《ちゅうちょ》した後、女は巳之吉についてきた。母も喜んで迎え入れると温かい食べものをお雪のために出してくれた。お雪の立居《たちい》振舞《ふるまい》がいかにも好ましいので、母はすっかり気に入ってしまい、江戸へ行くのをすこし延《の》ばしてはどうかと説き伏《ふ》せた。そして当然の成行きながらついに江戸へ行かずじまいになった。お雪はその家に嫁となってとどまったのである。

お雪は実際、申し分のないよい嫁であった。五年ほど経《た》って、巳之吉の母親は亡くなったが、息を引き取るときも、お雪に優しい褒《ほ》め言葉と礼を言って亡くなったほどであった。夫婦のあいだに十人の子が生まれたが、男の子も女の子もみな揃《そろ》って可愛らしく、色が白くて美しい。

土地の者たちは、お雪をすばらしい人だ、生まれつき自分たち田舎者《いなかもの》とは違う人だ、と思った。百姓女はたいてい早く年を取る。だのにお雪は、十人の子供の母となった後でさえも、はじめて村に来た日と同じように若くてみずみずしかった。

ある晩、子供たちが寝ついた後、お雪は行灯《あんどん》の明かりをたよりに縫物《ぬいもの》をしていた。巳之吉はその姿をつくづくと眺めながらこう言った、

「そこで明かりに照らされて縫物をしている姿を見ると、十八のときに起こった不思議な出来事が思い出されてならないよ。そのとき、いまのおまえとそっくりな白くて美しい人を見たのだ。——そういえば、本当によく似ている」……

お雪は、針仕事から目をあげずに、言った、

「どんなお人でしたの……。どこでお会いになりました」

そこで巳之吉は渡し守の小屋であかした恐ろしい一夜のこと、自分の上にかがみこん

で微笑んで囁いた白い女のこと、茂作老人がものも言わずに死んでしまったことなどを話した。そして言った、

「夢にもうつつにも、おまえと同じくらい美しい人を見たのはあのときだけだ。もちろん、あれは人間ではなかった。怖かった。本当にぞっとするほど怖かった——だが実に白い女だった……。実際、あのとき見たのは、夢だったのか、それとも雪女だったのか、俺にはいまでもわからない」……

お雪はいきなり縫物を放り出すと、すっくと立ちあがり、坐っている巳之吉の上に身をかがめて、その顔に鋭い声を浴びせた、

「それは、わたし、このわたし。この雪でした。一言でもしゃべったら命はない、とあのとき言ってあったはず……。あそこに寝ている子供たちのことがなければ、この瞬間にもあなたの命を奪ったものを。いまとなっては子供のことはよくよく面倒を見てください。子供をいじめでもしたら、容赦《ようしゃ》はしませせぬ」……

そう叫ぶうちにも、お雪の声は、風の響きのごとく細くなり、女は白く輝く霧《きり》となって天井の梁《はり》へ舞いあがり、震えながら煙出《けむりだ》しの穴から外へ消えた……。その姿はそれきり二度と見られることはなかった。

青柳の話

文明《ぶんめい》年間というと西暦では一四六九年から一四八七年[1]に当たるが、能登《のと》の国の大名畠山義統《はたけやまよしむね》に仕える友忠《ともただ》という若侍がいた。友忠は越前《えちぜん》の出だが、若いときから小姓《こしょう》として能登の大名屋敷に上がり、主君のじきじきの御監督の下に武芸の仕込みを受けた。成人すると、文武両道に秀でた侍《さむらい》となり、主君の御寵愛《ごちょうあい》をかたじけのうした。天性愛想が良く、美貌《びぼう》で、しかも人を惹《ひ》きつける話術を心得ていたから、同輩からも好かれ、敬愛された。

友忠が二十《はたち》ばかりのころ、京都の有力な大名である細川政元《ほそかわまさもと》のもとへ主君の内密の命で遣《つか》わされた。政元は畠山義統の縁者に当たる。越前を通っていけと命ぜられたので、若者は行きしなにいまは後家《ごけ》となった母を訪ねたいと思い、乞《こ》うて許しを得た。

旅路に出たのは一年でもいちばん寒さの厳しい時節で、北国はすっかり雪に包まれ、たくましい馬に跨《また》ったものの、遅々《ちち》として進まない。友忠が選んだ道は山道で、村落も少なく、人家《じんか》もまばらだった。旅の二日目、辛い騎馬《きば》の旅をした挙句《あげく》、真夜中にならないと予定した宿に着けぬとわかって、友忠は心中すこぶる不安であった。心配したのも無理はない。吹雪《ふぶき》が襲い、ひどく冷たい風が吹きつのったからである。おまけに馬は疲《つか》れきってもう進めそうにない。だが困りはてたときに、友忠は思いもかけず、近くの丘の頂きの何本かの柳の木蔭《こかげ》に、藁葺《わらぶ》きの小家《こいえ》があるのに気がついた。やっとのことで疲れた馬をその小家までせきたてた。そしてこの吹雪の夜しっかり閉ざされた雨戸を激しく叩《たた》いた。老婆《ろうば》が雨戸を開けてくれた。そして見知らぬ美貌の若侍を見て、いたわるように声をあげた、

「まあお気の毒な。こんな天気の日にお若い方が一人旅をなさろうとは……。お侍さま、さあ、どうぞ中へお入りくださいませ」

友忠は馬を下り、裏の廏《うまや》に馬をつなぐと、小家に入った。翁《おきな》と娘が竹切れを燃やして火にあたっている。二人は丁重《ていちょう》に若侍を火の近くに招いた。老夫婦は旅人のために酒を温め食事の仕度にとりかかり、若侍に旅の模様をそれとなく尋ねた。娘は衝立《ついたて》の後ろに姿を隠したが、なみはずれた美人であることに友忠はいちはやく気づいて、驚きを禁じ得なかった。身なりはいかにもみすぼらしく、長い髪は束《たば》ねもせずに乱れていたが、こんなひなびた淋《さび》しい土地に、こんな美人が住んでいることが信じられないほどである。

翁が友忠に言った、

「お武家《ぶけ》様、隣村は遠《とお》うございます。雪は大降りで、風も荒れてまいりました。道はひどく悪うございます。今晩これ以上御旅行なさいますことは危《あぶ》のうございましょう。この陋屋《ろうおく》はお武家様をお泊め申すには恥ずかしく、ろくなおもてなしもできませぬが、今晩はこのあばら家にお泊りいただいた方がまだしも安全でございます……。お馬のお世話でしたら当方できちんとさせていただきます」

友忠はこの控え目な申し出を受けた。――あの娘をゆっくり見る機会が授《さず》けられたことを心ひそかに喜んだ。まもなく粗末ながらたっぷりした食事が運ばれ、娘も衝立の陰から出てきて酌《しゃく》をした。いつの間にか粗《あら》いがさっぱりした手織りの着物に着替えている。長い髪はきれいに束ねて櫛《くし》ですいてあった。盃《さかずき》に酒をつぐために娘が前かがみになったとき、友忠はこの娘が自分がいままでに会ったどの女よりも、比べものにならぬほど美しいのに気づいてあらためて驚いた。その所作《しょさ》の一つ一つがゆかしいことに友忠は驚嘆した。しかし老夫婦は言いわけがましくこう言った、

「娘の青柳《あおやぎ》[2]は、この山中でひとりきりで育ちましたので、行儀作法はなにも心得ません。愚かな不束者《ふつつかもの》でございます。なにとぞ御容赦《ごようしゃ》くださいませ」

友忠は相手の言葉をさえぎって、このような器量良しの娘さんにお酌していただいて、自分はまことに幸せ者ですと答えた。自分が感嘆の眼差《まなざ》しを注いでいるために、娘が顔を赤らめたことがわかっていたが、それでも相手から目を離すことができなくて、出さ

れた酒にも食事にも手をつけずにいた。老婆が言った、

「私ども百姓の食べ物ではお口に合わぬこととは存じますが、あの肌を刺すような風でお体が冷え切っておられましょう。なにとぞ多少なりとも御酒《ごしゅ》と御飯をお召しあがりくださいませ」

老夫婦の厚意にむくいるために、友忠はつとめて食べ、かつ飲んだ。だがあかねさすといおうか、顔を赤らめる乙女の魅力はいよいよつのるばかりである。話しかけると応待の言葉がその表情と同じように甘美であった。山家《やまが》育ちにちがいはない――だが、だとすれば、この娘の親は一時《いっとき》は世にときめく人だったのではあるまいか。この娘の口の利き方といい、身のこなし方といい、良家の子女の風がある。友忠は突然、心中に湧《わ》きあがる喜びを三十一文字《みそひと》の歌に詠《よ》み、娘に問いかけた、

たづねつる花かとてこそ日を暮らせ明けぬになどかあかねさすらん
[たずねていく道すがら私は花かと見まごうものを見つけた。だから私はここで日を暮らすのである……。だがなぜ、夜明けともならぬうちに、あかね色がさすのだろう――そのわけを私は知らない」[3]

瞬時のためらいもなく、娘は次の歌で答えた、

いづる日のほのめくいろをわがそでにつつまばあすも君やとまらん

「わたくしの袖でもって明ける日のほのかな色を包み隠しましたら――そういたしましたら、きっと、朝《あした》になりましてもあなた様はここにお留まりにおなりでしょう[4]」

こうして友忠には、女が自分の讃嘆の情をすなおに受け入れてくれたことがわかった。女が、三十一文字で自分にその気持を伝えてくれたことも嬉《うれ》しかったが、すらすら返歌《かえしうた》を詠む術《すべ》を心得ていることにもすくなからず驚かされた。この目の前にいる田舎娘以上に美しく利発な娘にこの世でめぐり会うこと、ましてやその心を得ることは決してあり得ない。友忠の心中でうながす声が聞こえた、「神様の御恵《みめぐ》みでわが行く道にこのような幸《さち》が授けられた。その幸を有難くお受け申すがよい」

男は要するにこの女に心を奪われてしまったのである。――それも只事《ただごと》ではなかった。男は単刀直入に、娘を嫁にくれ、と老夫婦に頼んだ。そして自分の名と家柄、能登の藩主に仕える侍としての身分も明かした。

老夫婦は感謝と驚きの声をあげ、友忠の前に頭を伏《ふ》せた。があきらかにためらっていた。しばらくして父親が言った、

「御武家様、御武家様は高貴の方でいらっしゃいます。しかもこれからさらに御出世なさいましょう。このような御愛顧《ごあいこ》を蒙《こうむ》りまして、私どもなんと御礼を申し上げてよいや

ら、言葉に尽くせませぬ。さりながらこの手前どもの娘は、卑《いや》しい生まれの不束《ふつつか》な田舎者で、なんの教えも躾《しつけ》もございませぬ。かようの者をやんごとない御武家様のもとに輿《こし》入《い》れさせますのは、身分不相応、口にするのも憚《はばか》られます……。さりながら御武家様のお気に召しました以上、また娘の百姓風をまげてお許しくださり、その無作法もお目こぼしにあずかりました以上、私どもこの娘を御武家様の腰元として差し上げる所存でございます。左様でございますから、これから先は娘をなにとぞお気に召すままに御寵愛《ごちようあい》くださいませ」

夜が明ける前に吹雪は止んだ。一天、雲ひとつない空に東から日が昇った。仮に青柳の袖が恋しき人の目をおおい、その日の出のあかねさす色を隠そうとも、友忠はもはやその土地に滞ることは許されなかった。さればといってその娘と別れるだけの踏ん切りもつかない。それで旅支度《たびじたく》がすべて整ったとき、友忠はこのように両親に申し出た、

「これほどお世話になりました上に、重ねてお願いを申しますのはいかにも恩知らずの仕業《しわざ》に思えてなりませぬが、もう一度お願いでございます。どうか御息女《ごそくじょ》を嫁にくださいませ。いまとなっては別れかねます。娘さまは私の伴《とも》をして参ると申しております。もしお許しくだされば、私は娘さまをこのままお連れ申します。もし私に娘御をくださいますなら、私は皆様を親とも思いいつまでも大切にいたします……。御厚意に対する寸志でございます。当座のことではございますがなにとぞこれをお納めくださいませ」

そう言いながら、友忠は控え目な主人の前に黄金の小判《こばん》の入った財布を差し出した。

しかし老人は何度も平身低頭した後、おだやかに財布を押し戻して言った、
「御親切かたじけなく存じますが、金《きん》の小判は私どもには不要でございます。あなた様はこの冬の長旅でなにかと御入用ともなりましょう。この土地では買う物とてございませぬ。またその気になりましても、私ども二人ではそんなに費《つか》うことはできませぬ……。娘は、もうあなた様に差し上げてございます。娘はあなた様のもので、連れていくもいかぬもお心次第、私どもの許しをお求めになるには及びませぬ。娘はあなた様のお伴をして参りたいと、もう本人の口からじかに聞きました。あなた様のお目障《めざわ》りでないかぎり、あなた様にお仕え申したい所存でございます。あなた様のお気に召しましたことを、私どももただもうたいへん嬉しく存じております。なにとぞ私どものことは御心配くださいますな。こうした土地では支度金はもとより、碌《ろく》な衣裳《いしょう》も揃《そろ》えてやれませぬ。それに私ども年寄りで、いつ娘と別れていってしまうやもしれませぬ。左様でございますから、いまあなた様が娘を連れていってくださいますれば、願ってもない幸せにございます」

友忠は老人にあれこれ言葉を尽くしてすすめたが、老人は贈り物を受け取らない。およそ金銭に執着《しゅうちゃく》がない人たちである。娘を自分にまかせたいのが親の本心からの願いと見て、友忠は一緒に連れていくことに決めた。それで青柳を馬に乗せると、老夫婦に心からなる礼の言葉を述べ、しばしの別れを告げた。

「御武家様」と父親が挨拶《あいさつ》に答えた、「御礼を申しますのは私どもでございます。あな

た様はきっと娘に優しくしてくださいましょう。私どもは娘のことでなにも心配はいたしておりません」……

［ここで日本語原話には、話の途中に奇妙な断絶があり、そのために話はそれから先ちぐはぐになっている。友忠の母についても、青柳の両親についても、能登の殿様についても、もうこれ以上の言及がない。作者はこのあたりで書くのが面倒になり、大雑把《おおざっぱ》にはしょり、話の先を急いで、驚くべき結末に向かったのであろう。原作で省略された部分を補うことは私にはできない。また構成上の欠陥《けっかん》を直すこともできない。しかしそれでも多少は細かい説明を補うつもりである。それなしには残りの話がまとまらないからである……。友忠は青柳を連れて京都へ急いだが、その結果厄介《やっかい》な目にあったらしい。しかしその後この二人がどこに住んだかについては説明がない］

……ところで当時の武士は、主君の許しなしには妻を娶《めと》ることができなかった。自分の役目を果たさなければお許しが出ないことはわかりきっていた。そのような事情の下では、美しい青柳が人目を惹《ひ》いて間違いの種《たね》ともなりかねない。友忠は自分の許《もと》から青柳を奪い去る企《たく》らみが仕組まれることを警戒せずにはいられなかった。京都ではそれだから青柳を物見高い人の目にふれさせまいと隠すようつとめたのである。ところが細川政元の家臣が、ある日青柳を見かけ、二人の仲を察知して、殿様に言上《ごんじょう》した。細川政元は若い貴公子で色好みだったから、青柳を館《やかた》へ召し連れてくるよう命じた。それで女は無理矢理にそこへ連れていかれた。

友忠は筆舌《ひつぜつ》に尽くせぬほど懊悩《おうのう》した。しかし力の及ばぬことを知っていた。自分は遠国の大名に仕えるしがない使者でしかない。しかもいまは、自分の主人よりもよほど手強《ごわ》い細川という大名の思いのままになる場所にいる。細川の意に逆らうことはできない。それればかりか友忠は自分の愚かさ加減をよく承知していた。――武士の掟《おきて》にそむいて青柳と人目を忍ぶ仲になったればこそ、不幸をわれとわが身に招いたのである。こうなれば残された望みはただ一つ、青柳が自力で館を抜け出して自分と一緒に逃げおおせる。――だがそれはほぼ絶望にひとしい希望だった。いろいろと考えあぐねた末、青柳に文を送る決心をした。もちろん危険は覚悟の上である。女に手紙を送れば、細川の手中に落ちるやもしれぬ。御殿の奥に住む女性《にょしょう》に付文《つけぶみ》することは、きついお咎《とが》めに当たる。だがそれでも書き送る決心をした。そして漢詩の風を装って手紙をしたためると、人知れず青柳の手に渡るよう配慮したのである。詩はわずか二十八の漢字から成る七言絶句にすぎなかったが、友忠は自分の思いのたけをそれにこめた。そして恋する女を奪われた男の苦衷《くちゅう》を洩《も》らしたのである。

公子王孫逐後塵　　公子王孫後塵《こうじん》を逐《お》ふ、

緑珠垂涙滴羅巾　　緑珠《りょくじゅ》涙を垂れ羅巾《らきん》を滴《したた》る、
侯門一入深如海　　侯門一《ひと》たび入りて深きこと海の如《ごと》し、
従是蕭郎是路人　　これより蕭郎《せうらう》これ路人《ろじん》。

「若き公子は宝石のように輝く乙女の後に迫る、
美しい人の涙は垂れてその衣を濡らした、
だが上様《うえさま》のお目に一たびとまると、その方の思いは海のごとく深い、[6]
こうして私ひとりが悄然《しょうぜん》と路頭にさまよう身となるのだ」

この詩を送った翌日の夕、友忠は細川の殿様の御前《ごぜん》に呼び出された。友忠ははっと悟《さと》った。自分の愛情の告白が露見したに相違ない。あの手紙が大名の目にとまった以上、極刑《きょくけい》は免れがたいと思った。「自分を死罪に処するに相違ない。だが青柳が私の手に戻らぬ以上、生きていてなんの甲斐《かい》があろう。死罪の申渡《もうしわた》しがあれば、細川を殺してやる、すくなくとも目にもの見せてやる」そう心に定め、友忠は腰に刀をさすと、細川の御殿《ごてん》へ急いだ。

謁見《えっけん》の間《ま》にまかり出ると、細川政元は衣冠《いかん》を整えた重臣に囲まれて、上段に座していた。並みいる侍は彫像のごとく押し黙っている。友忠が御前に進み出て平伏《へいふく》するあいだ、あたりは静まりかえり、嵐の前の静けさのごとく不気味であった。すると突然その重苦

しい空気を破って、細川公は自分から座を降りた。そして友忠の腕を抱えると、先の漢詩の句を朗々《ろうろう》と唱しはじめた、

「公子王孫後塵を逐ふ」……

思わず面《おもて》を上げた友忠は、細川公の眼に優しい涙が浮かんでいるのを見た。

細川公が言った、

「二人がそれほど好いた仲であるなら、この私が縁者である能登の殿様に代わって祝言《しゆうげん》を挙げてつかわそう。いまここで婚礼の式を挙げるがよい。客人も集まっている。祝いの品々も整えてある」

殿様の合図とともに奥の間《ま》に通じる襖《ふすま》が左右にさっと開いた。式のために家中の重臣がすでに幾人も集まっているのが見える。そして青柳が花嫁《はな》姿で友忠を待ち受けていた……。こうして青柳は友忠の手に戻され、婚礼は喜ばしく華やかに行なわれた。殿からも、家中の者からも、貴重な祝いの品々が新郎新婦に贈られた。

＊

婚礼を挙げてから五年というもの、友忠と青柳はともに幸せに暮らした。だがある朝、夫となにか家事について話していた青柳は、突然いかにも苦しそうな声をあげ、やがて顔面は蒼白《そうはく》となり、ものも言わなくなった。しばらくするとかぼそい声で辛《かろ》うじてこう

言った、

「取り乱して悲鳴をあげて御免なさい。でもあまり急に苦しくなったものだから……。友忠様、二人が結ばれたのもきっと前世《ぜんせ》のなにかの因縁《いんねん》でございましょう。それだけ幸せな御縁でしたもの、またきっと生まれ変わって来世で幾度《いくど》も御一緒になりましょう。しかし今生《こんじょう》の御縁はいまはもうこれまででございます。お別れせねばなりませぬ。お願いでございます、わたしのために念仏を唱えてくださいませ。わたしはいま死にまする」

「なにを馬鹿なことを」と夫は驚き訝《あや》しんで言った、「すこし具合が悪いだけです……。しばらく横になって休みなさい。そうすれば気分も元通りに戻る」……

「いえ、いいえ」と女は答えた、「いま死にまする。気のせいではございません。わかっております……。こうなりましたらもう、本当のことをお隠し申すことなどございません。わたしは人間ではございません。樹の魂がわたしの魂、樹の心がわたしの心、あの柳の命がわたしの命なのでございます。それなのに誰かが、いま無残《むざん》にも、わたしの樹《き》を伐り倒そうとしている。だから死なねばなりませぬ……。もう泣こうにもその力すらありませぬ。早く、早く、念仏をお唱えくださいませ……早く……ああ」……

いま一たび苦痛の叫びを発すると、女は顔をそむけた。そしてその美しい顔を袖《そで》の蔭《かげ》に隠そうとした。だがほとんど同じ瞬間に女の体全体が奇妙に崩《くず》れて、下へ下へと沈んでついに床《ゆか》まで沈んだ。友忠はあわてて妻を支えようと馳《は》せ寄ったが、支えようにも妻の体はどこにもない。畳《たたみ》の上には美しい青柳のもぬけの殻《から》となった着物と髪に挿《さ》してあった飾りとだけが落ちていた。青柳は失《う》せてしまったのである……。

友忠は髪を剃《そ》り、仏門に帰依《きえ》すると、廻国《かいこく》の僧となった。国中をあまねく行脚《あんぎゃ》し、各地の霊場《れいじょう》に詣《もう》でては青柳のために供養《くよう》の念仏を唱えた。巡礼の途中、越前に来たときは、妻の両親の家を探した。小家《こいえ》があったはずの山中の寂しい場所までたどり着いたものの、いまは跡形《あとかた》もない。かつての小家のありかをさし示すものとしては、わずかに三つの柳の切株《きりかぶ》——二つは老樹の、一つは若い柳の切株——があるのみであった。それは友忠がそこへ着くはるか前に伐り倒されていたのである。

友忠は柳の株のかたわらに墓を建て、経文《きょうもん》を彫《きざ》んだ。そして青柳とその父母の霊のために手厚く仏事を営んだ。

十六桜

うそのような十六ざくら咲きにけり 1

伊予《いよ》の国の和気郡《わけごおり》に、十六桜《じゅうろくざくら》と呼ばれる有名な桜の老樹がある。そう呼ばれるのは、毎年、陰暦の正月十六日に花が咲くからで、しかもその日にしか咲かないからである。この樹が咲くのは大寒《だいかん》の最中だが、桜は普通、春が来るのを待って花が咲く。しかし十六桜は自分のものではない——すくなくとも当初は自分のものではなかった——命の力で花が咲く。この樹にはある人の霊が宿っているのである。

その人は伊予の侍《さむらい》であった。その樹は侍の家の庭に生えていて、ほかの桜と同様、三月末か四月の初めに花をつけた。侍は子供のころその樹下《じゅか》で遊んだ。もう百年来、花見どきになると、父母も、祖父母も、またその親も、代々桜を讃《たた》える漢詩や和歌を色とりどりの短冊《たんざく》に記して花の枝に結んだ。だが侍もたいそう老いて、子供たちにもみな先立たれてしまった。そうなるとこの世に愛するものはもはやこの樹をおいてほかにない。ところが、あるまいことか、ある年の夏、樹は枯《か》れて死んでしまったのである。

老人は深く心を痛めた。見かねた近所の人が親切にも美しい桜の若樹《わかぎ》を見立てて老人の庭に植えてくれた。そうすれば慰《なぐさ》めにもなろうかと思ったのである。老人は礼を言い、嬉《うれ》しそうな様子をしてみせた。しかしその実、嘆き悲しみで胸はいっぱいであった。あれほど心にかけた老樹であってみれば、なにものもそれを失った嘆きに代わる慰めとはならない。

ついに妙案が浮かんだ。こうすれば枯れた樹を救えるかもしれぬという方策を老人は思いついたのである（それは正月十六日であった）。老人はひとりで庭へ出ると、枯れた樹の前で一礼し、こう話しかけた、

「お願いでございます。いま一度花を咲かせてください。――あなたの身代わりになって私が死にまする」（神明《しんめい》の御加護《ごかご》により、人は本当に自分の命を、他人に対してはもとより、他の生き物や樹木に対しても譲《ゆず》ることができると信じられている。だからわが命を人に譲ることを日本語で「身代わりに立つ」という）

それから桜の下に白布《はくふ》をひろげ敷物類を敷き、そこに正坐すると、侍の作法にのっとって腹切《はらき》りをした。すると侍の霊は樹にのりうつり、即座に花を咲かせた。

それからというもの、その樹は毎年、正月十六日、まだ雪の季節に、いまも花が咲くのである。

安藝之介《あきのすけ》の夢

大和《やまと》の国の遠市《とおいち》という地方に昔、宮田安藝之介《みやたあきのすけ》という名の郷士《ごうし》がいた……。［ここで説明しておくと日本では封建時代に、英国のヨーマン yeoman 階級に相当する、農民でありながら兵士でもあって土地を所有する特権階級が存在し、郷士と呼ばれた］

安藝之介の屋敷の庭には大きな古い杉の樹があり、蒸し暑い日にはその樹影《こかげ》で休むのが安藝之介の習いであった。ある暑い昼下がり、安藝之介はやはり郷士である二人の友人とその樹影に憩《いこ》うていた。談笑しつつ酒を酌《く》んでいると、にわかに睡気《ねむけ》をもよおした。あまりの睡さに安藝之介は許しを乞うて二人のいる前でひと睡《ねむ》りさせてもらうことにした。そして杉の樹の根元に横になり、こんな夢を見たのである――

屋敷の庭に横になっていると、どこかの大名行列に似た行列が通るのが見えた。近くの丘から降りてくる。それで起きあがって行列を眺めた。それはすばらしい行列で、これまで見たこともないほど威風《いふう》堂々としていた。それが自分の家の方に向かってくる。先頭には豪奢《ごうしゃ》に着飾った若者が何人かいて、御所車《ごしょぐるま》と呼ばれる大きな漆塗《うるしぬ》りの車を引いていた。光を帯びた青い絹《きぬ》を垂れた車である。行列は屋敷からほど遠からぬあたりで停《と》まった。すると立派に着飾った、見るからに高位の者と知れた人が中から進み出て、安藝之介の方に近づくと、深々と一礼して言った、

「貴殿《きでん》に申しあげます。御前《おんまえ》におりまする者は常世《とこよ》の国王[1]の家臣でございます。わが君、国王陛下は、その御名《ぎょめい》によって貴殿に御挨拶《ごあいさつ》申しあげるよう私にお命じになりました。また何事も貴殿の御意向《ごいこう》のままに従えとお命じになりました。国王はまた貴殿が国王の御殿《ごてん》にお越しになることをお望みで、その旨《むね》を貴殿にお伝えせよとのことでございます。なにとぞ直ちにこの御車にお乗りくださいませ。貴殿をお連れ申すためにこの車は差し遣《つか》わされたものでございます」

こういう言葉を聞いた安藝之介はその場にふさわしいお返事をなにか申しあげようと思ったが、あまりの驚きに戸惑《とまど》って言葉らしい言葉も出なかった。――それと同時に自分の意志が溶《と》け去るのを感じた。もう家来の言うがままになるよりいたし方ない。安藝之介が車に乗ると、家来も隣に乗りこんで合図をした。引手《ひきて》たちは絹の綱を握ると、大きな御所車の向きを南に向けた。――こうして道行《みちゆき》は始まった。

驚いたことに、たちまちのうちに車は大きな二層の楼門《ろうもん》の前に着いた。これまで見たこともない唐様《からよう》の楼門である。家来はここで車を下りると、

「貴殿のお着きを知らせて参ります」
と言って姿を消した。

しばらく待つと、二人の高貴な様《さま》をした侍者《じしゃ》が、紫の絹の服をまとい、立派な身分を示す高い冠《かんむり》をいただいて、楼門の内から出てくるのが見えた。二人は恭《うやうや》しく安藝之介に礼をすると、車から下りるのに手を貸した。そして大きな楼門を通り、広い庭園を横切って、安藝之介をとある御殿の入口まで導いた。その正面が東西何里にも及ぼうという大きな宮殿であった。ついで安藝之介は、絢爛豪奢《けんらんごうしゃ》な応接の間《ま》に通された。案内者は安藝之介を貴賓《きひん》の席に導くと、恭しく左右に分かれて着座した。そうこうするうちに、式服をまとった侍女が茶菓《さか》を運んでくる。安藝之介が茶菓を喫《きっ》しおえると、紫の服をまとった二人の侍者は深々と頭をさげて、次のような趣旨を述べた。——二人は宮廷の作法通り、代わる代わる申し述べたのである。

「おそれながら申しあげます……。ここへお越し願いましたのは……わが君、国王陛下におかせられましては、貴殿を御婿君《おんむこぎみ》としてお迎え申したいためでございます……。本日にも御息女《ごそくじょ》であられる姫君と……貴殿が華燭《かしょく》の典《てん》をあげられることを陛下はお望みでございます。これは御命令でございます……。ただいま貴殿を謁見《えっけん》の間《ま》に御案内申しあげます……。陛下はそこで貴殿をお待ちかねでございます……。しかしまず初めに……このお式にふさわしいお服にお召しかえあそばしませ[2]」

こう言いおえると二人の侍者はともに立ちあがり、金蒔絵《きんまきえ》の大きな櫃《ひつ》のある床《とこ》の間《ま》の方へ進んだ。二人は櫃を開くと、そこからさまざまな衣裳と立派に飾られた束帯《そくたい》や冠を取り出した。その装束《しょうぞく》でもって、二人は安藝之介を王者の婿君《むこぎみ》たるにふさわしく着飾ったのである。そこから謁見の間へ案内されると、台座の上に坐《すわ》っておられる常世《とこよ》の国王陛下にお目にかかった。国王は黄の絹の服をまとい、黒の高い冠をかぶって威儀を正しておられる。台座の前には左右に多数の高官が並んで座している。いとも荘厳《そうごん》な光景で、まるで寺院にましますす仏像の列さながらで身動きひとつしない。安藝之介はその中を前に進み出、しきたりに従って三拝の礼をした。国王は優渥《ゆうあく》なお言葉を賜って、このように申された、

「あなたはなぜここへ召されたかその訳について、もうすでにお聞き及びと思います。私どもはあなたを我らの一人娘の婿君といたすことに決めました。――婚礼の儀はただいま取り行なわれます」

国王が話しおえると、歓《よろこ》びの楽の音《ね》が流れた。美しい官女《かんじょ》たちが列をなして帳《とばり》の蔭《かげ》から進み出、安藝之介を花嫁が待ちうけている部屋へと導いた。

部屋はいかにも広かったが、それでもおさまりきれないほど多数の客人が婚儀《こんぎ》に列するべく集まっていた。安藝之介が国王の御息女に向かいあって、とくにしつらえられた褥《しとね》の上に着座したとき、一同は深々と辞儀をした。花嫁は天人にもまごう女性で、衣《ころも》は夏の空のごとく美しかった。婚儀は大いなる歓喜のうちにつつがなく取り行なわれた。

それがすむと二人は御殿の別の場所に用意された一つづきの間《ま》へ案内された。そこで貴顕《きけん》紳士の御祝辞と数えきれぬほどのお祝いの品をかたじけなくも頂戴した。

数日後、安藝之介はふたたび玉座近くに召し出された。前回にもまさる丁重《ていちょう》なお迎えであったが、国王はこう仰せられた、

「わが領土の西南に莱州《らいしゅう》という島があります。貴君をその島の国守《こくしゅ》に任命いたします。土地の民は従順で王威《おうい》に服していますが、しかしその民の習慣や掟《おきて》は常世《とこよ》の国の法律とよく合致していないところがあります。習俗もまだきちんとしていない面があります。どうかその人たちの暮らし向きをできるだけ改善するようつとめてください。そのことを貴君への義務として課したいと思います。なにとぞ優しく智恵を働かして統治してくれることを望みます。貴君の莱州への旅に必要な準備はことごとく整えてあります」

こうした次第で安藝之介とお妃《きさき》は、莱州をさして常世の宮殿を出立《しゅったつ》した。海浜までは貴族や役人が多数お伴した。安藝之介の一行はそこで国王が提供した豪華な御座船《ござぶね》に乗りこんだ。順風に恵まれて無事に莱州に着いた。島の人々は性《せい》善良で浜辺まで出迎えに集まっていた。

安藝之介はただちに新しい職務についた。別に難しい仕事ではなかった。最初の三年

は主として法律の制定と施行につとめた。補佐してくれる賢明な顧問がいたお蔭で、仕事を不愉快に思ったことは一度もなかった。その仕事が片づくと、古来のしきたりで定められた儀礼に臨《のぞ》むほかは進んでせねばならぬ務めはない。肥沃《ひよく》で健康な土地柄であったから、病気とか窮乏とかはおよそ無縁なのである。住民は善良で法が破られることもなかった。こうして安藝之介は萊州に住み統治することさらに二十年に及んだのである。――結局二十三年滞在したのだが、そのあいだに安藝之介の生活を横切る悲しみは影だにもなかった。

ところが国守在任の二十四年目、たいへんな不幸が起きた。安藝之介の七人の子――五人の男子と二人の女子――を生んだ妃が病気にかかり亡くなったのである。妃の遺体は壮麗《そうれい》なる儀式によって盤龍岡《はんりようこう》の美しい頂きに埋葬され、立派な碑が墓の上に建てられた。しかし安藝之介は妻の死を悲しむあまり、もう生きていたいとは思わなかった。

定められた服喪《ふくも》の期間が明けたとき、常世の宮殿から萊州へ使者が来た。使者は安藝之介に悔《く》やみを述べた後、こう言った、

「以下は常世の国王陛下がそのまま申し伝えよとお命じになった言葉でございます。「私は貴君をいま貴君の国民《くにたみ》のもとへ送り返そうと思う。七人の子供は、国王の孫であるから、よきに計らうつもりである。それゆえ、子供の将来については心を労することのないように」

この勅命に接して、安藝之介はすなおに出発の支度をした。一切《いっさい》の仕事が片づき、顧問や腹心の下僚《かりよう》たちに別れを告げる式がすむと、安藝之介は栄誉をもって港まで送られた。そこで出迎えの船に乗った。船は青空の下、大海原《おおうなばら》へ乗り出した。萊州の島影がはるか遠く青くなり、やがて灰色に変わり、ついに永遠に消えてしまった……。そして安藝之介ははたとわが家の庭の大杉の樹下で目を覚ましたのである！

しばらくのあいだ茫然《ぼうぜん》として目くらめく思いだったが、自分のそばには友人が二人依然として坐って、楽しげに飲んだり談笑したりしている。安藝之介は二人を見つめて、

「なんと不思議なこと」

と思わず大きな声を口に出した。その顔には戸惑いが浮かんでいた。

「さては安藝之介殿は夢を見ていらしたな」と一人が笑いながら言った、「安藝之介殿、不思議なことと言うがいったい何を見られたのだ」

そこで安藝之介は夢の話をした。常世の国の萊州の島に二十三年間滞在したという話である。二人は驚いた。というのも安藝之介が実際にうたた寝したのは、ほんの数分足らずのあいだだったからである。

郷士の一人が言った、

「まことに貴君は不思議な夢を見られたものだ。じつは我々も貴君がうとうとしているあいだに不思議なものを見ました。小さな黄色い蝶《ちょう》が一羽、貴君の顔の上をほんのしばらくのあいだ舞っていました。見ていると、蝶は貴君のすぐ脇《わき》、杉の木のそばの地面に

とまった。それがとまったと思うと、たいへん大きな蟻《あり》が一匹穴から出て、蝶をつかまえて穴の中へ引きずりこんだ。ところが貴君が目を覚ます直前、その同じ蝶がまた穴から出てきて、先ほどのように貴君の顔の上を舞った。それから突然姿を消した。どこへ行ったかわかりません」

「多分あの蝶は安藝之介殿の魂だったにちがいありませぬ」ともう一人の郷士が言った、「あの蝶が安藝之介殿の口中《こうちゅう》に飛んで入ったところも確かに見たような気がする……。だが仮にあの蝶が安藝之介殿の魂であったとしても、それだけではこの夢の説明にはなりますまい」

「蟻を調べればわかるかもしれぬ」と最初の郷士が言った、「蟻は不可思議な生き物だ――小さな魔物かもしれぬ……。とにかくこの杉の根元には大きな蟻の巣がある」……「調べてみよう」

この話に大いに心動かされた安藝之介はそう言うと、鍬《くわ》を取りに行った。

杉のまわりや樹下の地面はまことに驚くべきやり方で、想像を絶する蟻の大群によって掘り抜かれていた。しかも蟻は掘り返した後にさらに巣を築いていた。藁《わら》と粘土《ねんど》と茎《くき》で造られたその細かな建築は、小型の模型の市街に似ていた。ほかのところよりかなり大きな巣の中央部に、黄色味を帯びた羽と長い黒い頭をした一匹のたいへん大きな蟻の体のまわりに小さな蟻が驚くほど群がっていた。

「おや、あすこにいるのは夢の国王様ではないか」と安藝之介が叫んだ、「常世の国の御殿も見える……。なんという不思議……。萊州はあの南の方、あの大きな根の左の方にあるはずだ……。そうだ、ここにある！……なんという不思議なことだ。こうなれば盤龍岡がどこにあるかもわかるはずだ。そしてお妃のお墓も」……

壊れた巣の中を安藝之介は探しに探した。そしてついに小さな塚を見つけ出した。その塚の上には水で磨《す》り減った小石が据えてあった。仏寺《ぶつじ》の石碑《せきひ》にそっくりである。そしてその石の下に安藝之介は、土中に埋められた一匹の雌《めす》の蟻の遺骸《いがい》を見つけたのであった。

力《りき》ばか

若者の名前は「力《りき》」といった。英語のStrengthという意味である。だが世間は「力《りき》ばか」と呼んだ。Riki-the-SimpleとかRiki-the-Foolという意味である。それというのは力は永遠の幼年に生まれついてしまったからである。そのせいで世間は力に対していつまでもやさしかった。――力ばかが火の点《つ》いたマッチを蚊帳《かや》にさして、家が炎をあげて燃えたとき、力ばかは嬉《うれ》しさのあまり手を拍《う》って小躍りしたが、そのときですら、大目に見てくれた。十六歳になると、力は背の高い、強壮な若者になった。だが精神年齢は二歳の幼児のままで、それだから依然としてごく幼い子供たちと一緒になって楽しそうに遊んだ。近所のそれより大きい、四つから七つにかけての子供たちは力と遊ぼうとしなかった。それは力が仲間の歌や遊びを習うことができなかったからである。力の大好きな玩具《おもちゃ》は箒《ほうき》で、力はそれを馬代わりにし、何時間も休むことなくその箒に跨《また》っては、私の家の前の坂を上がったり下がったりして、驚くほど晴れやかな笑い声を響かせていた。だがしまいにはその喧《やかま》しさが煩《わずら》わしくなり、私はどこか別の空地へでも行って遊びなさいと力に命じた。力はおとなしくお辞儀をして悲しそうに箒をひきずりながら立ち去った。火遊びの機会さえ与えなければ、いつもおだやかで、およそ害がなかったから、まず誰からも苦情を言われはしなかった。力とこの通りの暮らしとの関係は犬や鶏《にわとり》との関係に似ていて、それ以上のものではなかった。だから力の姿がついに消えたときも惜《お》しい気もしなかったのである。何カ月かが過ぎて、ある日ふとしたことから力のことを思い出した。

「力はどうなりました」と私はあるとき、この界隈《かいわい》に薪《たきぎ》を届ける樵夫《きこり》に尋ねた。よく力は薪の束《たば》を運ぶ手伝いをしていたのだ。

「力ばかですか」と年老いた樵夫は答えた、「ああ、可哀相《かわいそう》な奴《やつ》で、力は死にました……。はあ、もう一年近くなります。突然のことでした。お医者さんの話では脳に病気があったとか。それに力については不思議な評判が近ごろありまして。

力が死んだとき、力のおっ母《か》さんは「力ばか」という名前を左の掌《てのひら》に書いてやりました。——「力」は漢字で「ばか」は仮名。それから何度もお祈りを繰り返しました。もっと幸せな境涯《きょうがい》に生まれ変わりますようにって。

そうしたら三カ月ほど前、麴町《こうじまち》の何某《なにがし》様のお屋敷で、左の掌に字のある子供が生まれて、字は「力ばか」とはっきり読めたそうです。

それでそのお屋敷ではその子は誰かの願《がん》が聞き届けられて生まれたのだとわかって、方々を調べさせた。そしたら牛込《うしごめ》に力ばかと呼ばれた智恵遅れの子がいて去年の秋に亡くなったことを出入りの八百屋《やおや》が知らせてくれました。すぐに二人の召使いの男が力の母親を探しに来ました。

召使いたちは力のおっ母さんを見つけだし、事の次第を話しました。おっ母さんはたいそう喜んだ――だって何某様はたいへんなお金持で有名ですもの。しかし召使いたちは何某様のお屋敷では赤ん坊の手の「ばか」の言葉にたいへん御立腹だと言いました。「お宅の力はどこに葬《ほうむ》りましたか」と召使いたちは尋ねました。「善導寺《ぜんどうじ》の墓地に葬りました」そう聞くと召使いたちは「そのお墓の土をすこし分けていただけませんか」と頼んだそうです。

それでおっ母さんは一緒に善導寺[1]へ行って力のお墓へ案内しました。召使いたちはお墓の土をすこし頂戴して、風呂敷に包んで持って帰ったそうです……。力のおっ母さんには多少の金子《きんす》、十円ほどを渡しました」……

「でも、その土でいったい何がしたかったのですか」と私は尋ねた。

「それはおわかりでしょう」老人は答えた、「ああした名前が手についたまま大きくなったら具合が悪い。で、ああした具合で赤子の体についた字を取り除くには、ほかに方法がないのです。前世の体を埋めたお墓の土で肌をこするより仕方がないのです」……

ひまわり

家の裏の森になった丘の上で、ロバートとぼくは妖精の輪《フェアリー・リング》を探している。ロバートは八つで、愛らしくて、とても利口だ。ぼくは七つになったばかりで、――それでロバートをすごく尊敬している。お日様が赫奕《かくやく》と輝く八月の一日《いちにち》で、暑い大気は鋭くて甘い松脂《まつやに》の匂いに満ちている。

妖精が夜、輪になって踊るので、草原の上にその跡がつくという妖精の輪は、一つも見つからない。だけど丈《たけ》の高い草が茂った中に大きな松毬《まつかさ》がいくつも見つかる……。ぼくはロバートにウェールズの昔話をして聞かせる。ついうっかり妖精の輪の中で眠りこんでしまった男はそれで七年間姿を消し、仲間が魔法の呪縛《じゅばく》から救い出してくれたけれど、その後男はもう二度と口も利《き》かず、何も食べようとしなかったという。

「あいつらは松の葉の先のほかは何も食べないんだぜ」とロバートが言う。

「あいつらって？」とぼくが尋ねる。
「鬼《ゴブリン》さ」とロバートが答える。
こうした秘密を打ち明けられるとぼくは驚いて恐くなって黙ってしまう……。しかし
ロバートが急に叫び出す、
「あ、ハープ弾《ひ》きだ！　家にやってくる！」
それでぼくらはハープ弾きの演奏を聞きに丘を駆《か》けおりる……。しかしなんというハ
ープ弾きだろう！　絵本にあるような白髪《はくはつ》の吟遊《ぎんゆう》詩人とは似ても似つかない。浅黒く、
がっしりした、ぼさぼさ髪の放浪者で、気難しい黒い眉《まゆ》の下には黒いふてぶてしい眼。
楽師《がくし》というより煉瓦《れんが》積《つみ》職人という風情《ふぜい》で、――しかも着ている服はどんつくの厚織だ。
「どうかな、ウェールズ語で歌うかな？」とロバートがささやく。
ぼくはがっかりしてもうものを言う気もしない。ハープ弾きはハープ――ずいぶん大
きな楽器だ――をうちの玄関の石段に立てかけ、汚い指先で絃《げん》をぼろ、ぼろ、ぼろんと
掻《か》き鳴らすと、なにか怒ったように喉《のど》の奥で咳払《せきばら》いして、歌いはじめる、

Believe me, if all those endearing young charms,
　Which I gaze on so fondly to-day...
信じてくれ、もしその慕《した》わしい若い魅力が、
　私が今日惚《ほ》れぼれと見つめるその魅力が……

抑揚《よくよう》も、態度も、声音《こわね》も、なんとも口に出せぬほど厭《いや》な感じ——ひどく下卑《げび》た感じでぼくは堪《たま》らない反感を覚える。「おまえみたいな奴《やつ》に、その歌を歌う資格はないぞ！」と大声で叫びたくなる。というのもその歌は、ぼくの小さな世界でいちばん慕わしい、いちばん美しい人がその口で歌うのを聞いたことがあったからだ。それだけに、この荒らくれた、がさつな男がその歌を口にするのが、なにか馬鹿にされたみたいでいらいらする——侮辱《ぶじょく》されたみたいで腹が立つ。しかしそれも一瞬のこと……「今日」to-day という言葉が口から出ると、その深い、気味悪い声は突然、名状しがたい優しいふるえる声となる。打って変わったように素晴らしい、大きなオルガンの低音のような、澄《す》み透《とお》った、朗々《ろうろう》とした声音になり、それとともに、いままで感じたこともないような感情に襲われて、ぼくは喉がつまる……。なんという魔法の持主《もちぬし》だろう。この恐い顔をした路《ろ》傍《ぼう》の男はなんという秘法を心得ているのだろう……。ああ、誰かほかにあのように歌える人がこの世にいるだろうか？……。そう思う間《ま》に歌う男の姿は揺らいでかすみ、——家も芝生《しばふ》も目に見えるすべての物の形が、ぼくの目の前でふるえ、揺れる。だがぼくはその男を本能的におそれる——憎む、といってもいい。ぼくをこんなに呪縛する男の力に対しぼくは腹を立て、口惜しくて、顔面が紅潮するのが自分にもわかる……。

「きみ、あいつが怖くて泣いたんだ」とロバートがいたわってくれるので、ぼくはますますどぎまぎする。ハープ弾きは六ペンス貰《もら》うと、礼も言わず、大股《おおまた》に立ち去る……。「あれはきっとジプシーだと思うよ。ジプシーは悪い奴でね。――あいつらは魔法使いなんだ……。さあ森へ戻ろう」

ぼくらはまた松林の丘に登り、お日様の光がまだらに輝く木陰《こかげ》の草の上に腰をおろして、町や海を見おろす。しかしもうさっきまでのように遊んだりはしない。あの魔法使いの魔法で二人とも縛られてしまっているからだ……。

「あいつはきっと鬼《ゴブリン》だよ」とぼくもしまいに思いきって言ってみる。「それとも妖精《フエアリー》かな」

「違う」とロバートは言う、「ただのジプシーさ。だけど悪い奴に変わりない。知ってるかい、ジプシーは子供を攫《さら》うんだ」……

「もしここへやってきたら、どうしよう?」急にぼくらが二人ぼっちということに怯《おび》えて、ぼくがうろたえて言った。

「ああ、なに大丈夫さ」とロバートが答える、「日のあるうちはね」……

＊

「昨日になってはじめて、高田《たかた》の村の近所で、日本人もsunflowerと同じような呼び方をする花、ひまわり、を一輪、目にした。すると四十年の間《ま》をおいて、あのさまよえるハープ弾きの声が突然、鮮やかに私の耳によみがえった。

As the Sunflower turns on her god, when he sets,
The same look that she turned when he rose.

あたかもお日様の沈むとき、ひまわりが神とも慕うお日様に対して、
お日様の昇ったときに向けたと同じ眼差《まなざ》しを向けるがごとく。

ふたたび私の目に、あのはるかなるウェールズの丘の上の、お日様の光がまだらに輝く木陰が浮かんだ。そしてロバートが一瞬、ふたたび私の脇《わき》に立っていた。女の子のような顔に金色《こんじき》の捲毛《まきげ》の姿のままで。ぼくらは妖精の輪を探していた……。だが本当のロバートはもうとっくの昔に海の底、尊い異域《いいき》のものと化してしまった……。人、その友の為《ため》に己《おのれ》の命を損《す》つるは、愛のこれより大《おほい》なるはなし……」

蓬萊《ほうらい》

天の高みに消えてゆく奥深い青い幻《まぼろし》――海と空が光にみちた靄《もや》の中で混じりあっている。ときは春、日は朝《あした》。[1]

ただ空と海ばかり――渺々《びょうびょう》たる紺碧《こんぺき》一色……。前景には、さざなみに銀色の光があたって、砕《くだ》ける波の水沫《みなわ》が糸のように縺《もつ》れて渦《うず》を巻いている。しかしすこし遠景になると、もう動きは見えない。見えるのは色だけである。暖かみある海の青が広がって空の青に溶け込んでいる。水平線はどこにもない。遠くはそのまま空に上がっている――無際限《むさいげん》の凹面《おうめん》が目の前にひらかれ、果てしないアーチとなって頭上にのびる――天の高みに向けて青は深みを増す。しかしそのあいだの中空《なかぞら》には、御殿《ごてん》の塔《とう》が淡くはかなく幻のように浮かんでいる。角《つの》のように突き出た、三日月《みかづき》のように反《そ》った屋根――異国の過去の栄《えい》華《が》の残照《ざんしょう》が、追憶《ついおく》のように、おだやかな日の光を浴びている。

……いま記述しようとしたのは一幅《いっぷく》の掛物《かけもの》――私の部屋の床《とこ》の間《ま》の壁に掛かった絹《きぬ》の軸に描かれた日本の絵である。題は「蜃気楼《しんきろう》」。だがその姿かたちは見まごうべくもない。この掛軸の絵は仙人が住む蓬萊《ほうらい》のかすかに光る楼門《ろうもん》であり、竜宮《りゅうぐう》の王城の三日月形の屋根である。その様式は（今日《こんにち》の日本画家の筆になるものではあるが）二千有百年前の中国事物の様式に即して描かれている……。

当時の中国の書物には蓬萊について次のようなことが書かれている。――

蓬萊には死もなければ苦しみもなく、また冬もない。その地の花は凋《しぼ》むことなく、果《か》実《じつ》は絶えることとない。ひとたびこの果実を味わえば、二度と渇きや飢えをおぼえることはない。蓬萊には相鄰子《そうりんし》、六合葵《りくごうあおい》、万根湯《ばんこんとう》など万病をいやす霊妙《れいみょう》な草木が生《お》い茂っている。――また死者を蘇《よみがえ》らせる養神子《ようしんし》という霊草《れいそう》も生えている。そしてこの霊草には一度飲めば永遠の若さが与えられる霊水《れいすい》が灌《そそ》がれている。蓬萊の人々はほんに小さな椀《わん》で飯《めし》を食べる。しかし食べる人が満腹するまでは、いくら食べても、その椀の飯の粒《つぶ》が減ることはない。蓬萊の人々はほんに小さな杯《さかずき》で酒を飲む。しかし陶然《とうぜん》と眠り心地になるまでは、いくらぐいぐい飲もうとも、誰ひとりその杯を飲み干すことはできない。

このほかさまざまなことが秦《しん》の時代の伝説には語られている。しかしこうした伝説の作者たちが、たとえ蜃気楼であれ、蓬萊を実際に見たとは信じられない。一度食べた人が永久に満足するような仙果も――死者を蘇らせる霊草も――永遠の若さの泉も――飯が減らない椀も――酒が尽きない杯も、実際にあるはずはない。死や悲しみが蓬萊の国と無縁であるというのも真実ではない。――冬がないというのも本当ではない。蓬萊の冬は寒い。――風は骨を嚙《か》む。竜宮の王城の屋根にはおそろしいほど雪が積もる。

それにもかかわらず蓬萊の国にはすばらしいものが数々ある。その第一は、中国人は誰もそれに言及しなかったが、蓬萊を包む大気である。それはその地に独特のもので、その大気ゆえに蓬萊の日射しはどこよりも白い。――乳のような光は眩《まば》ゆくない。――驚くほど澄んでいるが、たいそう柔らかである。このような大気はわれわれ人間の時代のものではない。際限もなく古い時代のもので、その古さを考えるとそら恐ろしい気がする。――それは窒素と酸素の混合物ではない。それは空気ではなく霊気《れいき》から成っている。――何億何兆という世代の魂――私たちとはまるきり似ていない考え方をした人たちの魂の実質が混じりあって、一つの広大な透明体と化したものである。いかなる人であろうともその大気を吸いこめば、自分の血の中にこの霊たちの湧《わ》きかえる霊感を取り込んでしまう。その霊たちが自分の中にある感覚を変えてしまう――空間と時間の観念を作り変えてしまう。――するとその霊たちが見ていたようにしか見えなくなり、霊たちが感じていたようにしか感じられなくなり、霊たちが思っていたようにしか思われなくなる。この感覚の変化は眠りのように穏やかで、そうした感覚を通して見れば、蓬萊は、次のように描けるのではあるまいか。――

——蓬莱には邪悪《じゃあく》のなんたるかが知られていない。それゆえ人々の心は老いることがない。心がいつも若いから、蓬莱の人々は生まれてから死ぬまで微笑を絶やさない。——神々が彼らのあいだに悲哀を送るときだけは表情が曇《くも》るが、それとても悲しみが去ればまた晴れる。蓬莱の民《たみ》はあたかもみなが同じ一家の一員ででもあるかのようにたがいに愛し、たがいに信に厚い。女たちの心は鳥の心のように軽やかだから、女たちの話し方もまるで鳥のさえずりのようである。——遊びたわむれる娘たちの袖《そで》が揺れるさまはさながら幅の広い、やわらかな翼《はね》のはためきのようである。蓬莱では悲嘆のほかは隠し立てすることはない。なにも恥じることがないからだ。——鍵《かぎ》をかけることもない。

盗みを働く者がいないからだ。そして蓬莱の住人は、昼夜を問わず戸に錠《じょう》をさすことはない。なにも恐れる ことがないからだ。そして蓬莱の住人は、死すべきものではあるが、仙人であるがゆえに、竜宮城を除けば、すべてがこぢんまりとして奇妙で古雅《こが》である。——そしてこの仙人たちは実際にほんに小さな椀からご飯を食べる。そしてほんに小さな杯から酒を飲む……。

——このように見えたのはあの霊的な大気を吸いこんだからだろう。——しかしそれだけではない。死者たちが掛けるこの魔法はある理想の魔法であり、古き代《よ》の望みの魅力にほかならない。——そしてその望みの一端《いったん》は多くの人の心中で現実と化している、

——無私《むし》の生活という素朴《そぼく》な美しさにおいて——「女性」の優しさにおいて……。

——西方からの邪悪な風が蓬萊の上に吹きつける。そしてその風を受け、惜《お》しむらくは、この魔法の大気は次第に退散しつつある。いまではとぎれとぎれに漂っているに過ぎない。日本の画家が描く山水《さんすい》の上にたなびく明るい筋《すじ》状の雲のようなものである。こうしたきれぎれの霊妙な靄《もや》の下に蓬萊の国はまだ見えがくれしている。——しかしそこを除いてはもはや見あたりはしないだろう……。蓬萊の別名は蜃気楼であることを忘れてはならない。蓬萊とは所詮《しょせん》、手にとることのできない幻覚である。その幻覚はいま消えなんとしている。——絵と詩と夢の中にしか、もはや二度と姿を現すことはないだろう……。

昆虫の研究

蝶

一

廬山《ろざん》に住んでいたとして日本の文献にも知られる中国の学者[1]の幸運になにとぞ私も与《あずか》りたいものだ。というのも、この学者は二人の妖精《ようせい》の乙女《おとめ》、天のものなる姉妹に愛されて、姉妹は十日ごとに彼のもとに現れては蝶《ちょう》にまつわる話を聞かせてくれたからだ。左様、中国には蝶にまつわる数々のすばらしい話がある。――この世ならぬ霊的な物語だが、私はそれが知りたくてたまらない。しかしこれから先、私が中国語が読めるようになることはあるまい。日本語の力もすこぶるあやしい。だが私がどうかこうか英語に訳した日本の和歌や俳句には蝶にまつわる中国文学への言及が実に多い。その原典が知りたくてたまらないので、私はタンタロスの苦しみを味わっている。目の前にたくさんのすばらしいものがありながら手が届かないのだ……。それに私ごとき懐疑主義者のもとへは妖精の乙女が現れる道理もないだろう。

私が知りたいのは、たとえば、蝶が花ととり違えたとかいう中国の乙女の話の全容である。その乙女はいかにも芳《かんば》しく美しかったから、蝶が群《むれ》をなしてそのあとを追った由である。また明皇《めいこう》の諡《おくりな》で知られる玄宗帝《げんそうてい》の蝶についての話も詳しく知りたい。皇帝は自分の愛を承《う》ける女を蝶に選ばせたという……[2]。皇居のすばらしい御苑《ぎょえん》で皇帝は酒宴を催すと、後宮《こうきゅう》の美女たちをその席に侍《はべ》らせた。虫籠《むしかご》の中の蝶が女たちのあいだで放《はな》たれ、一番美しい女のもとへ飛んでいく。皇帝はその夜はその女を召して恩沢《おんたく》を賜《たも》うたとのことである。しかし楊貴妃《ようきひ》と出会ってからというもの、玄宗皇帝は寵愛《ちょうあい》すべき女を蝶に選ばせることをやめた。それは不幸なことで、楊貴妃を溺愛《できあい》したために皇帝は深刻な騒乱にまきこまれてしまった……。私はまた日本では荘周《そうしゅう》の名で知られる中国の思想家荘子《そうし》の故事ももっと知りたい。荘子は夢で胡蝶《こちょう》となり、ありとあらゆる胡蝶の感覚を味わったという。それというのも荘子の魂は実際に蝶の姿をとって飛びまわったからである。荘子が目を醒《さ》ましたときは、蝶としての存在の記憶や感覚が脳中に鮮明に残されていたから、彼は普通の人間のように振舞《ふるま》うことができなかった……。最後に、中国の一公文書の原文も読んでみたい。そこには種々の蝶が皇帝とその家臣の霊魂として認知されているという……。

歌や俳句のいくつかを除けば、日本文学に出てくる蝶の話はおおむね中国起源らしい。蝶にまつわる日本古来の美的感覚は日本の芸術品にも歌にも生活習慣にも実にめでたく表現されているが、それとても当初は中国の感化を受けたものであろう。日本の詩人や画家が芸名《げいみょう》として蝶夢《ちょうむ》とか一蝶《いっちょう》とかをしばしば選ぶのは、まちがいなく中国の先例にならってのことであろう。今日《こんにち》にいたるまで蝶花《ちょうはな》、蝶吉《ちょうきち》、蝶之助《ちょうのすけ》などの芸名は芸妓《げいぎ》や舞妓《まいこ》によく用いられている。蝶と関連する芸名のほかに、日常生活に実際に使われる呼び名にもこの種のもの――「蝶」を意味する「こちょう」とか「ちょう」がある。こうした名前がつけられるのは、概して女性のみである。ときに奇妙な例外はあるが……。ついでにふれておくと、陸奥《むつ》地方にはいまもなお、一家の末娘を「てこな」と呼ぶ珍らしい風習が伝わる。――この風変わりな言葉は、よそでは廃《すた》れてしまったが、陸奥の方言では蝶を意味する。[3] 古典的な時代にはこの言葉は美しい女をも意味していた……。

蝶にまつわる日本人の奇妙な信仰もあるものは中国起源かもしれない。しかしこの種の信仰は中国そのものよりもさらに古いのかもしれない。その中でもっとも興味をひく信仰は生きている人間の魂が蝶の姿となってさまよい出るというものではあるまいか。この信仰から愛すべき空想が生まれて世間に伝わった。――たとえば、蝶が客間に入って簾《すだれ》の裏にとまったら、それはいとしい人があなたに会いに来るしるしである、という考えである。蝶が誰かの魂であるからといってそれを怖れることはない。しかし蝶といえども甚《はなは》だしい数の群となって現れて人間をおびやかすことはある。日本の史書にはそんな事件も録《しる》されている。平将門《たいらのまさかど》が後に有名となる謀反《むほん》をひそかに企んでいたころ、夥《おびただ》しい数の蝶の群が京都に出現し人々は恐怖におののいた。4 これは来《きた》るべき凶事の予兆と思われたのである……。おそらくこうした蝶は戦いで命を落とすであろう幾千もの人々の魂で、争乱の前夜、なにかあやしい死の予感に動揺したのであろう。

日本人の信仰では、蝶は死者の霊魂でもあれば生者の霊魂でもある。肉体をいよいよ離れることを報ずるために霊魂が蝶の姿をとる習いがある。だから蝶が家に舞い込んでくるときは必ずやさしく対応せねばならない。

そうした信仰やそれにまつわる奇話に材《ざい》をとる芝居も少なくない。たとえば世によく知られた『飛んで出る胡蝶の簪《かんざし》』という通俗演劇がそれである。胡蝶はいわれのない非難を浴び酷《ひど》い目にあって自殺した美しい女だが、その女の仇《あだ》を討《う》とうとした男は長いあいだ真犯人をさがしあぐねた。だがしまいに死んだ女の簪が蝶と化し、悪者がひそむ場所の上へ飛んでいき、そこで舞うことで敵討《かたきう》ちの手引きをしたという筋である。

婚礼の際に用いられる大きな紙の蝶（雄蝶《おちょう》と雌蝶《めちょう》）になにか霊的な意味があるとはもちろん考えてはならない。これはただ単に愛する者が結ばれる喜びを示す象徴で、新婚の二人がどこかの楽しい庭をかろやかに飛びめぐる番《つがい》の蝶のように生涯をともに過ごすことへの希望の表明である。——二羽の蝶はあるいは上へ、あるいは下へ飛び交《か》いはするが、けっして遠くはなればなれになることはない。

二

蝶にまつわる俳句を多少選ぶと、この主題の美的な側面に寄せる日本人の関心がどのようなものかわかるだろう。ある俳句は単なる絵にすぎない。——十七音で作られた小さな色つきのスケッチで、またある俳句は可愛《かわい》いファンシー、ないしは優雅なサジェスチョン以上のものではない。それでも西洋人読者はけっこう変化に富んでいると見るだろう。詩そのものにはさして興味を覚えぬ人もいるかもしれない。エピグラムのような短詩型の日本の詩に対する好みはにわかに身につくものではない。じっくりと時間をかけて得られる趣味である。辛抱強く学んだのちに、次第にこのような俳句制作の種々の可能性は公正に評価され得る。十七字の詩のために真面目に弁じようとすると、たちまちそんな主張は「馬鹿げている」と西洋人のあいだからは苦情が出たものだ。しかしそれならクラショー Crashaw がカナの饗宴《きょうえん》の際に起きた奇蹟《きせき》をうたった有名な一行、

Nympha pudica Deum vidit, et erubuit.
内気なニンフは彼女の神さまを見て、顔を紅らめた。[5]

という詩については何といえばよいのか。このラテン語詩はわずか十四音節だが、不滅の詩句である。同様に日本語の十七音節でも同じくすばらしいものが――いや、もっとずっとすばらしいものが――一度や二度どころかおそらく千度ならず作られてきた……。しかし次の俳句にはなんらすばらしい要素はない。それでも文学的理由以上の理由で選ばれた。

脱ぎかくる羽《は》織《おり》すがたの蝴蝶かな[6]　乙州[7]
Like a *haori* being taken off — that is the shape of a butterfly!
［脱ぎかけられようとしている羽織のような――それが蝶の姿である］

鳥さしの竿の邪魔する蝴蝶かな　一茶
Ah, the butterfly keeps getting in the way of the bird-catcher's pole!
［ああ、蝶がたえず鳥刺しの竿の邪魔立てをする］[8]

釣鐘《つりがね》にとまりてねむるこてふかな　蕪村
Perched upon the temple-bell, the butterfly sleeps!
［寺の鐘にとまって蝶が眠っている］

寝るうちも遊ぶ夢をや草の蝶　護物
Even while sleeping, in dream is of play — ah, the butterfly of the grass!
[寝ているあいだも夢の中で遊んでいる——ああ、草の間《ま》の蝶よ[9]]

起よ〱我友《わがとも》にせんぬる胡蝶　芭蕉
Wake up! wake up! — I will make thee my comrade, thou sleeping butterfly.
[起きなさい、起きなさい。仲間にしてやるから、眠る胡蝶よ[10]]

籠《かご》の鳥蝶を羨《うらや》む目付きかな　一茶
Ah, the sad expression in the eyes of that caged bird! — envying the butterfly!
[ああ、籠の鳥の目の中の悲しい表情よ、——蝶を羨んでいる]

蝶とんで風なき日とも見えざりき　暁臺
Even though it did not appear to be a windy day, the fluttering of the butterflies — !
[風のある日[11]とは見えないけれども、蝶の羽がはためいていた]

落花《らっか》枝《えだ》にかへると見れば蝴蝶かな　守武
When I saw the fallen flower return to the branch — lo! it was only a butterfly!

［散った花が枝に戻るように見えた——よく見たらただの蝶だった］[12]

散る花に軽さ争ふ蝴蝶かな　春海
How the butterfly strives to compete in lightness with falling flowers!
［またなんと蝶は軽やかさにおいて散る花と競うことだろう］[13]

蝶々や女の足の後や先　素園
See that butterfly on the woman, path, — now fluttering behind her, now before!
［女が行く道のあの蝶を見てご覧、後ろでひらひら飛ぶかと思えば、前で飛ぶ］

蝶々や花ぬすびとを跟《つ》けて行く　丁濤
Ha! the butterfly! — it is following the person who stole the flowers!
［ああ、なんという蝶だ、花を盗んだ人のあとをつけていく］

秋の蝶友なければや人に附く　可都里
Poor autumn butterfly! — when left without a comrade (of its own race), it follows after man (or "a person")!
［気の毒な秋の蝶、（同類の）友だちもなしに男（あるいは「人」）のあとについて

いく］

追はれてもいそがぬふりの蝴蝶かな　我楽
Ah, the butterfly! Even when chased, it never has the air of being in a hurry.
［ああ、なんという蝶だ、追われても、急ぐ様子はまったくない］

蝶は皆十七八の姿かな　三津人
As for butterflies, they all have the appearance of being about seventeen or eighteen years old.
［蝶はみんな十七か十八の姿に見える］[14]

蝶とぶや此世《このよ》のうらみ無きやうに
How the butterfly sports, — just as if there were no enmity (or "envy") in this world!
［蝶はなんと遊ぶことだろう、まるでこの世に敵（または「うらみ」）がないかのように］

蝶とぶや此世に望《のぞみ》無いやうに　一茶
Ah, the butterfly! — it sports about as if it had nothing more to desire in this present

state of existence.
［ああ、なんという蝶だ、まるでこの現在の世にこれ以上望むものが何もないかのように飛んで遊んでいる］

波の花にとまりかねたる蝴蝶かな　　文晁
Having found it difficult indeed to perch upon the (foam-) blossoms of the waves, — alas for the butterfly!
［波の（泡の）花にとまるのが難しいらしい、ああ、蝶よ］

睦《むつま》しや生れかはらば野邊《のべ》の蝶[15]　　一茶
If (in our next existence) we be born into the state of butterflies upon the moor, then perchance we may be happy together!
［もし（私たちが来世で）野辺の蝶に生まれ変わるなら、私たちはおそらく一緒に幸せなことでしょう］

撫子《なでしこ》に蝶々白し誰《たれ》の魂《こん》[16]　　子規
On the pink-flower there is a white butterfly: whose spirit, I wonder?
［薄紅の花の上に白い蝶がとまっている。誰の魂だろうか］

一日《いちにち》の妻と見えけり蝶二つ　蓼太
The one-day wife has at last appeared — a pair of butterflies!
［一日の妻がついに現れた、一番《つがい》の蝶よ］

来ては舞ふ二人静《しずか》の蝴蝶かな[17]　月化
Approaching they dance; but when the two meet at last they are very quiet, the butterflies!
［近づいてきては舞う。しかし二人がついに会ったとき、二人はたいへん静かである、この蝶たちは］

蝶を追ふ心もちたしいつまでも　杉長
Would that I might always have the heart (desire) of chasing butterflies!
［どうかいつまでも蝶を追う心（望み）をもちたいものだ[18]］

＊

蝶にまつわる俳句のこの種の例以外に、同じ主題についての日本語散文の奇妙な見本も提供したい。私がきわめて自由な訳を試みた原文は『蟲諫《むしいさめ》』[19]という珍奇な古書の中に収められている。それは蝶に向かってするお話という形をとっているが、実際は寓意による教訓で、社会的な浮沈の道徳的意義を説いたものである。

「いま、春の日のもと、風はおだやかで、花は桃色に咲きそめ、草はやわらかく、人々の心は喜ばしげである。蝶はいたるところで楽しげに舞い、多くの人は蝶にまつわる詩や歌を作っている。

季節は、おお蝶よ、まさにおまえの輝かしい栄《さか》えの季節である。いまのおまえは実に素敵だから全世界におまえを羨《うらや》む。おまえ以上の器量よしはない。それだから他の虫どもはみなおまえを褒《ほ》めたたえおまえを羨む。おまえを羨望《せんぼう》の眼《まなこ》で眺める者はなにも虫だけではない。人間もまたおまえを褒めたたえおまえを羨む。唐《もろこし》の荘周《そうしゅう》は夢の中でおまえの姿となった。――日本の佐国《さこく》は死んだ後におまえの形をとり、その姿かたちでふらふらとどこからともなく現れた。蝶よ、おまえがよびおこす羨望の感情はただ単に虫や人間によって分かちもたれるだけではない。霊魂のない物体までもがその形をおまえの形に変えた。その証拠が小麦で[20]、小麦は蝶になる。[21]

ああそれで、おまえの心は意気揚々としている。こんなことを考えているのだな、「この世に自分に優るものはなにもない」と。ああ、おまえの心中などたやすく察しがつくぞ。おまえは自己満悦に陥っているのだ。それだからかくも軽々と風に吹かれて舞っているのだ。――それだから一カ所に静かに留まることができない。――そしていつも、いつも考えている、「この世に自分ほど運に恵まれたものはなにもない」と。

しかしここですこしばかりおまえ自身の生い立ちを考えてみるがいい。思い返すに値するぞ。なにしろ卑俗な面もあるのだから。卑俗ですと？　左様、生まれてから相当な期間、おまえはとても喜べるような恰好《かっこう》ではなかった。そのころのおまえは単なる毛むくじゃらの虫で、しかもひどく貧乏たらしかったから、裸の身にまとう一着の服も持ち合わせがない。見た目にとにもかくにも醜悪で、あの当時は世間の誰もが目をそむけた。実際おまえは恥じるだけの体《てい》たらくでもあった。恥ずかしさのあまりおまえは身を隠そうとして古い小枝や屑《くず》やらを集め隠れ家を拵え、それを樹の枝にぶらさげた。――するとみんながおまえに向かって叫んだ。「蓑虫《みのむし》だ！」（Raincoat Insect）[22]。その時分のおまえはなにしろたいへんな罪つくりで、おまえと仲間たちは美しい桜の樹のやわらかな青葉の中に集まり、そこで途轍《とてつ》もなく醜《みにく》い悪さに及んだ。遠方からわざわざ桜の美を愛《め》でに来た人々は、目当ての花の代わりに、おまえたちの姿を見てひどく傷ついた。しかしそんなことよりさらに罪深いことを犯している。おまえも知っての通り、いかにも貧しい男女が畑で大根《だいこん》を作っていた。日がぎらぎら照りつける中でせっせと働き、大根の世話をしなければならぬため辛《つら》くて気も滅入《めい》るほどだ。するとおまえは仲間たちに一緒に行こうと声をかけ、その大根の葉や貧しい人々が丹精して育てるその他の野菜の葉の上に集まり、持ち前の貪欲さ加減を発揮《はっき》して、こうした葉を荒らしまわり、見るも醜い様《さま》に噛《か》み散らし、食い破る。――気の毒に貧しいお百姓がどれだけ迷惑を蒙《こうむ》ったか、そんなことは気にもしない……。そうだ、おまえはそういう奴《やつ》だった。そうしたことがおまえの所業《しょぎょう》だ。

いまこうして器量よしとなると、おまえは昔の仲間の虫けらどもを馬鹿にする。ぱったり出会ってもそしらぬふりをする［しらぬ顔にもてなし、と原文にある］。いまやおまえは金持や貴人との交際のみを望んでいる……。ああ、おまえは昔のことは忘れたな？

多くの人がおまえの過去を忘れたのは事実その通りだ。世間はみんなおまえのいまの優雅な姿と白い翅《はね》に見惚《みほ》れている。そしておまえにまつわる漢詩をつくり和歌をよんでいる。以前のおまえの姿など見るにたえないとした高貴の令嬢がいまでは嬉《うれ》しそうにおまえを眺め、おまえが簪《かんざし》の上にとまらぬものかと期待して優美な扇子《せんす》をひろげている。しかしこうしたことは私に中国にあるおまえにまつわる故事を想《おも》い起こさせるが、しかしその話はおまえの名誉になる話ではない。

玄宗皇帝の御代《みよ》、宮中には幾百、幾千の美女がいた。――その数が実際あまりにも多かったから、その中の誰が一番すばらしいか、いかなる男にも決めかねた。それでこれらの美人は一堂に集められた。そこでおまえは放たれてその中を飛びまわったのである。その際の取り決めは、おまえがその簪の上にとまった美女が皇帝の寝室に召され皇恩に浴する、というのであった。そのころは良き掟《おきて》があって皇后《こうごう》は一人以上あってはならぬと決められていた。ところがおまえのせいで、玄宗皇帝は国に大災厄をもたらすこととなった。おまえは性《せい》軽薄で心はうわついている。数ある美女たちの中には心の清い者もいたであろうに、おまえはただ美しさにのみ目をとめて、外見《そとみ》だけが派手な女のもとへ飛んでいった。おまえがそんなことをするものだから、宮中に仕える女たちはそれからというもの婦道について思いめぐらすことはやめ、ひたすら男の目を惹《ひ》こうと妍《けん》を競うようになった。そしてその結果、玄宗皇帝は哀《あわ》れな惨死《ざんし》を遂げた。[23]——おまえの心が軽薄なゆえである。おまえの本当の性格はおまえの他の振舞《ふるまい》を見ればすぐにわかる。たとえば松や柏《かしわ》のように葉が枯れ落ちずいつも緑の樹もあるが、こうした常緑樹は心が固く、操《みさお》を守る。しかしおまえはそんなお堅いのや格式張ったのはいやだと言って、顔を見るのも忌《い》み嫌い、かりそめにも立ち寄らない。もっぱら桜、海棠《かいどう》[24]、牡丹《ぼたん》、山吹《やまぶき》におまえは向かう。花々の見映《みば》えがいいからおまえは好むのだ。ひたすら花の富貴《ふうき》なる木々の歓心を買おうとする。そうした振舞は、ご注意するが、およそ見苦しい。そうした木々の花々は確かに美しいが、餓《う》えた人を助ける実《み》の一つだに結ばない。そうした木々が恩義を感じる相手は贅沢《ぜいたく》好きの見栄《みえ》っ張りに決まっている。だからこそおまえが翅《はね》ではばたく様を見ては喜び、おまえの華奢《きやしや》な姿かたちを眺めては愛《め》で興ずるのだ。——それらの木々がおまえに対して親切であるのもそうであればこそだ。

いま、この春の季節に、おまえはやんごとない人々の庭の面《おもて》を飛び交い、満開の桜並木を舞っていく。そしてこんな独《ひと》り言をいっている、「この世にこんな楽しみを持つ者は自分をおいてほかにいるまい。こんな立派な友人を持つ者もほかにいるまい。世間がなんと言おうと、わたしの最愛の花は牡丹だ。――黄金色《こがねいろ》の山吹はわたしの意中の人だ。彼女の頼みならなんでも聞いて進ぜよう。それを叶《かな》えてやるのがわたしの誇りであり喜びなのだ」……おまえはそんなことを言う。だが花の富貴はいくほどぞ。奢《おご》るもの久しからず、花の色はたちまち褪《あ》せて散ってゆく。そして、夏の暑いころに残るのは緑の葉のみである。やがて秋風が吹くにおよんで、その緑葉さえも、ぱらり、ぱらり、と雨が降るように落ちてゆく。そうなるとおまえの運命は諺《ことわざ》にいう「頼む木の下に雨もる」[25]者の運命と同じように不幸である。それというのもおまえは昔の友の根切り虫を尋ね、元の穴へ入れさせてくれと頼むが、しかしいまのおまえには翅があるから、そのために穴に入ることもできない。広き天地に身の置きどころもない。野辺の草葉は枯れ果てて、口をうるおす露《つゆ》もない。――もはや横たわって死ぬばかりである。これもすべておまえの軽佻浮薄《けいちょうふはく》な心根《こころね》ゆえである。――またなんとも嘆かわしい末期《まつご》ではないか」……

三

蝶にまつわる日本の話の大半は、前にも述べた通り、中国起源らしい。しかしおそらく日本の土着のものと思われる話も一つある。これは極東にはロマンティック・ラヴはないと信じている人のために語るに値するものと私には思われる。

東京の郊外にある宗参寺《そうざんじ》の墓地の裏手に、一軒の小家《こいえ》が古くからあり、高浜《たかはま》という名の老人が住んでいた。愛想のいい老人であったから近所で好かれていたが、みなから一風変わり者に思われていた。仏門《ぶつもん》に入ったわけでもないのに、妻も娶《めと》らず、家庭を作ろうともしない。世外《せがい》の人ではないのだが、人になんと勧《すす》められても結婚しようとしないのである。そもそも女と色恋《いろこい》の関係におちいったことさえないらしかった。もう五十年以上まったく独身のままで暮らしてきた。

ある夏、病《やまい》に臥《ふ》した。余命いくばくもないと悟《さと》って、高浜はいまは後家《ごけ》となっている義理の妹とその一人息子を呼んだ。この息子は二十《はたち》ほどの若者で、高浜は日ごろたいへん可愛《かわい》がっていた。二人はすぐに来て老人の末期を慰めるためにいろいろ手を尽くした。

ある蒸し暑い午後、後家とその息子が病床に侍《じ》して高浜を見守るうちに、老人は眠り込んだ。と同時に大きな白い蝶が一羽、室内に入ってきて病人の枕《まくら》にとまった。甥《おい》が団扇《うちわ》で追うと、いったんは去るがすぐ枕辺《まくらべ》に戻ってくる。また追い払うとまた舞い戻ってくる。三度目に戻ったときに甥は今度は庭へ追い出した。蝶は庭を通って開《あ》け放しの門を抜け、隣の寺の墓地まで、甥の前をひらひらと舞いながら飛んでいく。もうこれ以上追い立てられたくはないという風情《ふぜい》である。その様がいかにも奇妙なので甥は飛んでいるのは本当に蝶なのだろうか、それともなにか魔[26]だろうか、といぶかしく思い始めた。甥はなおも蝶のあとをつけた。すると墓地の奥で蝶がとある墓に向かって飛んでいくのが見えた。――女の墓である。そこで蝶はどういうわけかふっと見えなくなってしまった。あたりを探しても蝶は見あたらない。甥は墓石を調べた。見知らぬ家の姓とともに明子《あきこ》という名前が刻まれていた。十八歳で没したと出ている。墓はおよそ五十年以前に建てられたものらしい。苔《こけ》がむしはじめていた。しかし世話はよくされていた。新しい花が墓前《ぼぜん》に供えられている。手向《たむ》けの閼伽《あか》の水は近ごろ汲《く》みかえられて間《ま》もない。

病室に戻った若者は伯父《おじ》が息を引き取ったと聞かされてはっとした。眠っているあいだに苦しみもなく亡くなったという。死に顔には微笑が浮かんでいた。

若者は母親に墓地で見かけたことを話した。

「ああ」と母は叫んだ、「それなら明子さんだよ」……

「お母さん、明子って誰です？」と甥は聞き返した。

母が答えた、

「あなたの伯父様は若いころ、近所の方の娘で明子さんという可愛いお嬢さまと結婚の約束を交わしていました。しかし婚礼のすこし前に明子さんは肺病で亡くなりました。夫となるはずだった伯父様は深く嘆いて、明子さんが埋葬されたあと、生涯妻は娶《めと》らぬという誓いを立てて、いつでも明子さんのお墓の近くにいられるようにと、墓地の近くにこの小家を建てました。もう五十年以上の昔のこと。この五十年、毎日、冬も夏も伯父様は墓地へ行き、墓前に詣《もう》で、掃《は》き清め、お供《そな》え物をしました。でもそのことには何も触れられたくなくて、誰にも話そうとしませんでした……。とうとう、明子さんがお迎えに来たのだね。白い蝶は明子さんの魂だったのでしょう」

四

胡蝶舞《こちょうまい》[27]と呼ばれる日本の古い舞いのことを述べるのを忘れるところであった。これは宮中で蝶に扮した舞人《ぶじん》によって演じられていた。今日《こんにち》でも上演されることがあるのか私は知らない。たいへん覚えにくい曲目だそうである。その正式の上演には六人の舞人が必要で、それも特別の恰好《かっこう》をして動かねばならない。——足取りも身構えも仕種《しぐさ》も伝統的な規則に従い——西洋古代のパンの神の笛に似ながらパンの神のあずかり知らぬ簫《しょう》という楽器や、鞨鼓《かっこ》や大太鼓《おおだいこ》、大小の篳篥《ひちりき》の音にあわせて、お互いのまわりをごくゆるやかにまわりながら舞うのである。

蚊

自分の身を守ることを念頭に、ハワード博士の『蚊《か》』という本を読んだ。私は蚊に苛《さいな》まれているのである。家の近所には数種の蚊がいるが、かなり苦痛を与えるのは一種だけ——小さな針みたいな奴《やつ》で、全身に銀色の斑点《はんてん》と銀色の縞《しま》がある。それに刺されると感電して火傷《やけど》したときと同じような鋭い痛みが走る。その唸《うな》りにはこれから襲われる痛みを予言する、刺すような響きが含まれている。ちょうどある種の香りがある種の味を示唆《しさ》するようなものだ。私の見るところ、この蚊はハワード博士が「ステゴミイア・ファスキアタ」[1]とか「クレクス・ファスキアトゥス」[2]と呼ぶものにすこぶる似ている。その習性はステゴミイアとそっくりである。たとえば夜行性というよりは昼行性で、午後はすこぶる煩《わずら》わしい。庭の裏手に寺の墓地があるのだが——たいへん古い墓地である——蚊はそこから出てくることをつきとめた。

ハワード博士の書物によると、近所から蚊を駆逐するには、蚊が生ずる溜《た》まり水に石油か灯油《とうゆ》を少々撒《ま》けばそれですむという。週に一度、「水面十五平方フィートに一オンスの割合で」油を撒けばよい……。しかし拙宅《せったく》の近所がどんなところか一つお考え願いたい。

先に述べたように私を苛む蚊は寺の墓地から出てくる。その古い墓地の一つ一つの墓の前には「水溜め」と呼ばれるものがある。大抵の場合、この水溜めは墓石を支える幅広い土台の石に彫《ほ》られた長方形の窪《くぼ》み、閼伽《あか》受けである。しかし金のかかった墓の前には台石に水溜めはなく、そのために一塊の石から彫られた水溜めが別に安置され、家の紋《もん》とか由緒のある飾りとかが彫ってある。貧しい人々のお墓の前には水溜めがないから、水は茶碗《ちゃわん》その他の容器に注《つ》がれている。——死んだ人は水を所望《しょもう》するからである。花も供《そな》えなければならない。墓の前には竹筒かそれに代わる花立てが二本左右に並んでいる。そうした花立てにはもちろん水が入っている。墓地には墓のために井戸がある。故人の親戚《しんせき》友人が墓参する際は、新しい水が水溜めや茶碗に必ず注がれる。しかもこのような古い墓地には幾千という水溜め、幾千幾万という花立てがあるから、その水すべてが毎日汲みかえられるはずはない。水は澱《よど》みおびただしい数の虫がわく。深い水溜めがひからびて乾くことは滅多にない。東京の降雨量は相当なものだから十二カ月のうち九カ月はいつも多少は水で満たされている。

こうした水溜めと花立ての中で私の敵は生まれるのである。何百万という数の蚊が死者の水から出てくる。——そして仏教の教義に従うと、その何匹かはほかならぬこの死人の生まれ変わりなのかもしれない。前世《ぜんせ》の咎《とが》で食血餓鬼《じきけつがき》の境涯《きょうがい》に堕《お》とされてしまったのだ……。いずれにせよ一筋縞蚊《クレクス・ファスキアトウス》の悪意は、誰か性悪《しょうわる》の人間の霊魂がこの唸りをあげる粒ほどの体に押し込められたのではないか、という疑念を十分裏付けるに足りるものである。

ここで灯油の件に話を戻すと、いかなる土地の蚊であろうとも、灯油の被膜《ひまく》でもってそこにある澱《よど》んだ水の表面を覆《おお》うてしまえば、絶滅できる。幼虫は呼吸しようとして水面に出てくるときに死ぬ。成虫の雌《めす》の蚊は卵の群《むれ》を産みつけに水面に近づいたときに死ぬ。ハワード博士の書物によると、人口五万人のアメリカの都会から蚊を一掃するのにかかる実際の費用は三百ドルを超えない程度だそうである……。

もし東京市当局が——科学を信奉し極端に進歩的なのがこの市役所なのだが——突然「寺の墓地の一切の水溜めには規則的間隔を置いて灯油を注いで水面を覆わなければならない」という命令を発しでもしたら、世間はなんというだろうか。——命を奪ってはならない、目に見えないものの命であれ奪ってはならないとする宗教がこのような当局の命令をはたして許すだろうか。「孝」の観念は、このような命令に唯々《いい》諾々《だくだく》と従うことを夢にも許すだろうか。それに週に一回、東京市にある何百万という数の水溜め、何千万という花立てに灯油を注ぐ時間と手間《てま》を考えてみるがいい……。これは実行不可能である。東京から蚊を退治するためには古い墓地を取り壊すよりほかに手はない。しかしそんなことをすればそれは墓地と一体であるお寺の破滅を意味する。——そしてそれはまた蓮《はす》の池、梵字《ぼんじ》が刻まれた石碑《せきひ》、お腹をふくらました太鼓橋《たいこばし》、御神木《ごしんぼく》のある森、微《み》妙《よう》の笑みを湛《たた》えた仏像などのある多くのすばらしい庭園の消滅をも意味する。となれば一筋縞蚊《クレクス・ファスキアトウス》の殲滅《せんめつ》は、先祖代々の詩的な信仰の消滅をもたらしかねない。——これはあまりにも高価な代価ではなかろうか。

それに私自身は、私にお迎えの番が来たときは、どこかのこうした昔風なお寺の墓地に葬《ほうむ》られたい。——私としてはあの世でのおつきあいは古風な人、明治の流行や変化や瓦《が》壊《かい》やらを気にしない人にお願いしたい。わが家の庭の裏手にあるあの古い墓地などがいい。あそこならばなにもかも美しい。並はずれて美しい場所で、驚くばかりに珍奇である。一木一石《いちぼくいっせき》も古い理想によって形づくられたものばかりだ。そんな古い美の規範はもはや現存する人の脳裡《のうり》には存在しないものである。影もいまどきのこの太陽の影ではなく、忘れ去られた世の影である。その忘却の彼方《かなた》の世とは蒸気も電気も磁気も——灯油も、知らない世である。お寺の大きな釣鐘《つりがね》のごーんという響きにも妙《たえ》に古雅《こが》な音色《ねいろ》が奇ある。それは私の体内の十九世紀風の近代的な部分からはいかにもほど遠い。だから奇妙な気分がする。なにか目に見えないかすかな感情の動きが生じて私は怯《おび》えずにはいられない。――それは美妙《びみょう》な怯えである。お寺の鐘の大波のように響きわたるあの音を耳にすると、私の魂の奥底の部分でなにものかが羽ばたきなにものかが立ち騒ぐ、その胸騒ぎを感ぜずにはいられない。何百万という死と何百万という生を繰り返してきた闇《やみ》の中で、その暗黒の彼方へなおも光を求めてもがく記憶の感覚がよみがえるのが感ぜられる。そんな鐘の音《ね》が聞こえる中に私はとどまっていたいのである……。それに、食血餓鬼の境涯に堕とされるかもしれぬという可能性に思いをいたすと、それならどこかの竹の花立てか水溜めの中に生まれ変わる機会があることをむしろ望む者だ。そんな中からそっと出て、かぼそい、刺すような歌をうたいながら、誰か私が知っている人を嚙《か》みに行きたいものと思うのである。

蟻

一

嵐が過ぎた今朝《けさ》、空は澄《す》んで眩《まばゆ》いほど青く、大気はすがすがしい。空気は松脂《まつやに》の甘い香気《こうき》に満ちている。夜来《やらい》の颶風《ぐふう》に折れて散った無数の松の枝からその匂いが立ち昇る。近所の竹藪《たけやぶ》で法《ほ》華経《けきょう》を讃《たた》える鶯《うぐいす》の笛のような音《ね》が聞こえる。南風が吹き大地は静かで穏やかである。遅まきの夏がようやく来たらしい。日本風の奇妙な色をした蝶《ちょう》があたりを飛び、蟬《せみ》がジーンジーンと鳴き、蜂《はち》が唸《うな》っている。蚋《ぶよ》が陽《ひ》の光の中で踊り、蟻《あり》は壊された住居《すまい》の修理に忙しい……。日本の詩が思い出される。

行衛《ゆくえ》なき蟻の住家《すみか》や五月雨[1]　暁臺

この五月の連日の雨で気の毒にこの蟻たちはどこへ住処《すみか》を探しに行ったらよいか行きどころがない、というのである。

しかしわが家の庭の大きな黒蟻《くろあり》には同情する必要はないようだ。黒蟻たちは嵐にも平然と耐えた。大きな樹々が根こそぎにされ、家々はばらばらに吹き飛ばされ、道路がその形態を留めなくなったのだから、どうして耐えたのか、想像もつきかねる。しかし颱《たい》風《ふう》の来襲を前に地下の町への入口をふさぐ以外なにも目に見える予防措置は講じられていなかった。彼らが今日も意気軒昂《けんこう》として労を惜しまず働いているのを見ているうちに、蟻について一文を草する気になった。

この論の冒頭に日本古典文学からなにか――情《じょう》に訴えるものか哲理を含むものを掲げたいと思った。しかしこの蟻という主題について日本の友人が見つけてくれたものは――とるにたらぬ詩句を除けば――ことごとく中国起源の話である。この漢文資料は主として奇談から成っているが、他にいいものがないから、その一つをここに引くが、引用に値すると思う。

＊

中国の泰州《たいしゅう》に信心深い男がいた。何年にもわたりさる女神《めがみ》を毎日熱心に崇《あが》めた。ある朝、祈りを捧げていると、黄色い服をまとった美しい女が室内に入ってき、男の前に立った。ひどく驚いた男は、何をご所望《しょもう》かと尋ねた。またどうして案内も請《こ》わずにお入りになられたか問うた。すると答えて曰《いわ》く、

「わたくしは女ではありません。あなたが長年にわたり熱心にお祈りを捧げてきた女神です。あなたの信心が無益でない証《あか》しとしてこうして参りました……。あなたは蟻の言葉がおわかりになりますか」

信心深い男は答えた、

「私は身分の低い無学な者で、学者ではございません。身分の高い方々のお言葉すらもわかりかねる男です」

この言葉に女神はほほえんで、懐《ふところ》から小さな箱を一つ取り出した。香箱《こうばこ》のような形をしている。女神はそれを開けると、指で中から一種の軟膏《なんこう》を掬《すく》い取って、それを男の両の耳に塗った。

「さあ」と女神は男に言った、「蟻を探し、見つけたら、身をかがめて、その話に耳を澄ましてごらんなさい。何を話しているかわかるでしょう。きっとあなたのためになることをお聞きになります……。ただ蟻をこわがらせたり、いじめたりしてはいけませんよ」

そして女神は姿を消した。

男はすぐに外へ出て蟻を探した。門の閾《しきい》を跨《また》ぎかけると家の柱を支える石の上に蟻が

二匹いる。身をかがめて耳を澄ますと、驚いたことに蟻たちの言葉が聞こえた。何を話しているかもわかる。

「もっと暖かい場所を探そう」と一匹の蟻が提案した。

「なぜもっと暖かい場所を？　この場所の何が不都合なの？」と相手が尋ねる。すると最初の蟻が言った、

「この下は湿気《しつけ》が強すぎて寒くていけない。ここには大きなお宝が埋めてあるから、お日様もあたりの土を温めることができないのだ」

それから二匹の蟻は一緒に立ち去った。話を聞いた男は急いで鋤《すき》を取りに走った。柱のまわりを掘ってみると、金貨で一杯の大壺《おおつぼ》がいくつも見つかった。このお宝の発見で男はたいそうな金持となった。

その後男は何度も蟻が話すのを聞こうと耳を澄ましたが、二度と聞くことはできなかった。女神の軟膏のおかげで蟻たちの不思議な言葉を聞くことができたのはその一日かぎりのことだった。

＊

この信心深い中国の男と同様、私もいかにも無智無学な者で、当然、蟻の会話など聞くことはできない。しかし科学の女神がときどき仙女《せんにょ》の杖《つえ》で私の耳や目にさわってくれ

る。するとほんのしばらくのあいだ、聴こえるはずのないものが聴こえ、見えるはずのないものが見える。

二

非キリスト教国民がわれわれの西洋文明よりも倫理的に高度な文明を産み出した、と言おうものなら、あちこちの界隈《かいわい》から白眼視されるが、それと同様、私がこれから蟻について述べることも、ある種の人々からは不快な発言と見做《みな》されるであろう。しかし世間には私など及びもつかないほど聡明でありながら、昆虫や文明について、キリスト教の祝福とは切り離して考える人もいる。近刊の『ケンブリッジ博物誌』のデイヴィッド・シャープ教授の次のような発言によって私は大いに勇気づけられた。蟻について教授は言う。

「観察の結果、こうした昆虫の生活にきわめて注目すべき現象があることが明らかになった。彼らはわれわれ人類よりも、多くの点において、社会的な共同生活を営む術《すべ》をより完全に会得《えとく》したばかりでなく、社会生活を容易ならしめる種々の組織的労働・技術を、われわれに先んじて獲得した。もはやこの結論を避けるわけにはいかないであろう」

専門家として鍛《きた》えられた学者が単純明快に述べたこの意見に異論を唱える学識経験者はまずいるまい。当代の科学者たちは蟻とか蜂とかについてそうやすやすと感傷的になるものではない。しかしシャープ教授は、こと社会進化については、こんな昆虫の方が「人間を超えて」先へ進んだように見えると言うことを憚《はばか》らないようである。ハーバート・スペンサー氏についてロマンティックな傾向があると批判する人はまずいないと思うが、スペンサー氏はシャープ教授よりもさらに先を行って、こう述べている。蟻は人類よりも、真の意味において、経済的のみならず倫理的にも進んでいる——なぜなら蟻の生涯は完全に利他的な目的のために捧げられているから、と。それに比べるとシャープ教授の方は、蟻を褒《ほ》めたたえる言葉にこんな余計ではないかと思われる注意を補っている。——

「蟻にできることと人にできることとは違う。蟻は個の繁栄のためよりも種《しゅ》の繁栄のために捧げられるようにできている。個体は、いわば、共同体の利益のために犠牲《ぎせい》に供せられるか、専門的役割に特化されている」

教授はこの注意で、個体の進歩発達が共同体全体の繁栄のために犠牲に供されるような社会状態は、それがいかなる社会であれ、遺憾な点が多い、ということを露《あら》わに匂わせた。——なるほど現在の人間の立場からすれば、この含意はおそらく正しいだろう。

なぜかといえば人類の進化はまだ不完全で、人間社会は人間がさらに個体化することによってさらに多くの得るところがあるからである。しかし社会的な昆虫に関しては、教授によって示唆《しさ》された批判には疑問の余地なしとしない。ハーバート・スペンサーは「個体の進歩発達とは、個体が社会的共同作業によりよく適合することである。これは社会の繁栄をもたらし、種の維持に役立つ」と言っている。これは別言すると、個体の価値は社会との関係においてのみ存在し得る、ということで、この前提をいったん認めるなら、社会のために個体を犠牲にして善いか悪いかは、社会の成員が一層の個体化をすることで社会全体が何を得、何を失うかによって決まる、ということになるはずである……。ところが、すぐに見ていくように、蟻社会の生態でもっとも注目を惹《ひ》くのはその倫理的状態である。蟻の倫理的状態は人間の批判を超えている。というのは、スペンサー氏は道徳進化の理想を「利己主義と利他主義が融和して両者が一つとなる状態」と述べたが、蟻はその状態を実現しているからである。それはいいかえると、無私の喜びのみが唯一の喜びであるような状態であり、さらにスペンサー氏の言葉を引くと、昆虫社会の活動は「個体の幸福を徹底して共同体の幸福の下位に置いているから、個体の生活は社会生活をしかるべく維持するために必要なかぎりにおいてのみ配慮されるように思われる……個体はその体力維持に必要なだけの食物と休息しかとっていない」

三

読者はすでにご承知と思うが蟻は園芸や農作を営んでいる。茸《きのこ》を栽培する術《すべ》にたけ、（現在までわかっているところで）五百八十四種類の生物を飼育ないしは栽培している。蟻は堅い岩にトンネルを掘る。蟻は自分たちの子供の健康を危殆《きたい》に瀕《ひん》せしめる天候の激変に対処する術を心得ている。昆虫としては、その寿命は例外的に長い。その種《しゅ》の中でも高度に進化した蟻は相当の年数生きる。

しかし私が話題としたいのは特にこうした事柄ではない。話したいのは蟻の恐るべき礼儀正しさ、その恐るべき道徳性についてである。[2] 人間のもっとも厳格な理想的行為規範といえども蟻の倫理に比べれば見劣りがする。進歩を時間で測定すると、人間は何百万年以上も蟻に遅れているというべきであろう……。なおここで私が話題としている「蟻」は、ハチ目アリ科の総体ではなくて最高度なタイプの蟻についてである。蟻についてはすでにおよそ二千種類が知られている。これらの蟻はその社会組織において進化のさまざまな度合いを示している。生物学的に見て最重要な、そして倫理問題との微妙な関係においてもそれに劣らず重要なある種の社会現象を研究するにあたっては、最高度に進化した蟻社会を扱ってこそ成果を上げ得るのである。

蟻のかなり長い一生において積む相対的な経験がどのような価値を持ち得るかについて近年いろいろ書かれてきた。現在、蟻の個性的性格を否定する人はまずいるまい。まったく新しい種類の困難に直面しそれを克服するときにこの小さな生物が発揮する知恵、また過去の経験に徴《ちょう》してまったく未知の新しい状況に適応する知性、そうしたものは蟻には独立思考の力が相当高いことを証している。しかし次のことだけは間違いない。蟻は純粋に利己的な方向に働かせるような個性を持っていないということである。私はここで selfish という語を利己的という普通の用法で使っている。貪欲《どんよく》な蟻、好色な蟻、七つの大罪のいずれかの罪を犯しそうな蟻、いやほんのちょっとした微罪《びざい》でも犯しそうな蟻などは考えられない。同様にロマンティックな蟻、イデオロギーに熱中する蟻、詩人風の蟻、形而上学《けいじじょうがく》的思弁にふける蟻などはもちろん考えられない。いかなる人間の頭脳といえども蟻の頭脳ほど徹底した即物主義、いわゆる matter-of-fact 主義に到達することは考えられない。現在の人間のでき具合では、蟻の頭脳的習性ほど実際的な頭脳的習性を養いそれを完全無欠に身につけることは無理であろう。この最高度に実際的な頭脳は道徳的過失を犯し得ないのである。蟻が宗教的観念を持ち合わせていないということを立証するのはおそらく難しいであろう。しかしそのような観念は仮に存在したとしても蟻にはなんの役にも立たないであろうこともこれまた確かである。そもそも道徳的な弱点を持ち得ない存在に対しては「精神的指導」などの必要はないからである。

蟻社会の特性や蟻道徳の特質について私たちはただ漠然《ばくぜん》としたことしか考え得ない。そしてこのような特性や特質を想像するにしても、そのためには不可能事としていまだに実現していない人間社会や人間道徳の状態について空想を試みなければならないのである。それでは、絶え間なく猛烈に働く人間で満ち満ちた世界なるものを想像してみることにしよう。しかもその働く全員が女であるらしい世界を。こうした女たちの誰ひとりとしてその体力維持に必要以上の食物は一粒もとろうとしない。いくら説得しても誘惑しても駄目である。そしてその誰ひとりとして自分の神経系統を良好な作業状態に維持する以上の睡眠は一秒も余計にとろうとしない。そしてその女たちのでき具合は実に特異であるからほんの僅《わず》かでも不必要に手前勝手なことをすれば、機能が錯乱《さくらん》状態に陥るようになっている。

こうした女性労働者たちが日々行なっている仕事とは、道路建設、橋梁架設《きょうりょうかせつ》、木材伐《ばっ》採《さい》、無数の種類の建築工事、園芸、農業、百種類もの家畜の飼育と保護、さまざまな化学製品の製造、数えきれないほどの食料品の貯蔵保存、種族の子孫の保育などである。こうした労働はすべて共同体のために行なわれるので、その市民の誰ひとりとしてなにかを私有物と考えることさえあり得ない。すべては公共物と考えられている。共同体の唯一の目的は若者——そのほとんどすべては女子である——の養育と訓練である。幼年期は長い。子供たちは長いあいだ、ただ単に自立できないだけでなく、形も整っておらず、しかもたいへん虚弱の質であるから、気温のほんの僅かな変化に対しても注意深く保護してやる必要がある。幸いなことに彼らの保母は保健の法則をよく心得ている。どの保母も換気、消毒、排水、湿気、病原菌について知るべきことはみなきちんと承知している。彼女らの近視眼にはおそらく病原菌がはっきりと見えるのだろう。それはわれわれ人間の目にも顕微鏡の下でならはっきり見えるのと同様である。実際、衛生管理のことはすべてきちんと把握されており、いかなる保母も自分の近隣の衛生状態について過ちを犯すことはない。

これだけ絶えず労働しているにもかかわらず、身だしなみの悪い労働者はいない。誰もかれも一日に何度も身づくろいして体のすみずみまでさっぱりしている。しかしどの労働者も手首にたいへん美しい櫛《くし》とブラッシをつけて生まれているので、化粧室で時間を浪費するようなことはない。体をきちんとこぎれいにしておくほかに、労働者は自分の家も庭も一点非の打ちどころのない状態に維持しなければならない。それは子供たちのためである。地震、噴火、洪水、絶体絶命の戦争などが起こらないかぎり、日々の塵《ちり》払《はら》い、掃《は》き掃除、床磨《ゆかみが》き、消毒とかいった家常茶飯《かじょうさはん》の仕事が取り止《や》めになることはない。

四

ここで奇妙な事実にふれる。

この不断の労働の世界はウェスタの巫女《みこ》たちの世界よりもさらに徹底した処女たちの

世界である。男がときどきその中に見られることは事実だが、男たちが現れるのは特定の季節だけで、女たち労働者やその仕事となんらの関係もない。男が労働者に言い寄ろうなどとすることはない。——おそらく、共通の危機といった特別の状況下でもなければそうしたことはまず起こらない。また労働者の方も男に話しかけようなどとは思いもしない。——それというのは、この奇妙な世界では、男は劣等の存在であるからで、戦う能力もなければ働く能力もない。ただ必要悪としてのみその存在を許されている。女たちの特別の階級の者が——それはこの種族の「選ばれた母親」たちなのだが——、ある特定の季節の、ある短い期間だけ配偶者として男と交わる。この「選ばれた母親」たちは労働をしない。その代わり男を受けいれなければならない。働く女は男と連れ合いになることなど夢想すらしない。——男との交際などというつまらぬことは時間の浪費である。そればかりではない、働く女たちは当然のことながら男たちをみな言うべからざる軽蔑《けいべつ》の念をもって見くだしている。それにそもそもこの労働者たちは結婚できない。性的不能者なのである。なるほど一部の労働者は単性生殖をして父親なしに子供を産むことはある。一般論として、労働者はその道徳的本能においてのみ真に女性的である。彼女はわれわれが「母性的」と呼ぶ優しさ、辛抱強さ、先見の明をすべて備えている。しかし彼女の性《セクス》は消えてしまった。ちょうど仏教伝説に出てくる竜王の娘に性がないのと同様である。

捕食動物、これは国家の大敵なのだが、その捕食動物から自分たちを防衛するために労働者たちは武器を備えている。しかもその上、労働者たちは強力な軍勢によっても保護されている。その軍隊の兵士たちは労働者に比べてはるかに体が大きいから、(少なくともある種の社会においては) 一見したところ、これがはたして同じ種族かと信じがたいほどである。なにしろ兵士の方が、兵士が護衛している労働者よりも百倍も体が大きいこともないわけではない。しかもこれらの兵士はじつはみな女戦士である。——より正確にいえば、半女性 semi-females である。彼女らもしっかり働くことはできる。しかしその体は主として戦闘のために、また重量物の牽引《けんいん》のためにできているので、彼女らは熟練よりも力わざを必要とする仕事の方に向いている。

[なぜ男たちでなくて女たちが進化して兵士や労働者に特化したのか、これは見た目ほどそう簡単にすっきり説明できる問題ではない。私にはとても答える自信はない。しかしこれは自然の経済の結果そう決まったのではあるまいか。多くの生命体においては女の方が男よりも図体《ずうたい》や精力という点ではるかに勝《まさ》っている。——おそらく、こうした場合には完全な女によって本来的に所有されていた生命力のより大きな貯蔵《リザーヴ》が、ある特別の戦士階級の発展により速くより有効に利用されたという可能性がある。妊娠した女の場合には生命の出産に消費されるであろう全エネルギーがここでは攻撃力あるいは労働能力の進化に転用されたように思われる]

正真《しょうしん》の女——「選ばれた母親」たち——の数は実際きわめて少ない。彼女らはすでに早くから女王として遇されている。常に絶え間なく敬意をこめておつきが用を足すものだから、自分から希望を述べることは滅多にない。生活上の面倒からはいっさい解放されている。——例外が子孫を生む義務である。昼夜を問わず彼女らはありとあらゆるやり方で世話を焼かれている。彼女らだけがありあまるほどの食べ物を存分に給されている。——子孫のためにいかにも王者らしく食べ飲みかつ休まなければならない。そしてこのように生理的に特化したために、あらゆる欲望を存分に満たすことができるのである。彼女らは滅多に外へ出ない。強力なお伴《とも》がいないかぎり絶対外出しない。不必要な疲労に曝《さら》されたり、危険な目にあうようなことはあってはならないのである。おそらく彼女らはあまり外出などしたくないのであろう。種族の一切の活動は彼女らを中心に展開する。あらゆる知恵と労働と経済活動はひとえにこうした「母親」たちとその子供たちの幸福のために向けられる。

しかしこの種族の最後の最下等に位するのがこうした「母親」たちの夫たち——必要悪——男という存在である。すでに述べたように、男たちはある特定の季節にだけ現れる。そしてその命はきわめて短い。彼らは配偶者として女王と交わるよう運命づけられているが、自分が高貴な血筋だと誇ることもできない。それというのも彼らは王族の子孫ではなく、処女から生まれた——単性生殖の子供なのである。そして特にそのような理由ゆえに劣等的存在なのである。なにか不可思議な隔世遺伝の偶然の所産にすぎない。

しかしいかなる種類の男であれ、共同体はきわめて限られた数しか存在を認めない。――「選ばれた母親」の夫として仕えるに足りるだけの数で、しかもその務めを果たすや否《いな》やほとんどすぐに死んでしまう。この自然の法則が意味することは、この特別世界においては、ラスキンの教えと同一で「努力なき生活は罪悪なり」なのである。男たちは労働者や兵士としては役立たずであるから、その生存はほんの束《つか》の間《ま》の重要性しか持たないのである。彼らは実際には、テスカトリポカの祭祀《さいし》に選ばれたアステカの生贄《いけにえ》が二十日間の新婚生活を許された後に心臓を裂かれるように、犠牲に供されるわけではない。しかし彼らはその至高の幸運にもかかわらずその不幸はアステカの選ばれた者に劣らない。想像してみるがいい。たった一晩だけ女王の花婿《はなむこ》となるのが自分の運命だと承知の上で育てられている若者たちなのだ。――女王のお相手をした後はもはや生きる道徳的権利はなく、彼らにとって結婚とは確実な死を意味する。彼らには自分たちの若い寡婦《かふ》たちから嘆いてもらえる望みすらなく、寡婦たちは自分たちの何倍もの長さの寿命をその後も生きのびる……

五

しかし以上述べてきたことは真の「昆虫世界のロマンス」の序章にすぎない。

――この驚くべき文明との関連でもっとも驚嘆すべき発見は性《セクス》の抑制が行なわれて

いるという発見である。蟻の生活のある種の進んだ形式においては大多数の個体において性生活は完全に消失している。——ほとんどすべての高度に発達した蟻社会において性生活は種《しゅ》の存続のために絶対的に必要な範囲内においてのみ存在するらしい。しかしこの生物学的事実それ自体はそれが示唆する倫理的内容に比べればそれほど驚くにはあたらない。——それというのは、この性的能力の実際上の抑制ないしは規制は、どうやら自発的らしいのである。自発的といっても少なくともそれは種全体としての観点からであるが。この驚くべき生物は、ある特殊な栄養給与の方法で、若者たちの性《セクス》を発達させたり、発達を停止させたりする仕方を習得していると、現在では信じられている。本能の中でももっとも強く、もっとも抑えがたいものと普通考えられているところのものを彼らは完全なコントロールの下に置くことに成功しているのだ。この種族の絶滅を防ぐために必要な範囲内にまで性生活を厳格に抑制したことは、しかしながらこの蟻という種族がなしとげた数々の生命維持の経済の中の一つでしかないのである（ただしもっとも驚嘆すべきものではあるけれども）。利己的《エゴイスティック》な快楽のためのあらゆる能力も——egoisticという語の普通の意味において——生理的な変化によって同様に抑圧されてしまった。自然的な欲望は何であれそれに耽《ふけ》ることはできない。例外は、その耽溺《たんでき》が直接間接、種の利益に適《かな》う程度内においてのみである。——食物や睡眠という不可欠の要求にしてもそれが満たされるのは健康な活動の維持に必要な範囲内においてのみである。個体はただ共同体《コミユーン》の善に対してのみ、存在し、行動し、思考することができる。そしてこの共同体は、宇宙の法が許すかぎりにおいて、自らが「愛」や「飢餓」によって支配されることを、昂然《こうぜん》として拒絶するのである。

私たちの大多数は、なんらかの宗教的信条なしには――未来の報《むく》いへのなんらかの希望や未来の罰《ばつ》へのなんらかの恐れなしには――いかなる文明も存在し得ない、という信念のもとに育てられてきた。私たちはまた次のような考え方を教えられてきた。すなわち、道徳的観念に基づく法律がなければ、またこのような法律をきちんと守らせる警察力がなければ、たいていの者は自分個人の利益のみを求めて片端から他人に迷惑をかけるだろう、と。そうなれば弱肉強食となり、憐憫同情《れんびんどうじょう》の念は消え失せるに相違ない。そして社会の基本構造がすべて粉々《こなごな》に崩壊してしまうであろう、と……。こうした教育内容は人間の性質に現存する不完全性を告白しているようなものである。そしてその中には自明の真理が含まれている。しかしこうした真理を何千年も前に最初に公言した人は、利己的に振舞《ふるま》うことが「自然的に」不可能であるような社会的存在の形式があることなどは夢想だにしなかった。積極的に善行を働く喜びが義務の観念を不必要としている社会――本能的な道徳性が備わっているためにあらゆる種類の道徳律が不要である社会――各構成員が絶対的に非利己的に生まれついており、精力的に善良であるために、道徳的訓育は、構成員のもっとも若い者にとっても、貴重な時間の浪費以外のなにものでもない社会、そんな社会が存在し得ることを私たち人間に示してくれる確かな証拠が、非宗教的な自然の中に存在していたのである。

進化論者にとっては、こうした事実は必然的に私たち人間の道徳的理想主義なるものの価値は一時的なものでしかないこと、そして「美徳」とか「親切」とか「自己否定」――これらの言葉の現在の人間的な意味における――よりましな何かが将来、ある条件の下で、これらに取って代わるであろうことを示唆している。進化論者はいまや道徳的観念のない世界の方が、行動がこうした道徳的観念によって規制されている世界よりも、道徳的に優れているのではないかという問題に直面している。進化論者はまた人間社会に宗教的戒律、道徳的掟、倫理的標準が存在することは私たち人間が社会進化のきわめて初期の段階にとどまっていることを私たちに証しているのではないか、と自問せざるを得なくなっている。そうしてこうした質問はおのずと次の質問につながる。人類はこの地球という天体の上で、そのあらゆる理想を超えた倫理的状態に到達することがいつの日か可能であろうか、――私たちがいま悪と呼ぶところのものがすべて退化して消滅し、私たちがいま美徳と呼んでいるものが本能に変質してしまっているような状態に、――倫理観念や道徳綱領が無用になってしまうような、ちょうどいま高度に進化した蟻の社会でそうしたものが無用であるような、そうした利他主義の状態に、人類は到達することが可能なのであろうか。

近代思想の巨人たちはこの問題に対して注意を払ってきた。そしてその中の最大の思想家が答えを出した。——それは部分的には肯定的な回答であった。すなわちハーバート・スペンサーはいつの日か蟻の文明と倫理的に匹敵するような文明の状態に人類は到達し得るであろうという彼の信念を披瀝《ひれき》している。スペンサーは言う。

「もしも下等動物の中でその性質が構造的に変化して利他的な活動が利己的な活動と同一化するような場合があるのであれば、それと同様の同一化が同様の条件下では人間にも生じるであろうという推定がなされるのは当然であろう。そのような可能性が含まれていることは否応なしに認めざるを得ないのである。社会的な昆虫はまことに適切なさまざまな実例をわれわれ人間に提供してくれる。——実際、そのような実例によれば、一個人の命は驚くべき度合いで他者たちの命たちに捧げられてしまうこともあり得る……蟻や蜂が、dutyという言葉でわれわれ人間が普通に意味するところの義務の観念を持ち合わせているとは考えられない。また同様に、self-sacrificeという言葉で普通に意味するところの自己犠牲を絶えず受け入れているとも考えられない……［これらの事実は］利他的な目的のためにも、他の場合であれば利己的な目的のために発揮されるのと同程度かそれ以上に並々ならぬ精力が発揮される性質を造り出す、そのようなことが社会的組織の可能性の範囲内にあることを示している。——そしてこれらの事実は、そのような場合には、利他的な目的の追求は、別の面から見れば利己的といえる目的を追求することで行なわれていることを示している。社会的組織の必要を満たすために、他者の福祉繁栄をもたらすこうした行動はどうしても続けねばならぬのである……」

「これからは利己的な愛はたえず他者に対する顧慮《こりよ》の下に置かれるであろうが、しかしそうした状態が全未来を通していつまでも続くなどという予想は事実から遠くかけ離れていよう。事実はそれとは逆に、他者に対する顧慮こそが将来においては大きな喜びの源となり直接利己的な満足から生ずる喜びを凌《しの》いでしまうようになるだろう……そうなれば、ついには、利己主義と利他主義が融和して両者が一つとなる状態となるであろう」

六

もちろん、いま述べたスペンサーの予言は、人間の性質も将来的にはある種の生理的変化を遂げて、さまざまな階級《カースト》に分化した昆虫社会の構造的特化に匹敵するような構造的特化が具現化するだろう、などと言っているわけではない。「選ばれた母親」（女王蟻）という少数の活動しない者のために半女性の労働者（働き蟻）と女戦士（兵隊蟻）から成る活動的な大多数が労役に服するような人類の未来の状況を想像するのは間違いであろう。スペンサー氏は「将来の人口」という章でも、より高度の徳性を備えた人間類型を産み出すためには避けて通れない肉体的変化について詳しい言及は試みていない。

——もっとも完成された神経系統、人間の出産率の大幅な減少に関して氏が述べた一般論では、この種の道徳的進化のためには相当な肉体的変化が必要であることを示唆してはいるが。自他相互の利益をはかる楽しみが人生のすべての喜びであるような未来の人類に信を置くことが間違いではないのだとするならば、他の肉体的、道徳的変化を想像することもやはり間違いではないのではあるまいか。私にはわからないが、昆虫生物学の諸事実がすでに立証しているように、そのような変化は進化の可能性の範囲内である……。私はハーバート・スペンサーをこの世界に出現した最大の哲学者として深く尊敬している。それだけに彼の教えに反するようなことを書いて、読者がそれをスペンサー氏の綜合哲学 Synthetic Philosophy に想を得たものなどと誤解されたくないのである。以下の考察は、私個人の責任で述べるのであり、もしも間違っている場合、その罪はこの私自身にある。

スペンサー氏によって予言された道徳的変容は生理学的変化の助けがあってはじめて実現するものと考えるが、これには恐るべきコストがかかるであろう。昆虫社会によって実現されたような倫理的状態は、差し迫ったもろもろの必要に抵抗する死にもの狂いの努力を何百万年ものあいだ絶えず続けることによってのみ到達可能なものであった。それと同様に容赦仮借《ようしゃかしゃく》なく迫ってくるもろもろの必要に人類も将来直面し克服《こくふく》せねばならぬであろう。スペンサー氏は人類がもっとも悩み苦しむであろうときはこれから到来する、それは人口の圧力が最大になるときと同時であろうと述べた。そのような圧力が長期にわたりかけられた結果に生じることとして、人間知性と共感能力の一大増加があげられるのではないかと私は考える。この知性の増加は人間の出生率の犠牲において実現するだろう。しかし生殖力が減退しようとも最高度の社会状況が生まれる保証にはなりえず、それだけでは人類の困苦悲惨の主たる原因である人口圧力の軽減をもたらすにすぎないともいう。完全な社会的均衡《きんこう》の状態には近づくであろうが、しかし人類が完全にそれに到達することはないであろう。——

社会的昆虫はこの経済問題を、性生活を抑圧することによって解決したが、そのような経済問題を解決するなんらかの手段が人類によっても発見されないかぎり、人類は完全な社会的均衡の状態に到達することはないのである。

仮にそのような発見がなされ、人類が大多数の若者の性の発展停止を決定したとして——そして現在は性生活のために費やされている力をより高度な活動のために転用したとして——、その結果はたしていつか、蟻と同じような、多形現象 polymorphism の状態となるであろうか。仮にそのような事態となったとき、来《きた》るべき未来の人種ははたしてより高度なタイプとして——男の進化よりも女の進化のおかげで——男女いずれでもない中性人間が多数を占めることと実際なっているのであろうか？

今日《こんにち》でも相当数の人が、もっぱら非利己的な動機から（宗教的な動機の場合はいうまでもないとして）進んで独身生活を送っている。そのことを考えるならば、より高度に進化した人類が、共通の福祉のためにその性生活の大きな部分を喜んで犠牲に供する可能性は、特にそれによって得られる利点にかんがみて、あり得ないことではないと思われる。その利点の一つには――人類が蟻のように自然に性生活をコントロールすることが可能であると仮定しての話だが――人間の寿命が驚くほど延《の》びる、ということもあげられよう。性を超越した高度なタイプの人間は寿命千年という夢を実現できるかもしれないのである。

しなければならない仕事をなすには人生は短すぎると私たちはすでに感じている。発見の度合いは絶えず加速し、知識はやむことなく膨張する。時が経《た》つにつれ、人生の短さを嘆く理由は確実に増えていく。錬金術師《れんきんじゅつし》が夢みた不老不死の霊薬が科学によって発見される見込みは極端に低い。宇宙を支配する力は私たち人間がその力を欺《あざむ》くことを許さない。人間に与えられる利点の一つ一つに対して私たちはその代価をきちんと支払わねばならぬ。ただでは何も得られぬというのが宇宙の永遠の法則である。おそらく長寿の代償は蟻がそのために支払ったと同じものになるだろう。おそらく、地球よりも古いどこかの惑星では、その代償はすでに支払われているのであろう。そして子孫を産み出す力は、想像もできない方法でその種《しゅ》の他の階級《カースト》から形態学的に分化したある一階級にかぎり付与されていることであろう……。

七

昆虫生物学が示す事実は人類進化の未来の進路に関して実に多くの示唆を与えているが、一方、これらの事実はまた倫理と宇宙の法則との関係についてきわめて大きな意味のある何かを示唆しているのではないだろうか。明らかに最高度の進化は、人間の道徳的経験があらゆる時代を通して非難してきたことを行ないかねない生物に対しては許されないであろう。最高度の可能性を秘めた力が無私に由来する力strength of unselfishnessであることは明白である。至高の力が残虐や淫乱に与えられることは決してないだろう。神は存在しないかもしれない。しかし生命あるものすべてに存在の形を与えてはそれを解消する力は神よりもさらに厳しく仮借ないもののようである。星々の進む道程に「ドラマティックな傾向」があるなどと証明することはできない。しかしそれにもかかわらず宇宙進化の過程は、人間の利己主義とは根本的に反する人間のあらゆる倫理体系の価値を肯定しているように思われる。

骨董

さまざまな蜘蛛の巣がかかった日本の奇異な品々

エドウィン・アーノルド卿に捧げる。
卿のご親切なお言葉に対する感謝の思い出に

古い話

次に掲げる九話は『新著聞集』、『百物語』、『宇治拾遺物語集』、その他の日本の古書から選ばれた。奇妙な信心を上手に説き明かしているからである。骨董品ともまごうべき奇異な話にすぎないが。

幽霊滝の伝説

伯耆《ほうき》の国の黒坂村《くろさかむら》近くに、幽霊滝《ゆうれいだき》と呼ばれる滝がある。なぜそう呼ばれるのか、由来は知らない。滝壺《たきつぼ》の脇《わき》には小さな社《やしろ》があり、土地の人は滝大明神《たきだいみょうじん》と呼んでいる。その社《しゃ》頭《とう》には木でできた小さな賽銭箱《さいせんばこ》が置かれている。信者の寄進を受けるためである。この賽銭箱にまつわる次のような話がある。

いまから三十五年前のある凍《い》てついた冬の夕方、黒坂村のとある麻採《あさと》り場《ば》に雇われていた女房たちや娘たちが、一日の仕事をすませて仕事場の大火鉢《おおひばち》を囲んで、幽霊話に興じていた。話が十《とお》あまり出たころには、女たちはなんとなくそわそわしてきた。するとみなをさらに怖がらせてやろうと、ある娘が声をあげた、

「今晩、ひとりだけで幽霊滝へ行ってみたら、どうだろう」

その申し出に一同は悲鳴のような声を立てた。つられて引きつったように笑い出す者もいた……。

「行くような人がいたら」と一人が冷やかし口調で言った、「今日あたしが紡《つむ》いだ麻は全部くれてやってもいい」

「あたしもくれてやる」ともう一人が言った。「あたしも」と三人目も言った。「あたしたちみな、くれてやるとも」と四人目が言い切った……。すると紡ぎ女の中から、大工《だいく》の女房《にょうぼう》の安本《やすもと》お勝《かつ》が立ちあがった。二歳の一人息子をおぶっていたが、子供は暖かくるまって眠り込んでいる。

「いいかい」とお勝が言った、「もしあんたたちがみな、今日紡いだ分《ぶん》の麻を本当にくれるというなら、わたしが幽霊滝まで行ってみせます」

お勝のこの申し出に驚きの声があがった。嘘《うそ》いうなと野次《やじ》る女もいた。しかしお勝が何度も「行きます」と繰り返すので、これは本気だとみな悟《さと》った。お勝が幽霊滝に行くなら、今日紡いだ分をお勝にくれてやると全員が次々に約束した。

「だけど本当に行ったかどうか、どうしたらわかるかね」と詰問《きつもん》口調で問《と》い質《ただ》す者がいた。

「なにさ、お賽銭箱を持って帰ってくればいいさ」と紡ぎ女たちから「おばあさん」と呼ばれている老婆が言った、「それで証拠になるさ」

「ええ、持って帰ってきます」

とお勝は叫ぶように言うと、眠った子をおぶったまま外へ飛び出していった。

夜は寒気《かんき》がきつかったが、空は澄んでいた。人気《ひとけ》のない通りをお勝は村はずれへと急いだ。身を切るような寒さでどの家も表《おもて》を堅く閉ざしている。村を出ると、街道沿いに女は駈《か》けた。ぴちゃぴちゃ、と音がした。道の左右に凍てついた田圃《たんぼ》が静まり返っている。女を照らしてくれるものは星だけである。三十分ほど街道を行き、それから崖下《がけした》をくねくね曲がる、前より狭い脇道に下《くだ》った。進むにつれて道はますます暗く険《けわ》しくなる。しかしお勝は道をしっかり心得ていた。じきに滝水の鈍《にぶ》い唸《うな》りが聞こえてくる。また数分で、道がひらけ峡谷《きょうこく》となった。鈍かった唸りがにわかに轟然《ごうぜん》たる大音声《だいおんじょう》と化した。お勝の目の前に、暗黒の塊《かたまり》を背にして、瀑布《ばくふ》の長いかすかな光が浮かびあがる。社《やしろ》が夜目《よめ》にぼんやりと見えた。――賽銭箱も。女はやにわに駈け寄って――手を伸ばした、と……。

「おい、[1]お勝さん！」

水が砕《くだ》け落ちる音の上から、突然、戒《いまし》めるような声がした。

お勝ははっと立ちすくんだ。頭は真っ白である。

「おい、お勝さん！」

ふたたび大声が響いた。今度は声音《こわね》に脅《おど》しの凄《すご》みが加わった。

だがお勝は勝気な女である。すぐに正気《しょうき》を取り戻すと、賽銭箱を引《ひ》っ掴《つか》み、一目散に駈け出した。怖ろしいものはそれぎり聞こえもせず見えもしなかった。街道に着いて一息つくと、後はもうひた走りに走った。ぴちゃぴちゃ、と音がした。そして黒坂村にたどり着くと、麻採り場の戸を激しく叩《たた》いた。

女房たちと娘たちは声をあげた。お勝が喘《あえ》ぎながら、手に賽銭箱を抱えて入ってきたからである。みなは息をこらしてお勝の話に耳を傾けた。お勝が自分の名前が二度呼ばれた、声が幽霊に祟《たた》られたあの滝から響いた、と言ったとき、みなも恐怖のあまり悲鳴をあげた……。なんという腹の据《す》わった女だ！　気丈《きじょう》なお勝！　麻はくれてやるよ、当然の報酬《ほうしゅう》だ！……

「だけどお勝さん、坊やは冷えきっているよ」と老婆が声をかけた、「ここの火にあたらせるがいい」

「お腹《なか》も空《す》いたにちがいないわ」と母親のお勝も言った、「すぐお乳をやります」……

「たいへんだったねえ、お勝さん」と老婆は子供を包んだ綿入《わたい》れの半纏《はんてん》をほどくのを手伝った。「おやまあ、背中はぐっしょり濡《ぬ》れている」と言ったと思うと、老婆はしゃがれ声で叫んだ、「あら、血が！」

半纏の中から床《ゆか》にずり落ちたのは血だらけの子供の着物で、茶色の二本の小さな足と、茶色の二本の小さな手だけが突き出ている。――それ以外はない。

子供の首は、もぎ取られていたのであった！……

茶碗の中

どこぞの古い塔《とう》の螺旋《らせん》階段を、暗闇《くらやみ》の中、ぐるぐる登っていくと、暗闇の真《ま》っ只中《ただなか》で蜘蛛《くも》の巣にふさがれて、その先はなにもなかった、そんな体験はございませんか？　あるいは、どこぞの海岸沿いに切り立った断崖《だんがい》の中腹《ちゅうふく》にえぐられた小道をたどっていくと、岩角を曲がった途端、千丈《せんじょう》の絶壁の縁《へり》だった、などは？　こうした体験の感情的価値は――文学的見地からいえば――その際に味わったぞっとした感覚の力や、ありありと記憶に留められているその鮮《あざ》やかさによっても立証されます。

じつは昔の日本の物語の書物には、ほとんど同様の感情体験を味わわせてくれる物語の断片が不思議にも保存されています……。作者が怠惰《たいだ》だったのか、あるいは版元《はんもと》と不和になったのか、あるいはふいに小机《こづくえ》から呼ばれてそのまま戻ってこなかったのか、あるいは急死して文章の半ばで筆が止まったのか。いずれにせよ何故《なぜ》こうした作物《さくぶつ》が未完に終わったのか人智《じんち》で説明はつきません……。そんな典型的な一例を選んでみました。

*

天和《てんわ》三年正月四日――つまりおよそ二百二十年前[1]――、中川佐渡守《なかがわさどのかみ》は年賀の挨拶《あいさつ》に赴《おもむ》く途中、江戸の本郷界隈《かいわい》の白山《はくさん》の茶店《ちゃみせ》にお供の者とともに立ち寄った。一行《いっこう》がそこで休憩しているあいだに、お供の一人で関内《せきない》という名の若党《わかとう》[2]が、たいそう渇《かわ》きを覚えたので、大きな茶碗《ちゃわん》に茶を自分で注《つ》いだ。口元まで茶碗を持ち上げたとき、ふと気づくと、澄んだ黄色い茶の湯の中に顔が映っている。それが自分の顔ではない。はっとしてあたりを見まわした。しかしそばには誰もいない。茶の中の顔は髪形から察するに、若侍《わかざむらい》である。奇妙なほど目鼻立ちがくっきりして、いかにも端正で――まるで娘の顔のように繊細である。生きている人の顔が映っているとしか思えない。それというのも眼も唇も動いていたからである。この謎《なぞ》めいた幻影に狐《きつね》につままれた思いで、関内はその茶を捨てて、茶碗をしげしげと眺めた。なんの細工もない安物の湯呑《ゆのみ》茶碗である。別の茶碗をさがしてそれに茶をくんだ。するとまたもやその顔が茶の中に浮かんだ。関内はそこで新しく茶を淹《い》れてくれと頼み、茶碗にあらためて注いだ。するとまたもやその奇妙な顔が現れた。――今度は人を小馬鹿にした薄笑いを浮かべている。しかし関内はそんなことではたじろがない。

幽霊を飲み込んだか、と思いをめぐらせた。

「お主《ぬし》が誰であれ」と呟《つぶや》いた、「これ以上拙者《せっしゃ》を愚弄《ぐろう》することはできぬぞ」

――と、茶をぐいと、顔ごとすっかり飲み干すと、一行とともに発《た》ち、道々、自分は

同じ日の夕刻遅く、中川殿《どの》の屋敷で警固の番に当たっていると、関内が驚いたことに、音もなく見知らぬ者が部屋に入ってきた。立派な身なりの若侍で、関内の真向かいに着《ちゃく》座《ざ》するや、若党に向かい軽く頭をさげて一礼し、

「拙者は式部《しきぶ》平内《へいない》と申します。――本日初めて貴殿《きでん》にお目にかかりました……。お気づきでないご様子ですが」

低いが、こちらの肺腑《はいふ》を突き刺す声である。関内はぎょっとした。目の前にいたのは、昼間見て飲み干したと同じ端正だが不吉《ふきつ》な顔、茶碗の中の幻影である。あの幻影が笑ったと同様、いまも薄笑いを浮かべているが、笑っている唇の上の両眼はこちらをじっと凝視して、挑《いど》みかけ、また侮辱《ぶじょく》を加えんとするかのごとくである。

「いや、貴殿のことは存じませぬ」と関内は内心憤《いきどお》ったが、冷静な声で応じた、「如《い》何様《かよう》にしてこの屋敷の内に入る許しを得られましたか。恐れ入るが承《うけたまわ》りたい」

「封建時代には大名の屋敷は二六時中《にろくじちゅう》厳重に警固されており、警固の武士に不覚《ふかく》の許しがたい落度《おちど》でもないかぎり、誰も取次《とりつぎ》なしに入ることはできなかった」

「さてはお見覚えがないと申されますな」

と客は皮肉な口調で声を高めた。そう言いながら前ににじり寄ってくる。
「拙者のことは知らぬと申されますな。しかし貴殿は今朝ほど拙者に対しわざと非道《ひどう》の危害を加えられたではないか！……」

関内は咄嗟《とっさ》に腰の短刀[3]を摑《つか》み、男の喉元《のどもと》めざして激しく突いた。しかし刃《やいば》はなんら手《て》応《ごた》えのあるものに刺さらない。とそのとき、侵入者は部屋の脇《わき》の壁へ向けて音もなく跳んだかと思うと、その壁をすっと抜けて去った！……壁にはなんの痕跡《こんせき》もとどめない。まるで蠟燭《ろうそく》の光が行燈《あんどん》の紙を透《す》かして抜けるがごとく、男は壁を抜けて去った。

関内がこの件の報告をしたとき、その口上《こうじょう》に家臣たちは驚きかつ首をかしげた。事件の時刻に見知らぬ者が屋敷に出入りしたのを見た者はいなかったからである。そもそも中川の殿様に仕える者で「式部平内」の名前をかつて耳にした者はいなかった。

その翌日の晩、関内は非番《ひばん》で、家で両親と一緒にいた。だいぶ夜も更《ふ》けたころ「見知らぬ方が何人かお見えで、お目にかかってすこしお話ししたいことがあるそうです」と告げられた。関内は刀を手に玄関に出向いた。どこぞの家臣とおぼしき三人の男が帯刀《たいとう》して、玄関先の石段に立って待っている。三人は恭《うやうや》しく関内に辞儀をすると、その一人が言った、
「私どもは松岡文吾《まつおかぶんご》、土橋《つちばし》文吾、岡村平六《おかむらへいろく》[4]と申す式部平内様の家来でございます。私ど

もの主君が昨夜、貴殿を訪問された折、貴殿は刀で主君を突いて、深傷《ふかで》を負わせになられた。その治療のため主君は目下止《や》むを得ず湯治《とうじ》に行かれているが、来月の十六日にはお戻りになる。その際は加えられた危害に対し必ずやしかるべき報復をいたすでござろう……」

それ以上は聞こうともせず、関内はむずと刀を手に跳び出すや、不審な者を右に左に斬《き》りつけた。だが三人は隣の建物の壁に跳びつくと、壁沿いにひらひらと舞いあがった、さながら影のごとくである。そして……

ここで昔の物語は途切れています。話の続きは誰かの脳内にしか存在せず、それも一世紀前に塵《ちり》と化してしまいました。

こうでもあろうかという結末をいくつか想像することはできますが、そのどれも西洋人読者の想像力を満足させはしないでしょう。霊魂を嚥《の》み込んでしまうとどんな結果が生じうるか、読者自身にお決めいただくのがよかろうかと存じます。

常識

むかし、京都近くの愛宕《あたご》の山に、とある学僧がいた。この人は四六時中《しろくじちゅう》観想と経典の学習とに打ち込んでいた。この僧が住む小さな寺は、里から遠く離れた、およそ人気《ひとけ》のない山中にあり、助けなしには、日常の生活に必要な品さえ事欠くほどである。ただ信心深い田舎《いなか》の人が幾人《いくにん》か、毎月、野菜や米をきちんと届けて、僧の生活を維持してくれた。

こうした善良な田舎者の中に一人の猟師《りょうし》がいて、ときどき獲物を求めて山中に入った。ある日この猟師が袋に米を入れて寺に来たとき、僧が言った、

「おお、おまえに話がある。この前会ってから後、すばらしいことがここで起こったのだ。なぜこうしたことが私ごとき者の眼の前で起こったのか、およそ理由《わけ》がわからない。だが知っての通り、私は何年ものあいだ観照にふけり、毎日お経をあげている。とする

と私に起こったことはこうしたお勤めの功徳《くどく》かもしれぬ。あるいは違うかもしれぬ。だがいずれにせよ確かなことは普賢菩薩《ふげんぼさつ》が毎夜象に乗ってこの寺に見え給《たも》うことだ……。今宵《こよい》は私と一緒にここにとどまって、菩薩の御姿《みすがた》を仰《あお》ぎ、拝みなさい」

「そのような世にも尊き御姿を拝ませていただけますのはこの上ない幸せ。喜んで御一緒させていただきます」

　猟師はそう言って寺にとどまった。だが僧が念仏三昧《ざんまい》にふけっているあいだ、猟師はそんな奇蹟《きせき》が本当に起こるだろうか、と疑いはじめた。考えれば考えるほどありそうに思えない。寺に僧につかえる小僧がいたので、こう話しかけた、

「お坊様が申されるには、この寺に毎夜普賢菩薩が見えるということだが、その仏さまを拝みまいらせたか」

　すると小僧が答えた、

「もう六度見て拝ませてもらいました」

だがそう言われても猟師の疑心《ぎしん》はつのるばかりである。小僧の言葉を疑ったわけではない。だが、小僧が見たものが何であれ自分も見ることができるだろうと思い、坊様が話した御姿が現れるのをいまかいまかと待った。

　真夜中のすこし前ごろ僧は、普賢菩薩のお出《い》でだ、お出迎えの心づもりはよいか、と言った。小さな寺の門は開け放たれ、僧は顔を東に向け敷居に跪《ひざまず》いた。小僧は僧の左手

で跪いた。猟師は僧の背後にかしこまった。

九月二十日の夜であった。荒涼《こうりよう》とした暗い夜で、しかも風が吹きつのる。三人は普賢菩薩のお出でを長いあいだじっと待った。ついに白い光の一点が、星のように、東の方角に現れた。この光は急に近づいてくる。見る間《ま》に大きくなるや、山の斜面一帯を照らし出した。まもなくその光は形を取った。——六つの牙のある雪のように白い象に乗った神々《こうごう》しい姿である。そしてその次の瞬間には、光り輝く乗手《のりて》とともに象は寺の前へ到着した。そしてそこに月光で出来た小山のようにそびえ立った。——あやしいまでに不思議な姿であった。

すると僧と小僧はその前にひれ伏《ふ》して、熱烈な調子で普賢菩薩に向けて祈りを唱えはじめた。だが猟師は、弓を手に、二人の背後でやにわにすっくと立ちあがり、矢をつがえていっぱいに引きしぼると、ひょうと光り輝く仏に向けて放《はな》った。長矢は御仏《みほとけ》の胸に羽根まで中に沈むほど深く突き刺さった。

その瞬間、雷鳴のごとき音響を発するとともに白い光は消え、御仏の姿も消え失せた。寺の前は一面の暗黒でただ風だけが吹きつのる。

「おお、この人でなしめが!」と僧は絶望と汚辱《おじよく》の涙を流しつつ叫んだ、「おお、世にもみじめな悪党めが!　なんということをする——なんということをする」

だが猟師は後悔《こうかい》する様子もなければ怒った風もなく、僧の叱責《しつせき》をじっと聞いていた。そしておもむろにおだやかに答えた、

「お坊様、どうかお心を鎮《しず》めてお聞きください。お坊様は年ごろお経を唱え、観照にふけり、その功徳で普賢菩薩を御覧になれたとのことでございました。もし左様ですなら、お坊様の御目にこそ見え給うことはありましても、私や、また小僧には見え給うはずはございません。手前は学のない猟師で、殺生《せつしょう》を業《なりわい》といたします。命を奪うことは仏さまには罪深いこと。それならいったいどうして私ごときが普賢菩薩を拝めるのでございますか。仏はいたるところにおわしますが、私どもは無学で足らぬ者ゆえ拝めないのだ、と聞かされてまいりました。お坊様は学問がおありで、清らかな日々をお過ごしのゆえ、仏に逢《あ》うという悟《さと》りの境地にお達しなのかもしれませぬが、日々の暮らしのために獣《けもの》を殺す者がどうして仏の御姿を目のあたりに拝めるのでございますか。手前も小僧もお坊様が見たものをそのままこの目《ま》でしかと見ました。となりますと、お坊様が御覧になりましたのは普賢菩薩ではなく、あなた様を誑《たぶら》かし、お命を狙う妖怪変化《へんげ》の類《たぐい》、それに違いはございませぬ。どうかお気を鎮めて夜明けをお待ちくださいませ。朝になれば事の次第もはっきりいたしましょう」

日の出とともに猟師と僧は御仏が佇立《ちょりつ》していた地点を調べた。血が点々と落ちている。そのあとをたどって数百歩ほど行くと谷底の洞《ほら》に一匹の大狸《おおだぬき》の死体が見つかった。猟師の放った矢が突き刺さっていた。

僧は学識があり聖《ひじり》といわれていたが、いともたやすく狸に化《ば》かされていたのである。

猟師は無智で信心もなかったが、すこぶる常識に富んでいたから、生来の才覚でもって、その化けを見破り、そのおそろしい幻想を打ち砕《くだ》いたのである。

生霊1

その昔、江戸霊岸島《れいがんじま》の一角に瀬戸物店《せとものだな》と呼ばれ、陶磁器《とうじき》を扱う大きな店《みせ》があった。主人は喜平《きへい》という富裕な商人で、もう何十年も前から六兵衛《ろくべえ》という番頭を使っていた。この番頭のもとで商売はすこぶる繁盛《はんじょう》している。しかしあまりに手広く商《あきな》いをするものだから、六兵衛ひとりでは監督も行き届きかねるほどになった。そこで実務の経験のある者を一人雇《やと》うことを申し出て許しを得、自分の甥《おい》を雇い入れた。年は二十二歳、大坂で瀬戸物商いの修業を積んできた若者である。

甥はすこぶる有能な手代《てだい》であった。商売にかけては老練の伯父《おじ》よりはるかに目利《めき》きである。たいしたやり手で商売をいよいよ手広く拡《ひろ》げたから、主人の喜平もすこぶる満悦《まんえつ》の体《てい》である。ところがこの店に来てから七カ月ほど経《た》ったころ、若者はにわかに大病をわずらい、いまにも死にそうな気配となった。江戸中の名医が呼ばれ診察したが、どの医者も病気が何に由来するか見当がつかない。薬の処方《しょほう》もできかねている。こうした病《やまい》はなにか胸に秘めた悲しみのせいではあるまいか、それ以外ではなかろう、という見立てであった。

六兵衛はこれは恋わずらいに相違ないと推察した。それで甥に言った、

「おまえはまだうら若い身だから、誰かにひそかに恋着《れんちゃく》して、その悩みで不幸になったに相違ない。――それがきっと病気の原因だろう。もしその通りなら、遠慮せずに面倒な事情はすべて打ち明けるがいい。おまえの両親は遠くだから、私が父親代わりになってやる。心配事や悩み事があるなら、父親としてするべきことはなんでもしてやる。金で済むことなら、額が多かろうと、遠慮せずに言うがいい。きっと手助けができるはずだ。喜平旦那《だんな》もおまえを元気にするためならなんなりとしてくださるだろう」

こうした親身《しんみ》な言葉をかけられて病人は困惑《こんわく》した面持《おももち》だった。しばらく黙っていたが、ついに口を開いた、

「こうしたご親切なお言葉をけっして忘れることはございませぬ。しかし私には秘められた恋着はございません。どなたか女に恋《こ》い焦《こ》がれているわけでもありません。これはお医者様の治せる病気ではありませぬ。お金も役には立ちますまい。じつは私は当家《とうけ》でそれはもう虐《しいた》げられ、もはや生きる気力もないのです。どこへ行こうと、昼も夜も、店に居ようが部屋にさがろうが、一人のときも人様とご一緒のときも、ある女の霊[2]に絶えずつきまとわれ、絶えず苛《さいな》まれております。一晩でいいからぐっすり寝たいと思いなが

らも、おちおち眠れず、長い日々が経ちました。それと申しますのも、目を閉じるやいなや、女の霊が喉元《のどもと》を掴《つか》んで私を絞め殺《し》そうとするのです。それで一睡もできませぬ……」

「なぜそのことをもっと早くに言わなかったのか」と六兵衛が問うた。

「それは申し上げたところでなんの役にも立つまいと思われたからでございます。その霊は死んだ人の霊ではなく、生きている人の憎悪《ぞうお》から生じた生霊《いきりょう》でございます。――じつは伯父様もよくご存知の方でございます」

「いったい誰だ？」と六兵衛はすっかり驚いて問い詰めた。[3]

「お店のおかみさまでございます」と若者はかぼそい声で答えた、「喜平様の奥さまでございます……。奥さまは私を殺したいと思っていらっしゃる」

六兵衛はこの言《い》い条《じょう》を聴いて茫然《ぼうぜん》とした。甥の言い分を疑う気持はなかった。だがいったいなんで喜平の妻の生霊に取り憑《つ》かれたのか、その訳がおよそわからない。生霊は恋が叶《かな》わぬとか、激しい憎悪が昂《こう》じたりすると生じる。その感情を抱いている当人が知らぬ間《ま》に生霊はさまよい出ることがある。[4] だがこの場合叶わぬ恋を想定するのはどだい無理だ。喜平の奥方は齢《とし》は五十をずっと越している。といって、この若い手代がいったい何をしでかして憎しみを買ったのか。生霊《せいれい》が生じるほど憎いとはいったい何事だ。甥はすこぶる謹直《きんちょく》で、礼儀正しく、務めに精励してきた。どうも不可解だ。六兵衛は頭を悩ました。だが、いろいろ考えあぐねた挙句《あげく》、万事を主人の喜平に打ち明けて、しかるべく調べてもらうこととした。

喜平は愕然《がくぜん》として腰を抜かさんばかりである。四十年来《らい》使ってきた六兵衛だが、その言葉を信じなかったことは一度もない。疑うような理由は毫末《ごうまつ》もなかった。喜平はそこでただちに妻を呼び出し、注意深く問い質《ただ》した。そして病《や》んだ手代が打ち明けたことも妻に伝えた。妻ははじめ顔面蒼白《そうはく》となった。そして泣いた。しかししばらく躊躇《ちゅうちょ》したが、やがて正直にすらすら答えた。

「新参《しんざん》の手代が申した生霊というのは真実でございましょう。――あの男のことがどうしても嫌でたまらなかったのでございます。しかしそれを口に出したり素振《そぶ》りに見せたりするような真似《まね》はしまいとつとめてまいりました。ご存知のようにあの若者はたいへん商売上手で、する事なす事はしこくて抜け目がない。あなた様はあの若者を引き立てて大勢の小僧や使用人の上に立たせておいでになります。しかしわが家の一人息子は、将来このお店を引き継ぐはずとはいえ、たいへんなお人好しで、やすやすと騙《だま》されやすい性質、わたくしはあの新参の手代がそのうちに息子を上手に手玉にとってわが家の財産をすべて横取りするのでないか、とずっと心配でなりませんでした。実際、あの手代ならいつでも、楽々と、自分の身を危ない目にさらすこともなく、この家を取り潰《つぶ》し、息子を破滅に追いやることもできましょう。これは間違いないと思うと、もうどうしてもあの男が恐ろしくて、憎まずにいられなかったのでございます。何度も何度もあの男が死ねばいいと願いました。わたくしにあの男を殺すことができるならと祈りさえいたしました……。こんな風に人さまを憎むのは悪いことだとそれは存じております。しかしこの気持をおしとどめることはできませんでした。夜となく昼となくあの手代が酷《ひど》い目にあうよう祈りました。左様でございますから、あの男が六兵衛に話したことを実際に目にしたであろうことは疑いございません」

「ああ、またなんという愚かなことを」と喜平は叫んだ、「こうしたことで身も心も悩ますとは！　いままでのところあの手代は咎《とが》め立てするようなことは何ひとつしでかさなかった。それなのにおまえは無慙《むざん》に責め苛《さいな》んできた……。では、一つこういう風にしてはどうだろう。あの手代を伯父と一緒によその町へやって、そこで暖簾《のれんわ》分けして店を出させる。そうすればおまえもあの男にもうすこし優しくなれるだろう。どうだ、それで辛抱できるか」

「あの男の顔も見ず、声も聞かなくなりましたら」と妻は答えた、「この家からあの男を外へ出してくださいますなら——そうなれば憎い気持を鎮めることもできようかと存じます」

「是非そうするがいい」と喜平は言った。「いままで憎んだようにこれからも憎み続けるなら、あの男は必ずや死ぬだろう。そうなればおまえはわが家《や》で善行《ぜんこう》のみを働き悪行《あくぎょう》とは無縁だった男を死なせたという罪を負うことになる。あの男は店に仕えて一点非《ひ》の打ちようもなかった」

そこで喜平はすぐさまよその町に瀬戸《せと》物店《ものだな》の支店を開く準備をととのえると、六兵衛と手代にその店を任せるべく送り込んだ。それからというもの生霊が若者を苦しめることはなくなり、若者はじきに健康を回復した。

死霊[1]

越前《えちぜん》の国の代官《だいかん》[2]、野本弥次右衛門《のもとやじえもん》の死去に際し、代官の下役《したやく》たちはよからぬ共謀《きょうぼう》をたくらんだ。死んだ主君の家族から財産を横領《おうりょう》しようとしたのである。代官の借金の一部を返済するという口実で、下役たちは野本家の現金、貴重品、家具などをことごとく差し押さえた。そればかりか、贋《にせ》の文書を作成し、野本が生前自己の資産の価値以上の債務を違法に契約していたかのように見せかけた。この贋の文書を彼らは都《みやこ》の宰相《さいしょう》[3]のもとに送り届けた。そこで宰相は野本の未亡人と子供たちを越前の国から追放処分することにした。それというのも当時は、代官の家族の者は、たとえ代官の死後であろうと、代官の非行《ひこう》に対する責《せめ》の一端を負わされたからである。

しかし追放令が野本の未亡人に向けて公式に発せられる段となって、野本家の一女中に奇妙なことが起こった。ものに憑《つ》かれた人のように、女はひきつけて震えだした。痙《けい》

攣《れん》がおさまると、立ちあがって宰相の役人たちや亡くなった主人の下役たちに向かって、次のように大声で叫び出したのである、

「皆さまお聞きください。話しているのは女中ではありませぬ。私、弥次右衛門、野本弥次右衛門が死者の国から舞い戻って参りました。つきせぬ嘆きと大いなる怒りにかられて帰って参りました。この嘆きと怒りは、私がかつておろかにも信用した者どもにより引き起こされたものでございます……。ああ、不忠不逞《ふてい》の小役人《こやくにん》ども！　かつていろいろの恩顧《おんこ》に浴《よく》しながら、わが家の資産を奪い、この野本の名に泥を塗るとは！……いまこの目の前で、役所の清算と野本家の清算をするがいい。目付《めつけ》[4]のところに人をやって帳簿を持ってこさせろ。そして資産の照合をしてもらおう！」

若い女中がこう叫ぶのを聞いて、居合わせた者はみな驚きおののいた。女の声音《こわね》といい素振《そぶ》りといい、野本弥次右衛門の声音と素振りそのままである。心に疚《やま》しさのある下役たちは青ざめた。宰相の名代《みようだい》は女中の口から申し出された願いはすべて叶《かな》えるよう即座に命令を下《くだ》した。役所の勘定帳《かんじようちよう》はことごとく女の前に差し出された。目付の帳簿も持ち込まれた。すると女が計算を始めた。何ひとつ間違えることなく、女はすべての勘定に目を通して、合計を書き留め、ごまかしを次々と訂正してゆく。しかも女が書く文字は野本弥次右衛門の筆跡そのものである。

この検算の結果、借金があるどころか、代官死去の際には役所の財務に剰余《じようよ》の金さえ残されていたことがわかった。こうして下役たちの悪だくみは一目瞭然《いちもくりようぜん》となった。

勘定がことごとく済んだとき、若い女中は、野本弥次右衛門の声音で、

「これで万事片づいた。この件についてこれ以上は自分にはできぬ。自分は元いた場所に帰る」

と言った。とたんに女は横になり眠り込んだ。それから二日二夜《ふつかふたよ》というもの女は死んだように昏々《こんこん》と眠り続けた［取り憑《つ》いた霊が去るや、ものに憑かれた人は、非常な倦怠《けんたい》と昏睡《こんすい》に襲われるのである］。ふたたび目を覚ましたとき、女の声や素振りは若い娘の声と素振りになっていた。その当時はもちろん、その後のいかなるときにおいても、野本弥次右衛門の霊に取り憑かれたあいだ自分に何が起こったか、女は覚えていなかった。


事件は早速宰相のもとに報じられた。その結果、宰相は代官の遺族への追放令を取り消したのみか、遺族を手厚くねぎらった。その後、野本弥次右衛門に対してはいろいろ遺贈《いぞう》の沙汰《さた》があり、その後何年ものあいだ野本家は御上《おかみ》のご厚誼《こうぎ》にあずかり大いに富み栄えた。それに対し下役どもは当然受けるべき罰を受けた。

お亀の話

土佐《とさ》の国名越《なごし》の長者権右衛門《ごんえもん》の娘、お亀《かめ》は、夫の八右衛門《はちえもん》をたいへん好いていた。お亀は二十二で、八右衛門は二十五である。お亀が夫をたいそう好いていたから、世間はお亀は嫉妬《しっと》深い女だろうと思っていた。だが八右衛門は妻に焼餅《やきもち》を焼かせるような真似《まね》は一切《いっさい》しなかった。それにその夫婦のあいだでは相手を傷つけるような言葉が発せられたためしはなかった。

不幸なことにお亀は体が弱かった。結婚してまだ二年も経《た》たぬ間《ま》に、お亀は当時土佐ではやっていた病気に襲われた。名医たちに頼んだがはかばかしくない。この病《やまい》にかかった者は飲むことも食べることもできなくなって、次第次第に衰《おとろ》え、まどろみがちになり、妙な幻覚に悩まされる。それで昼夜を分《わか》たぬ看病の甲斐《かい》もなく、お亀は日に日に弱り、本人ももう助からぬと覚悟した。

そこでお亀は夫を呼んで、こう言った、

「こんな情けない病のあいだ、ながながの御看病有難《ありがと》うございました。こんなに御親切にしてくださる方はどこにもございません。またそれだけにいまおいとま乞《ご》いを申しあげるのが一層切《せつ》のうございます……。考えてもくださいませ、わたしはまだ二十五にもならぬ身空《みそら》――この世でいちばんの良い夫に恵まれて、しかも死ななければならないなんて……。ああ駄目、駄目ですわ、気休めをおっしゃっても無駄ですわ。漢方の名医でももうなにもできませんでした。せめてもう数カ月は生きのびて、と思っておりましたが、今朝《けさ》、鏡で顔を見て、今日をかぎりの命と悟《さと》りました。はい、今日をかぎりでございます。それでわたしが安心して幸せに死ねるよう、もしあなた様さえよろしければ、一つお願いがございます」

不憫《ふびん》さまさって八右衛門は答えた、「なんなりと言いなさい。もし私にできることなら、喜んで望みを叶《かな》えてあげます」

「いえ、いえ、喜んでしてくださるはずはございません」と女は答えた、「あなたはまだお若い。こんなことはお頼みするのも難しい、たいへん難しいことです。でもその願いごとは、わたしの胸の中で炎のように燃え熾《さか》っております。死ぬ前にどうしても申しあげねばなりません……。あなた、遅かれ早かれ、わたしが死んだ後、世間の人様はあなたにまたお嫁さまをおすすめになりましょう。お約束していただけますか、お約束できますか、二度と結婚しない、と?……」

「それだけのこと！」と八右衛門は叫んだ、「なんだ、それだけの願いごとなら、たやすく叶えてあげますよ。心から誓いますが、誰もおまえの代わりに貰《もら》ったりはしません」

「ああ、嬉《うれ》しや！」とお亀は叫び、床《とこ》からむっくと身を起こした。「ああ、嬉しや、なんという幸せ」

と言ったかと思うとばたりと倒れて息絶えた。


お亀が死んでから八右衛門の健康がにわかに衰えたように思われた。最初のうち村人たちは容貌《ようぼう》の衰えは妻を亡くした人の嘆き悲しみのせいと思い、「八右衛門さんはずいぶん女房思いだったのだなあ」と噂《うわさ》した。だが二月経ち三月経つにつれ、八右衛門の顔色がいよいよ冴《さ》えず体も弱り、しまいには人間というよりは幽鬼《ゆうき》のように痩《や》せ細ってしまった。そうなるとまだ若い人がこう衰えるのはただ単なる嘆き悲しみではあるまい、と世間はあやしむようになった。医者は八右衛門の病気はいままで世に知られぬ性質《たち》のものだ、と言った。病状の説明がつかないのである。なにか只事《ただごと》でない心の悩みではないか、とも言った。両親は八右衛門にいろいろ問いただしたが無駄だった。八右衛門は、自分の嘆きの種《たね》は両親がもう知っていることで、それ以外になにか隠しているわけではない、とのことだった。両親は再婚をすすめたが、八右衛門は故人への約束はなにがあろうとも破るわけにはいかない、として肯《がえん》じなかった。

その後も八右衛門は目に見えて日に日に衰えていった。家族はもう助からぬものとあきらめた。だがそれでもある日、息子が自分になにかを隠し続けていると感じていた母親が、熱心に八右衛門を口説《くど》いて、心身衰弱《すいじゃく》の本当の訳を言うように迫った。母親がつらそうに泣く様を見ては、八右衛門もその懇願《こんがん》をもだしがたく、「おっ母さん」と言った、「こうしたことはおっ母さんにも誰方《どなた》にも言いづらいし、全部すっかり言ったとしても誰も信じてはくれないでしょう。だがじつは、お亀はあの世へ行っても成仏《じょうぶつ》できないでいるんです。法事を何度しても浮かばれない。これはきっと私が暗い黄泉路《よみじ》を一緒についていってやらないと成仏できないのでしょう。というのも毎晩お亀は私のところへ戻ってきては添い寝をするのです。葬式の日から毎晩です。ときどきお亀が死んだのは嘘《うそ》でないかと思うこともある。だって生きていたときと同じに見えるし、同じように振舞《ふるま》うのです。違うのは話すときの声が低くて囁《ささや》き声となるくらいのものです。そしていつも自分が来たことは絶対人に言うなと言います。もしかするとお亀は私に死んで欲しいのかもしれない。自分のためのことだけなら私も別にこの世に執着しなくてもいいが、しかしおっ母さんも言われたように、身体髪膚《しんたいはっぷ》を両親に受けたのだから、まず孝行が先決です。それでいまおっ母さんに一切を打ち明けました……。ええ、毎晩お亀はやってきます。眠ろうとするとやってきて、明け方までいるのです。そしてお寺の鐘が聞こえると、すぐに立ち去ります」

　こうした話を聞いたとき、八右衛門の母はたいそう驚いた。すぐに檀那寺《だんなでら》へ行き、息子が述べたことをすべて和尚《おしょう》に伝えた。そして神仏の助けを乞うた。和尚は年を取った世故《せこ》にたけた人で、別に驚きもせず話を聞いていたが、八右衛門の母に向かってこう言った、
「そうした出来事は前にもありました。息子さんは救いだせると思うが、しかし実際いまはたいへん危ない瀬戸際《せとぎわ》においでだ。顔に死相《しそう》が浮かんでおいでだった。これでもしお亀がもう一度でも戻ってくると、もう二度と息子さんは日の目を拝めますまい。手の打てることはすぐにも打たねばならぬ。息子さんにはなにも言わず、御両家の方々にすぐお集まり願い、一刻の遅滞《ちたい》なく寺まで参るよう言ってください。息子さんのためにお亀の墓を開かねばならぬ」

　というわけで、親戚《しんせき》の者は寺に集まった。一同から墓を開けてもよいという同意を得ると、和尚はみなを連れて墓地へ向かった。そしてその指図の下で、お亀の墓石は持ちあげられ、墓を開き、棺《ひつぎ》を上へあげた。棺の蓋《ふた》をはずしたとき、居合わせた一同はぎょっとした。お亀は顔ににっこりと微笑を浮かべ、病気にかかる以前と同じように見目麗《みめうるわ》しかったからである。そこには死んだ様子がおよそ見あたらない。だが和尚が居合わせた者に命じてお亀の遺体を棺の外へ取り出したとき、驚きは怖れに変わった。遺体はさ

わると血が通った人のように温かく、坐《すわ》ったままの姿勢[1]でずっと葬られていたにもかかわらず、まだ生きているかのようにやわらかだったからである。

遺体は仏間《ぶつま》へ運ばれた。和尚はそこで筆を取って遺体の額《ひたい》や胸や手足になにやら貴《とうと》い功徳《くどく》のあるお言葉を梵字《ぼんじ》でもって書きつけた。そして遺体をまた土中に戻す前に、お亀の霊に対して施餓鬼《せがき》の法要を営んだ。

それからお亀が夫を訪ねに来ることは二度となかった。八右衛門は次第に健康と力を回復した。だが八右衛門が妻との約束をその後もずっと守ったのか否《いな》か、日本の原作者はなにも語っていない。

蝿の話

二百年ほど前、京都に錺屋久兵衛《かざりやきゅうべえ》という商人がいた。店は寺町通島原下《てらまちどおりしまばらさが》ルあたりにあった。下女《げじょ》に玉《たま》というのがいて若狭《わかさ》の国の出《で》であった。

玉は久兵衛夫婦に可愛《かわい》がられ、心からなついているように見えた。しかし世間の娘たちとちがって、おめかしをする風《ふう》がおよそない。綺麗《きれい》な着物を何着かくれてあったが、休暇をもらっても仕事着のまま外出する。奉公して五年ほど経《た》ったある日、主人は「なぜ着るものに頓着《とんちゃく》しないのか」と尋ねた。

玉はこう聞かれて叱《しか》られたと思い、顔を赤らめた。それであらたまってこう答えた、「両親が亡くなりましたとき、わたくしはまだほんの小娘でございました。ほかに子供がおりませんでしたので、両親のための供養《くよう》の法事《ほうじ》はわたくしの勤めとなりました。そのころは法事を営む手立てもございませんでしたので、入用のお金が稼《かせ》げるようになったら、すぐにでも両親の位牌《いはい》を常楽寺《じょうらくじ》というお寺に置いてもらい、法要を営もうと心に決めておりました。その決心を通すために、お金を貯《た》め身のまわりの衣服も節約したのでございます。あまりにつましくしましたので、着るものにも構わず見苦しいなりをして失礼いたしました。しかしお蔭様《かげさま》でこの法要のために銀でおよそ百匁《ひゃくもんめ》の蓄《たくわ》えもできました。これからは身だしなみに気をつけますので、いままで身なりに構わなかった失礼をなにとぞお許しくださいませ」

久兵衛は玉が率直にこう打ち明けたので胸を打たれた。それで玉に親切な言葉をかけ、「好きなような恰好《かっこう》でいていい。おまえは親孝行な娘だ」とほめた。

こんな話をしたすぐ後、下女の玉は両親の位牌を常楽寺に置いてもらい、しかるべき法要を営んだ。貯めたお金のうちから七十匁《もんめ》をこうして使った。そして残った三十匁はお内儀《かみ》に自分のために預かってくれと頼んだ。

ところが冬になりたてのころ、玉はにわかに病《やまい》を得、しばらくわずらった末に元禄《げんろく》十五年［一七〇二年］、一月の十一日に死んでしまった。久兵衛もお内儀も玉の死をひどく嘆いた。

それから十日ほど経《た》って、たいへん大きな蠅《はえ》が家に入ってきて、久兵衛の頭のまわりをぐるぐる飛びはじめた。これには久兵衛が驚いた。それというのは蠅は、どんな種類であれ、大寒《だいかん》の時節には普通は飛ばないし、大きな蠅ともなれば暖かな季節でもなければ滅多に見かけないからである。その蠅がいかにも煩《わず》らわしくまといつくので久兵衛はわざわざ蠅を摑《つか》まえ家の外に出した。蠅を傷《いた》めぬように手加減までした。というのは久兵衛は信心深い仏教徒だったからである。蠅はすぐに戻ってきた。また摑まってまた外へ出された。ところが三度目にまた部屋に入ってきた。久兵衛の妻はこれは奇妙だと思った。

「ひょっとして玉でないかしら」

とお内儀《かみ》が言った「それというのは死んだ者は、とくに餓鬼道《がきどう》に落ちた場合は、ときに虫の姿となって現世《げんせ》へ戻ってくるからである」。久兵衛は笑って答えた、

「それなら蠅に目印をつければわかるだろう」

久兵衛は蠅を摑まえると、鋏《はさみ》で蠅の翅《はね》の先にごくわずかだが刻み目をつけ、家からだいぶ離れた場所まで行ってそこで放した。

翌日、蠅は戻ってきた。久兵衛はそれでもこの蠅が戻ってきたことになにかこの世ならぬ霊的な意味があると思わなかった。また摑まえると、翅も体も紅《べに》で赤く塗り、家からさらにずっと遠く離れた場所まで行って放した。ところが、その二日後にまた舞い戻ってきた。赤く染まった蠅である。久兵衛はもはや疑わなかった。

「これは玉だ」と言った、「なにかして欲しいにちがいない。——だが何をして欲しいのだろう?」

お内儀が答えた、

「わたしは玉のお金をまだ三十匁《もんめ》預かっています。あのお金をお寺さんに納めて、自分の菩提《ぼだい》のための供養をあげて欲しいのとちがいますか。玉は自分の後生《ごしよう》のことをいつもたいそう気にしていました」

お内儀がそう話すうちに、蠅はとまっていた障子《しようじ》からぽとりと落ちた。久兵衛が拾ってみると、蠅は死んでいた。

そこで久兵衛夫婦はすぐお寺へ行き、坊様たちに玉のお金を納めることとした。蠅の亡骸《なきがら》を小さな箱に入れ、一緒に寺へ持参した。

常楽寺の住職、自空上人《じくうしようにん》は蠅の話を聞いて、久兵衛夫婦の計らいは殊勝《しゆしよう》で仏法《ぶつぽう》にかなっている、と頷《うなず》いた。そして上人は玉の霊のために施餓鬼《せがき》の供養を施し、蠅の遺骸《いがい》に対しても妙典《みようてん》八巻の御読誦《ごどくじゆ》が行なわれた。蠅の亡骸を入れた小箱は寺の境内《けいだい》に葬《ほうむ》られ、その上には卒塔婆《そとば》が立てられ、しかるべく梵字《ぼんじ》も記された。

雉の話

いまは昔、尾州《びしゅう》の国遠山郡《とおやまごおり》に若い百姓《ひゃくしょう》夫婦が住んでいた。二人の畑地《はたち》は山中《さんちゅう》の人気《ひとけ》のないところにあった。

ある夜、妻は夢の中で、数年前に亡くなった舅《しゅうと》が出てきて「明日、わしはたいへん危ない目にあう。できることなら助けてくれ」と言うのを聞いた。朝、妻は夫にこのことを打ち明け、夫婦でその夢の話をした。二人とも亡くなった父親は何かをして欲しいのだと考えた。

　しかし夢のお告げが何をさしているのかは見当がつかなかった。朝飯をすませると、夫は野良《のら》仕事に出たが、妻は家に残って機《はた》を織《お》っていた。たちまち外で大きな叫び声がする。何事かと驚いて妻が戸を開けてみると、この地方の地頭《じとう》が狩りの衆《しゅう》を引き連れて、畑地の方をめざして近づいてくる。戸口に立って一行を見守っていると、一羽《いちわ》の雉《きじ》がいきなり妻の足元をかすめて家の中に駆《か》け込んだ。そのときはたと夢のお告げを思い返した妻は「これはきっとお父さんだ」と思った、「どうかして助けてあげなければ」。美しい雄《おす》の雉だった。その後についてすぐ屋内《おくない》に入ると、鳥はいとも容易につかまった。それを空《あ》いている米櫃《こめびつ》に入れて蓋《ふた》をした。

そのすぐ後に地頭の供《とも》の衆が家に入ってき、雉を見かけなかったかと問うた。妻は臆《おく》することなく見なかったと言った。だが狩りの衆の一人は、雉が家に逃げ込んだのを見たと言い張る。それで一行は隅々《すみずみ》まで探し始めた。しかし誰ひとり、米櫃の中まで見ようとはしない。いたるところを覗《のぞ》いても見あたらないから、供の衆は雉はどこか穴からでも逃げ失せたのだろうと決めて、立ち去った。

百姓が帰ってくると妻は雉の話をした。夫に見せようと思って、雉はまだ米櫃に入れたままである。

「つかまえたとき、ばたばたしませんでした。米櫃の中でもおとなしくしていた。お父さんにちがいない」

百姓は米櫃に近寄って蓋をあけ、鳥を取り出した。飼い慣らされた鳥のように雉は百姓の手の中でおとなしくしている。まるで見慣れた人であるかのように百姓の顔を見ている。その雉は片目だった。

「親父《おやじ》も片目だった。右目が潰《つぶ》れていた」百姓は言った、「この鳥も右目が潰れている。たしかにこれは親父だ。ご覧。親父がおれたちを見たときの目つきとそっくりだ……。

親父はきっとこう思っているに相違ない、「わしはいまは鳥だ。狩りの衆に取られるくらいならこの体は子供らにくれてやる。食ってくれ」……これで昨夜のおまえの夢が解けた」

そう言い足すと、妻の方を振り向いて気味の悪い笑《え》みを浮かべるなり、雉の首をひねった。

この残酷な仕打ちに女は金切《かなき》り声《ごえ》をあげて、叫んだ、

「ああ、なんという酷《むご》い人、あなたは鬼です。鬼のような人でなければこんな真似《まね》はできません！……こんな人と連れ合うぐらいなら死んだ方がましです」

女は躍りあがるように戸口へ向かうと、草履《ぞうり》をつっかけもせず、外へ飛び出そうとした。夫は妻の袖《そで》をつかんだが、それを振り切って駆け出した。走りながら泣きに泣いた。裸足《はだし》だったが、走るのをやめようとしない。町に着くと、まっしぐらに地頭《じとう》の屋敷に駆け込んだ。そこでぼろぼろ大粒の涙を流しながら、地頭に一切《いっさい》を打ち明けた。狩りの前の晩に見た夢、雉を救うために隠した手立て、それなのに夫が自分を小馬鹿にするように雉を殺してしまったこと。

地頭は女に優しく声をかけ、女をきちんといたわるように命じた。しかし手下の役人に命じて夫を逮捕させた。

翌日、百姓は裁きにかけるべく引き出された。雉を殺した件の真実を白状させられた

後に、判決が申し渡された。地頭はこう述べた、

「おまえがしたような真似は悪心《あくしん》がなければできぬ。そのような性悪《しょうわる》な人間がたまたま住んでいたというのは村にとっての不幸である。この地頭が管轄《かんかつ》する土地の者はみな親孝行の気持を大事にしている。おまえのような者がそうした人々のあいだで生きて暮らすことはまかりならぬ」

こうして百姓はこの土地から追放された。もし帰ってくれば死罪《しざい》に処すとのことであった。だが妻に対しては地頭は土地をくれてやり、のちにはよき夫も世話してやったとのことである。

忠五郎の話

いまは昔、江戸小石川《こいしかわ》の界隈《かいわい》に、鈴木《すずき》という旗本《はたもと》がいた。屋敷は江戸川べり、中之橋《なかのはし》からほど遠くないあたりである。鈴木の家来に足軽《あしがる》[1]で忠五郎《ちゅうごろう》という若者がいた。忠五郎はなかなかの男振りで、愛想も良く、悧巧《りこう》で、朋輩《ほうばい》からも好かれていた。

忠五郎は鈴木家に仕えて数年のあいだ、精励恪勤《せいれいかくきん》、およそ非《ひ》の打ちどころがなかった。ところがその忠五郎が近ごろ毎夜庭伝いに屋敷を抜け出て夜の明け方すこし前まで戻らないことに他の足軽が気づいたのである。朋輩たちは当初はこの奇妙な振舞《ふるまい》について誰もとやかく言わなかった。忠五郎が屋敷を留守にしても日々の勤めになんら差し障りはない。これは色恋《いろこい》にちがいない、みなはそう思っていた。が、しばらくするうちに顔色が次第に蒼《あお》ざめて忠五郎が弱々しくなってきた。朋輩たちはこれは只事《ただごと》ではない、恋愛沙《ざ》汰《た》に本気で狂ったかと疑って、差し出がましいが尋ねてみよう、ということになった。

それで、一夕《いっせき》、忠五郎が屋敷を抜け出ようとするところを、年配の足軽が声をかけ、脇《わき》へ呼ぶと、こう言った、

「忠五郎殿、おまえさんが毎晩お屋敷を空《あ》けて早朝まで外泊していることは我々みなが存じている。おまえさんの顔色が近ごろどうも良くない。そのことも気づいた。誰か知らないが悪い者と深い仲になり、それで体を害しているのでないか、そう懸念《けねん》している。もしおまえさんの口からこうした振舞について理《り》にかなった申し立てが聞ければよいが、さもないと我々としてはこの件を御頭分《おかしらぶん》のお耳に入れねばならんと考えている。いずれにせよ、我々は朋輩仲間、おまえさんが当家《とうけ》のしきたりにそむいて、なぜ毎夜出かけるのか、訳を聞かせてくれても良いであろう」

忠五郎は驚いた様子ですこぶる当惑気味である。しばらく黙っていたが、庭先に出た。朋輩の男もついてくる。人から立ち聞きされるおそれのない場所まで来たとき、忠五郎は立ち止まった。そして言った、

「一切《いっさい》をお話ししましょう。しかしお願いですから、この秘密をお守りください。ご他言《たごん》なさいますと、私は大きな不幸に見舞われるやもしれません。

いまから五カ月ほど前、春のまだ初めのころでした。それが好きな女ができて初めて外泊した晩です。一夕、両親を訪ねた帰り、お屋敷へ帰る道すがら女が川端に立っているのを見かけました。お屋敷の正門からほど遠からぬあたりで、高位《こうい》のご婦人の装《なり》をしておいでてでした。こんな立派な身なりのご婦人がこうした時刻にただひとりでこうした

場所に立っているのがいかにも妙なことに思われました。しかしお尋ねするのも僭越《せんえつ》ですので、お声を掛けもせずに、そのまま脇を通り抜けようとしました。するとご婦人がつかつかと前へ出て、私の袖《そで》を引いたのです。見るとたいそう若くて器量よしです。そして、

「あの橋のたもとまでご一緒していただけませんか」と言いました、「あなた様に申し上げたいことがございます」

女の声は実に穏やかで気持がよかった。話しながら微笑《ほほえ》みましたが、それは逆らい難《がた》い微笑みです……。それで女と一緒に橋の方へ歩きました。道すがら女が言うには、これまで私が屋敷から出入りするのを何度も見かけ、私が好きになった、と。

「わたしの夫になって欲しい」と女は言ったのです、「あなた様がわたしを好きになってくれるなら、おたがいにとても幸せになれますわ」

なんと答えてよいかわからない。しかしいい女だと思いました。橋に近づいたとき、また袖を引かれ、土手を降りて川の水際《みぎわ》まで連れていかれました。

「わたしと一緒にいらっしゃい」

と囁《ささや》いたかと思うと女は私を水の方へ引いていきます。あの辺《へん》は、ご承知のように、深い淵《ふち》です。途端に女が恐ろしくなり、私は引き返そうとしましたが、女は微笑して、私の手首を握りしめ、

「わたしと一緒なら怖がることはありませんよ」

と言います。女の手にさわられた途端、私は他愛《たわい》ない幼児のようになってしまいました。夢の中で駈《か》けようとしながら動かそうにも手も足も動かない、そんな感じでした。深い水の中に女はだんだん入ります。そして私を引き込みます。私にはなにも見えず聞こえず感ぜず、気づいたときは女の脇に並んで、光まばゆい大宮殿とおぼしきものの中を歩いていました。濡《ぬ》れもせず冷たくもなく、まわりはすべて乾いて、暖かく、美しかった。どこにいるかわかりません。どうやってそこへ来たかもわかりません。女は私の手をとって案内してくれます。次々と部屋を通り抜けました。――実に数多くの部屋でした。どれもこれも人気《ひとけ》がなく、みな実にきれいでした。――そうしてしまいに千畳敷《せんじょうじき》の客間に入りました。ずっと向こうの大きな床《とこ》の間《ま》の前には灯《あか》りが燃え、お祝いの席のように座布団《ざぶとん》が敷かれています。しかし客人の姿は見えません。女は私を床の間近くの上座《かみざ》へ案内すると、私の真向かいに坐《すわ》り、あらたまって、

「ここがわたしの家でございます。ここでご一緒してお幸せになれるとお思いになりますか」

そう尋ねて微笑みました。そのときの女の微笑みに及ぶほど美しいものはこの世になかった。そこで私は心から、

「はい……」

と答えました。その同じ瞬間に私は浦島《うらしま》の話を思い出しました。そしてこの女は神さまの娘ではあるまいかと考えました。しかしなにか質問するのは不躾《ぶしつけ》であると控えまし

た……。まもなく召使いの女たちが酒や料理の皿をいくつも運んできて私たちの前に並べます。真向かいに坐っている女が言います。

「今晩は婚礼の初夜《しよや》でございます。あなた様はわたしを好いてくださいました。これがわたしどもの婚礼の宴《えん》でございます」

私たちはたがいに七生《しちしよう》を契《ちぎ》りあいました。宴《うたげ》のあと用意された新婚の間《ま》に案内されました。

翌朝まだ早くでございますが、女が私を起こしてこう言いました、

「いとしいお方、あなたはいま本当にわたしの夫でございます。しかし打ち明けられぬ訳があり、わたしどもの結婚は秘密にせねばなりません。その理由はお尋ねなさいますな。あなた様をここに夜明けまでお引き留めしますと、二人の命にかかわります。ですから、いまあなた様を御主君のお屋敷にお連れ戻しますのを、なにとぞ不快に思《おぼ》し召《め》されなきよう。今晩またお出でくださいませ、これから先は毎晩、初めてお会いしたと同じ時刻に、橋のたもとでお待ちください。長くお待たせはいたしません。ただわたしどもの結婚は秘密にせねばならぬことはゆめお忘れなく。万一お話しになれば、永久に夫婦別れいたさねばならぬと存じます」

浦島の運命を思い出して、女の言うことにはなんでも従うと約束しました。すると女は次々と人気《ひとけ》のない美しい部屋を抜けて入口まで案内しました。そこでまた私の手首をとった。するとすべてが突然暗くなり、気がついてみると川の土手に私はひとりで立っ

ていました。中之橋の近くでした。お屋敷に戻ったときもお寺の朝の鐘はまだ鳴り始めていませんでした。

その日の夜分《やぶん》も女に言われたとおりの時刻にまた橋のたもとへ行きました。女は待っておりました。前回と同様、女は私を水底《みなそこ》深く、すばらしい場所へ連れていきました。新婚の一夜を過ごしたところです。それからというもの、毎晩、同じように女と会い、同じように別れております。今晩も必ずや私を待っているでしょう。女を落胆させるくらいなら死んだ方がまし、どうしても行かねばなりません……。しかし重ねてお願いでございます、いまお話ししたことはなにとぞ口外《こうがい》しないでくださいませ」

先輩の足軽はこの話に驚き只事でないと危険を察した。忠五郎が嘘偽《うそいつわ》りを述べたとは思えない。だが真実だとするとこれは忌《い》まわしいことになるだろう。おそらくは忠五郎が体験したすべては一場《いちじょう》の夢まぼろしかもしれぬ。それも悪の力が邪《よこしま》な目的で生みだした幻に相違ない。しかし忠五郎が実際に誑《たぶら》かされたのだとすると、憐《あわ》れみこそすれこの若者を詰《なじ》るべきではない。ここでなまじ力づくで事を荒立てれば、結果はかえってまずかろう。それで老人の足軽は親切にこう答えた、

「ともかくおまえさんが無事息災《ぶじそくさい》でいるかぎりは、いま聞いた話をけっして他言はしない。行って女に会うがいい。だが――気をつけろ。おまえさんはどこぞの魔性《ましょう》の霊に騙《だま》されている気がしてならぬ」

忠五郎は老人の注意に微笑して、そのまま道を急いだ。が数刻が経《た》つと屋敷に戻ってきた。妙に気落ちしている。

「会えたか」と朋輩が低い声で尋ねた。

「いや」と忠五郎が答えた、「いなかった。待ち合わせの場所にいなかったのは初めてです。もう二度と会えぬかもしれません。あなたに話したのが間違いだった。――愚かにも約束を破ってしまった……」

老人は忠五郎を慰めたが、無駄である。横になって、もう一言も口を利かない。寒気《さむけ》に襲われたように頭の先から足の先までがたがた震えている。

寺の鐘が夜明けの刻《こく》を告げたとき、忠五郎は起きあがろうとしたが、そのまま気を失って倒れた。容態は明らかに重篤《じゆうとく》である。死ぬかもしれない。漢方医が呼ばれた。

「どうしました。この男には血がありませんぞ」丹念に調べた医師が叫んだ、「血管には水しかない。これでは命は助かるまい……。いったいこれはいかなる悪さか」

忠五郎の命を救うべくあらゆる処置が講じられたが、効《こう》はなかった。日が沈むころに絶命した。そこで朋輩の足軽はおもむろにすべてを物語った。

「ああ、そんなことだろうと思いました」と医師が叫んだ、「これではいかなる人力《じんりよく》をもってしても及ばぬ。その女に殺されたのはこの若者が最初ではない」

「いったいその女とは誰ですか。何者ですか」と足軽が尋ねた、「狐女《きつねおんな》ですか」

「違います。ずっと昔からこの川に祟《たた》っている、若者の血が好きな女です……」

「蛇女《へびおんな》ですか。——あるいは竜女《りゅうじょ》ですか」

「いやいや。昼日中、あの橋の下でご覧になることがあれば、わかりますが、いとも厭《いと》わしい生き物です」

「ではいかような生き物ですか」

「単なる蛙《かえる》です。——見るも醜《みにく》い大蛙です！」

ある女の日記

先日、いささか惹《ひ》きつけられる手書きの草稿を手に入れた。十七枚の細長い和紙《わし》が絹《きぬ》糸《いと》で綴《と》じられ、表紙に上手な平仮名が書かれていた。それは日記のようなもので、一人の女が結婚して暮らした日々を自らの手で記録していた。書いた本人はもう死んでいて、故人の持ち物であった小さな針箱《はりばこ》からこの日記は見つかった。

それを友人が貸してくれたのだが、もし発表する価値があると思うなら、英訳してくれても構わない、と言ってくれた。私は厚意に感謝した。これはまたとない機会だ、この際、なんでもない日本の庶民《しょみん》の女の考え方や感じ方、喜びや悲しみを英語に訳してみよう——至極率直《しごくそっちょく》にありのままを記した本人は、つつましやかで心打つこの記録をよその国の人が目にするなどとは夢にも思わなかったであろう。

しかしこの優しい女の魂に敬意を払い、たとえいまなお現世《げんせ》にとどまりこの訳文を読んだとしても、多少なりともいやな気分になることのないよう、この原稿を注意深く扱いたい。ある部分は略した。あまりに尊い気持が記されていたからである。またたとえ註《ちゅう》をつけても西洋人読者には理解しがたい土地の信仰や習慣にまつわる細部もいくつか略した。もちろん名前は変えてある。それ以外はできるかぎり本文に忠実に英訳した。日本語原文の直訳では意味をなさない場合を除いては、一言一句変更していない。[1]

日記に記録され示唆《しさ》された事実以外は、女の身元についてほとんどなにも知り得なかった。極めて貧しい階級の女で、その語りから察すると、三十近くまで未婚でいたらしい。妹の方は数年早く結婚していた。日記にはなぜこうした世間のしきたりと違うことが起きたのか説明はない。草稿と一緒に見つかった小さな写真を見ると、女はけっして美人とはいえないが、その顔は優しい内気な人の、ある種の好ましい表情をしている。夫は小使《こづかい》[2]で、月給は十円、大きな役所につとめ、おもに夜勤《やきん》だった。家計を助けるため女は煙草《たばこ》を巻く内職をしてそれを販売店に出していた。

草稿から察すると、女は数年は学校に通っていたものと思われる。仮名の書き方は上手である。しかし漢字はそれほど習わなかったらしい。それだから書いたものは小学生の作品のようである。東京の言葉——それも下町の人の言葉で書かれていて、もっぱら慣用的な言いまわしばかりだが、粗野《そや》な点は一つもない。

日々の生活に絶えず追われてひどく苦労していた貧しい女が、人に読まれることなどおそらく夢想だにしなかったに相違ないことを、なぜわざわざ労をとって書き留めたのか、そう尋ねたくなる西洋人読者は当然いるだろう。しかしそんな疑問を呈する人には、悲しみを慰める最良の薬は文章を綴《つづ》ることだという日本の古来の教え[3]を教えて進ぜたい。そして日本では極貧《ごくひん》の階層の人々のあいだでも、喜びにつけ悲しみにつけ、三十一文字《みそひともじ》の歌はいまなお詠《よ》まれているという事実も教えて進ぜたい。日記の後半は病床の孤独の中で綴られた。察するにそのときは淋《さび》しさに耐えかねて、苦しさのあまり、もっぱら気持をしっかり保とうとつとめるために書かれたのであろう。亡くなるすこし前に気持が崩《くず》れた。最後の何頁《ページ》かはおそらく肉体の望みなき弱さに対する精神の果《か》敢《かん》な戦いを語るものであろう。

草稿の表紙には「むかしばなし」、すなわちA Story of Old Timesという題が記されていた。「むかし」という言葉は状況に応じて数世紀前の「はるか以前」を指すこともあれば、個人の生活の過去の「古きころ」を指すこともある。いまの場合は明らかに後者である。

むかしばなし

明治二十八［一八九五］年九月二十五日の夕方、向かいの家の男の人が訪ねてきた、

「お宅の一番上の娘さんは結婚なさるおつもりはございますか」

それに対して父はこんな答えをした、

「お話はまことに有難《ありがた》いですが、支度《したく》がまだ整っておりませんので」[4]

向かいの人が言った、

「この場合はなにも支度はいりませんから、お宅の娘さんを私がお話ししている方におやりになりませんか。たいへんきちんとした人だということです。年は三十八歳、お宅の御長女はたしか二十六と思いましたので、先方に申してみましたが……」

「ちがいます。二十九でございます」

「ああ……左様ですか。それなら先様にまた話をしなければなりません。先方にお話しした上で、また戻ってご相談にあがります」

そう言って、向かいの人は立ち去った。

翌日の晩またその人がみえた。このときは岡田《おかだ》氏[5]［一家の友人］の奥さまもご一緒で、こう言った、

「先方はよろしいそうです。もし皆さまさえよろしければ、ご縁談は整いますが」

父が答えた、

「この二人は両人とも七赤金《しちせききん》だ。[6] 気があう者同士だから悪いことにはなりますまい」

仲人《なこうど》が申すには、

「それでは明日にもお見合い[7]をなさってはいかがでしょう」

父が言う、

「何事もご縁《えん》［縁とは前世《ぜんせ》のさまざまな状態でできた因縁《いんねん》の関係 karma-relation を指す］かと思いますが……。それでは明日の晩に岡田様のお宅でお目にかからせていただくことにしてはどうでしょうか」

こうして双方で話はまとまった。

向かいの人は翌日の晩、一緒にわたしを岡田氏の家へ連れていこうとしたが、そうした第一歩を踏み出してしまえば、進退《しんたい》ままならなくなるから、わたしは母と二人で行くことにした。

母とお宅に上がると、「こちらへ」と奥に招じ入れられた。そこではじめて［未来の夫とわたしは］おたがいにご挨拶《あいさつ》を交わした。しかし気恥ずかしくて頭をあげてまともに見ることもできなかった。

すると岡田氏が並木《なみき》氏［見合いの相手の人］に向かって言った、

「お家に戻ってご相談なさる方もおられないのだから、「善は急げ」と諺《ことわざ》にも申しますから、幸運は見つけた場所で拾うのがよくはございませんか」

返事はこんなだった、

「私としてはまことに結構ですが、お相手のお気持がいかがかと存じます」

「お聞きおよびのような、わたくしのような者でもよろしければ[8]……」

とわたしが答えると、仲人が言った、

「そういうことでございますなら、婚礼はいつの日がよろしうございますか」

［並木氏が答えた――］

「明日は家にいることもできますが、十月の一日《ついたち》の方がきっと良い日かと思います」

だが岡田氏が即座に答えた、

「［夜勤で］家を留守にするのも心配だから、明日の方がよくはございませんか」

いくらなんでもそれはあまりに早いような気がしたが、明日は「万事に宜《よ》しという」大安日《たいあんにち》[9]にあたることをすぐ思い出し、わたしも承知した。そして母と帰宅した。

父に報告すると、不機嫌だった。いくらなんでも早すぎる、三、四日の猶予《ゆうよ》はあってしかるべきだ、と父は言った。方角《ほうがく》も悪い、ほかにも面白くないことがある、とも言った。

わたしはこう答えた、

「でもうお約束しましたし、いまさら日を変えてとはいえません。［並木氏の］留守のあいだに泥棒でも入れば大変です。方角が悪いというのでしたら、もしそのせいでたとえ死んだとしても、苦情は申しません。自分の夫の家で死ぬのですから……。それにあしたは」と言い添えた、「忙しくて後藤《ごとう》［妹の婿《むこ》］のところへ行けそうにもありませんから、いま行ってきます」

わたしは後藤の家に行ったが、会う段になって、言いに来たことをはっきり言うのがこわくなって、こんな風に言った、

「あしたよその家へ参ります」

後藤はすぐに尋ねた、

「お嫁としてですか」

すこし口ごもったのち、

「ええ」

と答えると、後藤が尋ねた、

「どんな人ですか」

わたしが答えた、

「どんな人って、はっきり言えるほど長く見ていられるくらいなら、お母さんにわざわざ付いてきてもらったりはしませんわ」

「姉《あね》さん」と義弟は大きな声をあげた、「それではいったい何しにお見合いに行ったのですか……。でも」と明るい声で言い直した、「おめでとう。お幸せに」

「とにかく、あしたなの」

そう言って家に帰った。

その決められた日——九月二十八日——が来ると、することがあんまりたくさんあるものだから、いったいいつ準備が整うか見当もつかなかった。それまで数日雨が降っていたせいで、道がたいへん悪かった。それでますます具合が悪くなった。——ただ幸いなことに当日は雨が降らなかった。いろいろちょっとしたものを買わねばならない。母に助けてもらいたかったが、なにかしてもらうことは気がひけた。母は年で足がたいそう弱っていたからである。それで朝早く起きてひとりで出かけ、できるだけのことはした。それでもすべて取り揃《そろ》えるには午後二時までかかった。

それから髪結《かみゆい》さんへ行って髪を結《ゆ》ってもらい、ついで銭湯《せんとう》に行った。——みな結構時間がかかった。着かえるために帰宅したとき、並木氏からまだなにも挨拶がないことに気づいて多少不安になってきた。夕食を終えたとき、言伝《ことづて》がとどき、家の人みんなに暇《いとま》乞《ご》いの御挨拶をするときもあればこそ、わたしは家を出た。——もう二度と帰らないわが家である——そして母とともに岡田氏のお宅に向かった。

そこで母とも別れねばならなかった。岡田氏の奥さまが介添えとなり、舟町《ふなまち》の並木氏の家まで奥さまについていった。

三々九度《さんさんくど》[11]の盃《さかずき》の婚礼の式はとどこおりなく行なわれ、お開き[12]の時間は思ったよりも早く来た。お客様はみな帰った。

こうして二人きりで残されて、初めて面と向かいあって坐《すわ》った。心臓が激しく鼓動した[13]。恥ずかしさは墨《すみ》や紙ではとても言いつくせるものではない。

わたしが感じたことは、初めて親の家を出て、見知らぬ人の家で花嫁となったことを記憶している人だけがわかることだろう。

その後で、食事のときにたいへん困ってしまった［きまりが悪かった］……

二、三日後、夫の先妻［故人］の父がわたしを訪ねに来て、こう言った、

「並木氏は本当に善い人です。——きちんとしてしっかりしている。しかし細かなことにも几帳面《きちょうめん》でやかましい。よく気をくばって気に入られるようになさい」

最初から夫のやり方を気をつけて見ていると、なるほどたいへん厳しい人だということがわかった。それで何事につけても夫の機嫌をそこねることのないように振舞《ふるま》おうと決心した。

十月五日は里帰り[14]の日で、わたしたちは初めて一緒に外出した。道すがら後藤の家に寄った。後藤の家を出た後、天気がにわかに悪くなり、雨が降り出した。そこでわたし

たちは番傘《ばんがさ》を一本借りて、それを合傘《あいがさ》[15]にさした。そんな風にして二人が歩いているところを以前の近所の人に見られやしないかと気が気でなかったが、幸い誰にも見られずに両親の家に着いた。こうして何事もなく無事にご挨拶をすませた。家に上がっているあいだにさいわい雨は止んだ。

同月九日、初めて二人で芝居を見に行った。赤坂《あかさか》の演伎座《えんぎざ》で山口《やまぐち》座[16]の出し物を見た。

十一月八日、二人で浅草寺[17]に詣《もう》で、［神道の社《やしろ》である］お酉《とり》さま[18]にも行った。——この年末の月に夫とわたしのための春着を仕立てた。こうした縫物《ぬいもの》がいかに楽しいか初めてわかった。たいへん幸せだった。

暮れの二十五日、二人で天神様《てんじんさま》[19]にお詣《まい》りし、その境内《けいだい》のあたりを散歩した。

明治二十九［一八九六］年一月十一日、岡田氏宅を訪ねる。
十二日、二人で後藤家へ行き、楽しい一時を過ごす。
二月九日、二人で三崎座《みざきざ》へ行き『妹背山《いもせやま》』[20]を見る。道すがら思いかけず後藤氏に会い、氏も同道する。帰宅のとき、あいにく雨が降り出し、道がぬかるむ。
同月二十二日、天野《あまの》写真館で［二人の］写真をとる。

三月二十五日、二人で春木座《はるきざ》に行き『黄鳥墳《うぐいすづか》』[21]を見る。——この月みんな［親戚、友人、親］で一緒に楽しく花見[22]の会をしようということに決まっていたが、都合がつかずうまくいかなかった。

四月十日、朝九時、二人で出かける。まず九段《くだん》の招魂社《しょうこんしゃ》に行く。そこから上野公園まで歩き、そこから浅草へ行き観音《かんのん》に詣でる。また門跡《もんぜき》［東本願寺］にもお参りした。そこから浅草奥山《あさくさおくやま》にまわるつもりだったが、まず食事しようということになり、とある食堂に入った。食事中に騒々しい叫びや悲鳴が聞こえるので、外で大喧嘩《おおげんか》しているのだろうと思った。しかし騒ぎはじつは見世物の一つから火が出たためで、わたしたちが眺めているあいだにも火はまたたくまにひろがり、その通りの見世物小屋はほとんどすべてが燃え上がった[23]……。そのすぐあと食堂を出て、いろいろなものを見ながら浅草界隈を散歩した。

［ここに続けて女が自分で書いた小唄がこの草稿に書きつけられている——］

今戸《いまど》の渡しにて
あひ見たこともなき人に、
不思議に三《み》めぐりいなり

かくも夫婦になるのみか、
はじめの思ひに引きかへて
いつしか心もすみだ川、
つがひはなれぬ都鳥《みやこどり》、
人もうらやめばわが身もまた
咲き乱れたる土手の花よりも
花にもましたその人と
しらひげやしろになるまでも
添ひとげたしと祈り念じ

［これは自由に訳するとこうなる］24

今戸の渡しで、不思議にもわたしは前に見たことのない人にお会いした。三囲稲荷《みめぐりいなり》のことである。このお見合いで二人は夫婦となるのみか、それ以上の仲となった。はじめは「いつまで続くか」と思ったが、心配は消え、わたしの心はいつしかすんだすみだ川、いまでは都鳥もさながらにいつも番《つがい》のこの二人、人も羨《うらや》むわが身である。［花を見に外出した、］土手いっぱいの花を見るのも楽しいが、いまわたしが念じるのは、――いつまでもこの人と、いかなる花にもまして大事な親しいこの人と、ともに暮らして年をとり、白髭社《しらひげやしろ》に入りたい。なにとぞ添いとげることができますよう神様に祈り念じます。

……それから私たちは吾妻橋《あずま》を渡り、家路についた。蒸気船に乗って曾我《そが》兄弟[25]のお寺の開帳に行った。そして夫婦円満、兄弟姉妹がいつまでも仲良いことを祈った。帰宅したのは午後七時を過ぎていた。

——同月二十五日、二人で六物寄席《ろくもののよせ》[26]に行った。

＊　＊　＊

五月二日、二人で大久保《おおくぼ》［の庭園］につつじの花を見に行った。

同月六日、招魂社へ花火見物に行った。

——いままでのところ夫婦のあいだに波風が立ったことはなかった。[27]外へ出かけるときとか見物に行くとき恥ずかしいという気持がなくなった。いまでは二人ともたがいに相手の気に入るようにしているみたいで、もうなにがあっても二人の仲が裂かれることはないだろう……。夫婦がいつまでも円満でありますように。

六月十八日、須賀《すが》神社[28]のお祭なので、わたしどもは父の家に招かれた。しかし髪結いがきちんと約束したときに来ないので、ひどく困った。それでもおとりさん［妹］と父親の家に行った。まもなくお幸《こう》さん［嫁いだ妹］もやってきた。——楽しい一時を過ごした。夕方には後藤氏［お幸の夫］も加わった。そして、早く来ないかと心配でやきもきしたが、ようやく最後に夫も現われた。とても嬉しいことがあった。二人で一緒に外出するとき、わたしがこしらえた新しい春着を着るようにもう何度もすすめたが、夫はいつもことわって、古い着物を着ていた。それがこのときは新しい春着姿だったのである。——父に招待されたのでこれを着なければならぬと思ったらしい……。こうしてみんな幸せに集まれたので一座はいよいよ盛りあがった。お暇《いとま》をせねばならなくなったとき、夏の短夜《みじかよ》を嘆いた。

次の歌や俳句はその夕べに詠んだものである。

二《ふた》夫婦揃《そろ》うて祝ふ氏神《うじがみ》の祭も今日は賑《にぎは》ひにけり　並木（夫）

氏神の祭めでたし二夫《ふた》婦　同じく並木

いくとせもにぎやかなりし氏神の祭にそろふ今日のうれしさ　妻

まつりとて一家あつまる楽しみはげに氏神の恵みなりけり　妻

二《ふた》夫婦そろうて今日の親しみも神の恵みぞめでたかりけり　妻

氏神の恵みも深き夫婦づれ　妻

祭とて対《つい》に仕立てし伊予絣《いよがすり》[29]今日たのしみに着るとおもへば　妻

思ひきやはからず揃ふ二《ふた》夫婦なににたとへん今日の吉日　後藤（義弟）

まつりとてはじめて揃ふ二《ふた》夫婦のちの帰りぞいまは悲しき　お幸（嫁いだ妹）

ふるさとの祭に揃ふ二《ふた》夫婦語らう間さへ夏の短《みじ》か夜《よ》　お幸

七月五日、播磨《はりま》太《だ》夫《ゆう》が出ている金沢亭《かなざわてい》[30]に行き、『三十三間堂《さんじゅうさんげんどう》』という浄瑠璃《じょうるり》を語るのを聞いた。

八月一日、二人で浅草の観音様へお参りに行った。この日は夫の先妻の一周忌にあたる。それから吾妻橋のたもとの鰻屋《うなぎや》へ行って昼御飯をいただいた。そこにいたとき——ちょうど正午ごろだったが——地震があった。川の近くなものだから、鰻屋の建物はぐらぐら揺れた。ひどくこわかった。

――前に桜の花の時分に浅草へ行って大火事を目撃した。そのことを思い出すと、この地震は不安になる。次は雷《かみなり》ではあるまいか。[31]

二時ごろ鰻屋を出て浅草の公園に行った。そこから路面電車で神田へ行き、涼しい場所で一休みした。帰り道に父の家へ寄った。帰宅したのは九時過ぎだった。

同月十五日は八幡《はちまん》神社[32]のお祭である。後藤とわたしの妹と後藤の妹が家に来た。みんな揃って神社へ行きたいと思っていたが、夫はその朝、酒を飲みすぎて、――それで夫は抜きで行くことにした。八幡様へお参りした後、後藤の家へ行った。そこにしばらくいて、それから帰宅した。

九月、彼岸会《ひがんえ》[33]だったので、わたしはひとりでお寺へ行ってお参りした。

十月二十一日、おたかさん「多分親戚であろう」が静岡からみえた。次の日に芝居に連れていこうと思ったが、朝早く東京を立ち去らねばならぬという。けれど夫とわたしは次の日の夕方、柳盛座《りゅうせいざ》で『松前美談貞忠鑑《まつまえびだんていちゅうかがみ》』[34]を見た。

＊　＊　＊

六月二十二日、父に頼まれていた着物を縫いはじめたが、気分がすぐれず、はかどらなかった。それでも新年［一八九七年］の元日にしあげることができた。

……子供が生まれる予定なのでみなたいへん幸せである。両親は初孫をどんなにか嬉しく誇りに思うことだろう。

＊　＊　＊

五月十日、母と塩竈《しおがま》さまへ[35]お参りに行った。ついでに泉岳寺《せんがくじ》に寄った。そこで四十七士の墓や多くの遺品を見た。品川から新宿まで鉄道に乗って帰った。塩町《しおちょう》三丁目で母と別れた。帰宅したのは六時だった。

＊　＊　＊

六月八日の午後四時、男の子が生まれた。母子とも願ってもないほどすこやかに見えた。子供は夫によく似て、その目は大きくて黒い……。しかし体がいかにも小さかった。それというのは八月が出産予定だったのに実際は六月に生まれてしまったからである……。その日の晩の七時、薬を飲ませるときに、ランプの火で見たら、赤ん坊は大きな目を見ひらいて周囲を見まわしていた。その夜はわたしの母の懐《ふところ》で寝た。七カ月で生まれた子供だから温かくしてやらねばならないと言われたので、昼も夜も懐で抱いていることにした。
翌日——六月九日——午後六時半、突然死んでしまった……

――「嬉しき間《ま》は僅《わず》かにて、また悲しみと変ずる。生まれるものは必ず死す」[36]――これは本当にこの世のことを言いあてた諺《ことわざ》である。


母と呼ばれるのがわずか一日かぎりとは。――ただ死ぬのを見るために生まれた子であった……。生まれて二日で死ぬのなら、生まれなければよいものを。

十二月から六月まで体の具合が悪かった。――それがついに多少楽になり、男の子が生まれて喜んだ。お祝いの言葉もたくさん聞いたのに、――結局、死んでしまった……。

実際、なんともいえず悲しい。

六月十日に葬式が大久保の泉福寺《せんぷくじ》で行なわれ、小さな墓が建てられた。

これは当時詠んだ歌である。[37]――

思ひきや身にさへかへぬ撫子《なでしこ》にわかれし袖の露《つゆ》のたもとを
［ああ知ることができたならば。この花[38]のためならわが身を代えてもよかったと思うのに、その花と死に別れてわたしのたもとは涙の露に濡れている」

さみだれ[39]や湿りがちなる袖のたもとを

それからしばらくして、「卒塔婆《そとば》[40]を逆さに立てれば、このような不幸は二度と起こらないだろう」と言われた。そんなことをするのはひどく嫌だったが、それでも八月九日、ついに卒塔婆を逆さにした。

九月八日、二人で赤坂に芝居を見に行った。

十月十八日、ひとりで本郷の春木座へ『大久保彦左衛門』[41]の芝居を見に行った。そこで不注意にも下足札《げそくふだ》をなくしたために、ほかのお客がみな立ち去るまで待たされた。ようやくわたしの草履《ぞうり》をもらい帰宅できたが、夜はすっかり暗くて道すがら淋《さび》しくてこわかった。

［一八九八年］一月の節句[42]の日、堀さんの叔母《おば》と友人内海《うちみ》氏の奥さまと話していたときに突然胸がひどく痛くなり、怯《おび》えて箪笥《たんす》の上にある水天宮《すいてんぐう》[43]のお守りを手に取ろうとしたが、気を失ってしまった。親切に介抱してもらったので、すぐに気を取り戻したが、そのあと長いあいだ具合が悪かった。

＊　＊　＊

四月十日は東京遷都《せんと》三十年祭[44]なので父の家に集まることとした。私は先に重之助《じゅうのすけ》［親戚の者か」とそちらへうかがって、当日は朝しばらく役所に用がある夫をそちらで待つこととした。夫は八時半ころには現われた。それから三人で市中見物に出た。麴町《こうじまち》を通り永田町へ、そこから桜田門を経て日比谷《ひびや》目付《めつけ》へ出、銀座通りから眼鏡橋《めがねばし》を通って上野へ行った。そこでいろいろなものを眺めた後、ふたたび眼鏡橋へ行った。わたしはたいそう疲れたので、帰りたいと言った。夫も疲れたから帰ろうと言った。しかし重之助は「この機会に大名行列[45]を見逃したくないから、銀座へ行く」と言い張るので、そこで別れた。わたしたちは小さな天麩羅《てんぷら》屋に入った。揚げた魚が出た。運のいいことに、そのお店から大名行列が通るのが見えた。家に帰ったときは夕方の六時半になっていた。

四月の中ごろから妹のとりの身の上について頭を悩ますことが多くなった「何が問題なのかは記されていない」。

＊　＊　＊

明治三十一［一八九八］年八月十九日に二番目の子供が生まれた。ほとんど陣痛もなかった。——女の子ではつと名づけた。

お七夜《しちや》[46]に初の出産の際に手助けしてくれた人々をみなお招きした。

——その後、母は二日ばかり家に泊まってくれたが、妹の幸《こう》の胸の痛みがはげしいというので母はそちらへ行かざるを得なかった。さいわい夫の休みの日だったので、できることはなんでも助けてくれ、洗濯までしてくれた。それでも女手がないのでずいぶん困った……。

夫の休暇が終わると、母が何度も来てくれたが、夫がいないあいだだけだった。二十一日［危険な期間］もこうして過ぎ、母子ともにすこやかだった。

――生まれてから百日が過ぎるまで、娘のことがいつも心配だった。苦しそうに息をしたからである。しかしそれはしまいにおさまって、はつは丈夫になったように見えた。それでも心配事が一つあった。不具のことで片手に親指が二本ついていたのである。手術するために病院へ連れていく決心がなかなかつかなかった。しかし近所の一婦人が新宿の上手なお医者さんを教えてくれたので、そこへ行くことにした。手術のあいだ夫がはつを膝《ひざ》の上に抱いていた。わたしは見るにたえなくて、隣室で待っていたが、いったいどうなることかと胸は心配でいっぱいだった。しかし［終わったときに］赤ん坊は別に痛がっている様子もなかった。そして数分後、いつもと同じようにお乳を吸った。それでこの一件はわたしが案じたよりもずっと上首尾に終わった。

家ではつは前と同じようにお乳を吸う。まるで小さな体に何事もなされなかったかのようである。しかしなにせ小さな子だから手術が原因で病気になったりしてはたいへんだと心配して、用心のために三週間ほどのあいだは病院へ日参した。しかし悪い様子はなにも見せなかった。

明治三十二［一八九九］年三月三日、初節句[47]の機会に内裏《だいり》さまとお雛《ひな》さまの贈り物[48]を父からも、後藤氏からもいただいた。――そしてお決まりのお祝いの品、箪笥《たんす》、鏡台、針箱もいただいた。わたしたちもこの機会に娘のために茶台と膳などを買った。その日、後藤氏も重之助もわたしたちに会いに来た。賑やかで楽しい一日だった。

四月三日、わたしたちは穴八幡《あなはちまん》［早稲田にある神社］に参って子供の無病息災を祈願した……。

四月二十九日、はつが具合が悪そうだった。お医者に診《み》ていただこうと思った。お医者は朝のうちにも来てくれると言ったが、来なかった。一日待ったが来なかった。その翌日もまた待ったが、来ない。夕方になるとはつの様子がさらに悪くなった。胸がひどく痛いらしい。翌朝すぐにお医者のところへ連れていくことに決めた。一晩中わたしはたいへん心配したが、朝方にはつの具合が快方に向かったので、わたしはひとりでおんぶして赤坂のお医者まで歩いて行った。診察をお願いしたところ、まだ患者を診る時間でないから待つようにと言われた。

待っているあいだに、はつはかつてないほど泣き出した。お乳を吸おうとしない。歩いても坐《すわ》ってもすかしようがない。困ってしまった。とうとうお医者が現われて、診察を始めたが、そのとき泣き声が弱くなり出した。唇の色が見る見る青ざめる。それを見て、もう黙っていられなくなって「具合はいかがでしょうか」と尋ねてみた。「晩までもたんな」とお医者が言った。「お薬はございませんか」と言うと「薬が飲めるようならいいんだが」と答えた。

すぐに家に戻ろう、夫と両親に知らせなければ、と思った。しかし気が動顚《どうてん》して、全身の力がまるで抜けてしまった。さいわい親切な女の人が助けてくれて、わたしの傘やその他のものを抱えてくれ、人力車に乗るのを助けてくれた。おかげで俥《くるま》で帰ることができた。すぐに夫と父に知らせに人に行ってもらった。三田の奥さんが助けに来てくれた。奥さんも一生懸命この子を救おうといろいろ手立てを講じてくれた……。それでも夫はまだ帰ってこなかった。しかしいろいろ手を尽くしたが駄目だった。

明治三十二年五月二日、わが子は十万億土[49]に向けてもはや帰らぬ旅路に旅だった。


それなのにその子の父と母は生きている。もっといいお医者に診せればよかったものを、それをしなかったために死なせてしまったのだ。そう思うと不憫《ふびん》で二人ともひどく辛《つら》かった。自責の念にかられたが、いまさら悔《く》いても仕方がない。

子供が死んだ翌日、お医者はこうわたしどもに言った、「あの病気はたとえ最初から最良の手段を講じて治療したとしても、お子さんは一週間以上は持たなかったでしょう。十か十一だったら手術して助かったかもしれない。しかし今度の場合はお子さんが小さすぎるから手術はとても問題外でした」。そう言って子供は腎臓炎[50]で死んだと説明してくれた……。

こうして二人してこの子にかけた夢、世話した苦労、この九カ月のあいだこの子が育つのを見まもってきた喜びは、――すべてむだになってしまった。

しかしこの子とわたしたちの縁は、きっと前世から弱くて薄いものだったのだ[51]、そう思うことでわずかに悲しみをやわらげた。

やるせない寂しさをまぎらすために、義太夫本《ぎだゆうぼん》[52]の宮城野《みやぎの》と信夫《しのぶ》の話に模《も》してわたしの気持を述べてみた。

これ、このうちへ縁づきしは
思ひ返せば五年《いつとせ》前。
今度《こんど》儲《もう》けしはをなごの子、
かはいいものとて育つるかと
わが身のなりはうち忘れ
育てしことも、情けない。
かうしたこととはつゆ知らず、
このはつは無事に育つるか。
首尾よう成人したならば、

やがて婿《むこ》をとり
楽しませう、どうしてと。
物見《ものみ》遊山《ゆさん》をたしなんで、[53]
わが子大事と、
夫のことも、はつのことも、
恋しなつかし思ふのを、
楽しみ暮らした甲斐《かひ》もなう
親子になりしは嬉しいが、
先立つことを見る母の
心も推《すい》してたもいのと。[54]

——手を取りかはす夫婦がなげき、
なげきを立ち聞くも、
もらひ泣きして表口《おもてぐち》
障子《しょうじ》も濡るるばかりなり。[55]

はつが死んだころ、葬式に関する法律が改正され、大久保でも遺体を火葬に付すことが許可されるようになった。それでこの件について［法的な］面倒がないのならば、並木に頼んでわたしは遺体を並木家の代々の寺に運んでもらった。それで葬式は真宗本願寺派の浅草にある聞成寺《もんじょうじ》で行なわれた。そしてお骨《こつ》はそこに埋められた。

——妹の幸ははつが亡くなったころ悪性の風邪《かぜ》で床《とこ》に臥《ふ》していた。それでも訃報が伝わるとすぐに見舞いに来てくれた。数日後もまた来てくれて病気はほとんど治った、自分のことは心配してくれなくてもいいと言った。

——わたしはというと、外へ出るのがこわくなり、それからひと月ほど家を出なかった。しかしいつまでも家にこもっているわけにもいかないから、ついに外出した。そして父のところと妹のところへご挨拶にうかがった。

＊　＊　＊

——すっかり病《や》みついてしまい、わたしは母に手助けに来てもらえないかと願ったが、幸がまた病気になって、芳《よし》［妹、ここで初めて言及される］も母もいまや幸につきっきりで看病している。わたしは親の家からなにもしてもらえなくなった。助けてくれる人は誰もいないが、近所の二、三の女の人だけは、手があけば来てくれる。堀氏に頼んでやっとお手伝いによい婆《ばあ》やを一人やとうことができた。婆やが親切に介抱してくれたので具合はだんだん良くなった。八月のはじめのころはずいぶん元気になった……。

九月四日、妹の幸が肺病[56]で死んだ。

——前からもしものことがあった際は、妹の芳が幸の座に直るという約束であったので、後藤氏が一人住まいでは不便でもあるので、婚礼は同じ月の十一日に挙げられ、型通りのお祝いがなされた。

同じ月の晦日《みそか》に岡田氏が突然亡くなった。

こうしたことが重なって出費がかさみ、わたしたちもたいそう［金銭的に］困った。

――幸が死んでこんなにはやく芳が貰《もら》われたと聞いたとき、いくらなんでもひどいと思った。しかしその気持はかくして以前と同じように後藤氏と口を利いた。

十一月に後藤氏は単身で札幌《さっぽろ》に赴任した。

明治三十三［一九〇〇］年二月二日、後藤氏は帰京し、同じ月の十四日に芳を連れてふたたび北海道へ行った。

＊＊＊

二月二十日、午前六時、三番目の子供が生まれた。男児。母子ともに安泰《あんたい》。

――女の子と思っていたのに、生まれたのは男の子だった。仕事から帰ってきた夫は男の子と知ってたいそう驚き喜んだ。

――しかしこの子は乳がうまく吸えない。それで哺乳瓶で育てることにした。

生まれて七日目に頭の産毛《うぶげ》をすこし剃《そ》った。夕方お七夜《しちや》のお祝いをした。こんどはわたしたちだけで内輪ですませた。

――夫はすこし前から悪性の風邪にかかっていたが、咳《せき》がひどいものだから次の朝仕事に行けなくなった。家でじっとしていた。

朝早く赤ん坊は普通に乳を飲んだ。しかし、午前十時ごろ、胸がひどく苦しい様子で、妙なうめき声をあげるものだから医者を呼びに行かせた。困ったことにあてにしていた医者は外出中で夜まで帰宅しないという。それですぐ別の医者を呼びに行かせた。夕方までに来るという返事だった。しかし、午後二時ごろ、様子が急に悪くなり、三時すこし前――二月二十七日、あえなく[57]――わが子は死んだ。わずか八日の命だった……。

――わたしはひとりで考える。この新しい不幸のせいで夫がわたしを嫌うようになりはせずとも、このように次から次へと子供と死別するのは前世で犯したなにかの罪の罰に相違ない。そう考えると、わたしの袖は二度と乾くまもなかろう、涙の雨がやむことはあるまい、この世で自分のために空が晴れることはもう二度とないと思われた。

わたしのせいで、こんなひどい目に繰り返し遭ったからには、夫の気持が悪い方に変わりはしないかといよいよ心配した。自分の心持ちがそんなだから、夫の心も心配でならなかったのである。

しかし夫は「天命致し方これなく」[58]という言葉を繰り返すだけだった。

――どこか近くのお寺に葬ればわたしはもっときちんとお墓詣《まい》りもできもしようと考えて、葬式は大久保の泉福寺で行ない、お骨《こつ》はそこに埋められた……。

楽しみもさめてはかなし春の夢[59]
All the delight having perished, hopeless I remain: it was only a dream of Spring![60]
［すべての楽しみは失せてしまい、望みもなくわたしはとどまっている。ただ春の夢であったのだ］

［日付なし］
……悲しみで苦しんだせいだろうか――子供が死んで二週間[61]のあいだ顔と手足がすこしむくんだ。

――しかし結局たいしたことはなく、じきにむくみは消えた……。いまでは「危険な時期とされる」二十一日[62]も過ぎた……。

ここで気の毒な母親の日記は終わる。日記の終わりに出てくる、出産後二十一日という時日についての記述から、この最後の件《くだ》りはおそらく三月十三日か十四日に書かれたものと思われる。女は同じ月の二十八日に亡くなった。

日本の生活をよく知らない人にはこの簡単な身の上話はきちんと理解できないのではあるまいか。しかしここに記録された生活の物質的条件だけなら想像するのは難事ではない。――夫婦は二部屋の小さな家に住んでいる。――六畳一間《ひとま》と三畳一間である。――夫は月に辛《かろ》うじて十円、英国のお金にして一ポンド稼いでいる。――妻は縫物をし、洗濯をし、煮炊きをする（もちろん家の外である）。――大寒《だいかん》のときでさえ暖《だん》はとれない。夫婦は、家賃は別として、一日三十銭、七ペニー程度で暮らしていたものと推定する。彼らの娯楽は安上がりで、八銭、二ペニー払えば芝居小屋に入れたし義太夫節も聴けた。物見遊山は徒歩であった。しかしこんな娯楽でさえ贅沢《ぜいたく》だったのである。着物の新調も、親戚の結婚・出産・死亡の際の欠かすことのできない祝儀《しゅうぎ》や香典《こうでん》も、身を切るような倹約によってはじめて可能だったのである。東京ではこの人たちよりももっと貧しい暮らし――月に十円[63]以下の収入で暮らしを立てている人が何千何万人もいるのはまちがいない。それでもいつもきれいにさっぱりと陽気に暮らしている。しかしこのような条件の下《もと》では、よほど逞《たくま》しい女でないと子供を安々《やすやす》と産んで育てることはできない。東京より辛いながらも健康的な内陸部の農民の生活に比べて、はるかに多くの危険にみちた生活である。そして当然、数多くの弱者は倒れ、死んでゆく。

この日記を読む読者はこのように控え目で優しい女がまったく見知らぬ男の妻に突然なることをかくも熱烈に望むことを奇異に感じられたであろう。なにしろ相手の男の性格を女はまったく知らないのである。実際、日本で多くの結婚は、ここに記されたようなすこぶる事務的な段取りで仲人《なこうど》の手で整えられる。しかしこの女の場合は、事情は例外的に気の毒である。理由は哀《あわ》れなほど単純だ。世間のまともな娘は結婚するのが当然と思われていて、ある年齢を過ぎても未婚のままでいるのは恥であり、非難の的《まと》になるからである。世間からそのような目で見られることへの怖れがあったからこそ、この日記の作者は女としての宿命を果たす最初の機会に飛びついたのだろう。すでに二十九歳になっていた。——こんな機会は二度と訪れないかもしれない。

私にとってこのつつましやかな努力と失敗を書き綴《つづ》った日記の主要な意味は、なにか例外的な叫びが聞こえることではない。そうでなく日本人の生活にとってすんだ青空やお日様と同様にありふれたなにかが表現されていることである。従順に夫に仕え義務を大過なく果たすことで愛情を得ようとする女の健気《けなげ》な覚悟、あらゆる些細《ささい》な親切に対しても示される感謝の念、子供のようなあどけない信心、よくもこれほど徹底していると思える無私無欲、苦しい目にあうとその理由を前世で犯した罪の報《むく》いとする仏教的解釈、心が挫《くじ》けそうなときに歌や俳句を作ることで自らを抑えようとするたしなみ、——こうしたすべてのことが私の心の琴線《きんせん》に触れる。いや、触れるという言葉で言い切れるものではない。しかもこれは例外ではないのである。ここに示された特色は典型的——日本の庶民の女の道徳的特性の典型なのである。なるほどこれほど飾り気なく、しかも哀《あわ》れ深く、個人の喜びや苦しみを書きとどめることのできるような日本人女性は彼女が暮らした下層社会にはそう多くはいないかもしれない。しかし何千万人という女の人がこのような気持を、疑うことなく堅く信じてはるかな過去の世代から代々受け継いできている。この日記の作者と同じように、人生を義務と観じ、同じように無私の愛情を他人にそそいでいるのである。[64]

平家蟹《へいけがに》

世界にはさまざまな国があり、信仰・思想・習慣・芸術が私たち西洋人のそれと一向に共通点がないために、その土地の住民が私たちには異様に思われることがある。そういう国では、その土地の自然——植物《フローラ》や動物《ファウナ》——にもやはりそれに相応するような異様な特色を帯びたものが見つかるものだ。おそらくそうした地域の異国的な自然の相対的な奇妙さが、大なり小なり、異国の人の一見奇妙な考え方を育《はぐく》んで力あったのに相違ない。植物や昆虫の形態が進化論的に解釈可能ならば、国民によって考え方や感じ方が異なることもまた同様に解釈し得るのではあるまいか。ある民族の頭脳の進化発展に際しては、環境が想像力に及ぼす影響というものは看過しがたい一つの要素にちがいない……。

こんなことに思いをいたすにいたったのは、長州から蟹《かに》が一箱届いたからである。それは常日頃これぞまさしく日本的と私たちが考えがちなグロテスクさで、甲羅《こうら》には人間の顔の形を奇妙に真似《まね》た突起や窪《くぼ》みがある。——その顔は歪《ゆが》んだ顔で、まるで日本の工芸職人が感興が湧《わ》いて気まぐれに浮彫《うきぼり》に作り上げた面《めん》のようである。

二種類の蟹が——しっかり日干しされて光沢がある——赤間関《あかまがせき》（下関《しものせき》の名前で外国人には広く知られる）のお店でいつも売りに出されている。近くにひろがる壇《だん》ノ浦《うら》と呼ばれる海岸でとれる蟹である。七百年前、壇ノ浦では海戦が行なわれ、大いに栄えた平家の一門は敵方の源氏の一門によって滅ぼされた。日本史を繙《ひもと》いた人なら、二位《にい》の尼《あま》がこのおそろしい悲劇の中で辞世をよむと、幼帝安徳《あんとく》天皇を抱いて海に身を投じた故事を知っているだろう。

この海岸のグロテスクな蟹はいまでは平家蟹《へいけがに》と呼ばれる。殺戮《さつりく》されたり溺死《できし》したりした平家の侍《さむらい》の亡霊がこのような姿と化したと言いならわされてきた。蟹の甲羅の顔には断末魔《だんまつま》の苦悶《くもん》の表情がいまもなおありありと看取《かんしゅ》されるという。しかしこの伝説のロマンスを感得するには、壇ノ浦の合戦の古い絵巻物や、色彩版画を見ておかねばならない。そこでは甲冑《かっちゅう》に身を固めた武士どもがいかめしい鉄の面をつけて両の眼を荒々しく見ひらいている。

蟹の小さな種類は単に「平家蟹」と呼ばれ、一匹につき平家の平侍《ひらざむらい》一人の亡霊が宿っているという。大きな種類は「大将蟹」あるいは「龍頭《たつがしら》」とも呼ばれ、これらの蟹には平家の大将の亡霊が宿っているという。大将たちの兜《かぶと》には西洋の紋章学には知られていない怪物やぎらぎら光る角《つの》や金の竜が作り付けてあった。

日本の友人に依頼してここに掲げた二つの平家蟹を描いてもらった。正確さは保証する。しかし兜に似たものは、友人が描いてくれた龍頭の図にも、元の蟹の甲羅の形にも、認めがたかった。

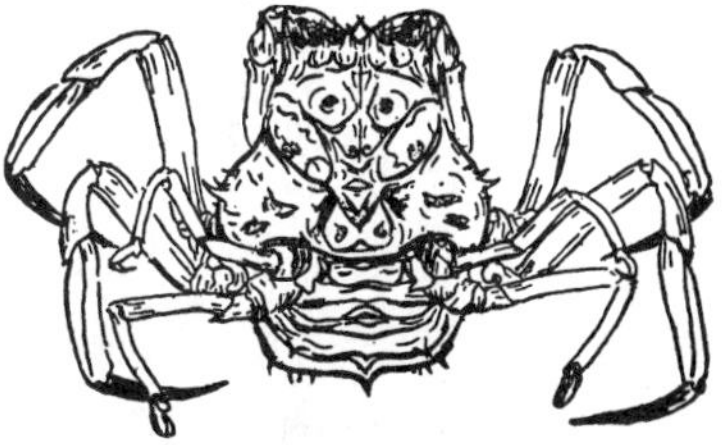

「あなたには見えますか?」と私は尋ねた。

「見えますとも——こんな形です」と言うと、友人はすらすらと次のようなスケッチを描いた。

「なるほど、頭の被《かぶ》り物の部分はそれとわかりますが」と私は言った、「しかしこの絵の輪郭《りんかく》は実物に即していませんよ。——それにこの顔面《がんめん》は気が抜けていて満月のお月さまみたいです。ご覧なさい、本物の蟹の甲羅は、見ているうちに魘《うな》されてしまいそうだ……」

螢《ほたる》1

一

日本の螢《ほたる》について語りたい。ただし昆虫学的な話ではない。この主題の理系的側面に関心を寄せる人は——そうした関心は持たれてしかるべきだが——現在東京帝国大学で講義している日本人の生物学教授から知識を得られるがよい。教授は英文には Mr. S. Watasé と自署している（Sは渡瀬庄三郎《わたせしょうざぶろう》の名前の頭文字）。渡瀬氏はアメリカで理科系の学問を修め、その地で教壇に立ったこともある人で、講義録は何点もアメリカで公刊されている。[2]——講義内容は、動物の燐光《りんこう》、動物の電気、虫や魚の発光器官、その他生物学上のすばらしく面白い話題についてである。螢の形態、螢の生理、螢の光度測定、螢の発光物質の化学作用、螢の光のスペクトル分析、エーテル振動の見地より見たる螢の光の意味――こんな題目について現在知られているかぎりを教えてくれる。教授は実験によって、温度や環境が正常な状態にあるとき、日本のある種の螢が出す光の明滅、いわゆる光の脈動 light-pulsation は一分間に二十六回だが、その同じ螢が捉《とら》えられて怯《おび》えると、脈動の割合がにわかに上昇し一分間に六十三回となることを示してくれる。そしてそれとは別のより小さい種類の螢は、人の手に捕まると、光の脈動が一分間に二百回まで上がることも立証している。渡瀬教授は発光は螢にとって自己防御的な価値があるのではないか――すなわちある種の毛虫や蝶《ちょう》の「警戒色」と同性質のものでないか――、と示唆《しさ》している。なぜなら螢は食べると猛烈に苦い味がするので、鳥にとっては口に合わないようなのだ（もっとも氏によると、蛙《かえる》は味が悪かろうが気にしないで、あの冷たい腹を螢でたらふく満たすものだから、光が蛙の皮を通して輝いて見えることがあり、そのさまは蠟燭《ろうそく》の光が磁器の壺《つぼ》を通して輝いて見えることがあるのとそっくりだという）。自己防御的な価値のゆえか否かはともかくとして、螢の小さな発電機《ダイナモ》は、さまざまな用途で使われているらしい――例えば、電送写真のような働きもする。他の昆虫は音や接触で意思を疏通《そつう》させるが、螢は感情を光の脈動で表現する。螢は光の言語を用いて話す……。渡瀬教授の講義の内容がどんな性質のものかはこうした二、三の例で読者にも見当がつくだろう。教授の講義は単に専門技術的な話ではないのである。なお私のこの非理科的な随筆の最良の部分も――とくに日本における螢の捕り方や売り方については――やはり渡瀬教授が昨年東京で日本人聴衆向けに行なった楽しい講演に負うている。

二

fireflyの日本語名「螢《ほたる》」は、今日《こんにち》では「虫」の字の上に「火」の字が二つ並んでできた表意文字で書かれる。しかし「ほたる」という言葉の本当の起源はじつははっきりしない。語源についてはさまざまな説がなされてきた。この名称は古代においては「火の初めて生まれた子」を意味したと考える学者もいれば、「ほし」と「たれる」の音節が合成されてできたと考える学者もいる。[3] 詩的な語源説であるほど、残念ながら、妥当性に欠けるとされている。「ほたる」という言葉の本来の意味がなんであれ、この昆虫につけられた民間の呼び名がロマンティックな風情《ふぜい》に富んでいることだけは間違いない。

日本には二種類の螢が広範囲に分布している。世間では「源氏螢《げんじぼたる》」と「平家螢《へいけぼたる》」と呼ばれてきた。伝説によると、これらの螢は往時の源氏と平家の将兵たちの亡霊で、虫の姿になったとはいえ、十二世紀の恐ろしい源平の合戦のことをゆめ忘れず、年に一度、四月二十日の夜、[4] 宇治川の上で一大合戦を交えるといわれている。だからその晩は、合戦に参加できるよう、籠《かご》の螢はすべて外へ放してやらねばならない。

源氏螢は日本で一番大きい螢である——すくなくとも琉球を除く日本本土でこの種《しゅ》の

最大のものである。九州から奥州《おうしゅう》にかけてのほとんどすべての土地に見られる。平家螢はさらに北に分布し、蝦夷《えぞ》すなわち北海道ではとくによく見られるが、中部や南部の地方でも見られる。源氏螢より小さく、発する光も弱い。虫売り商人の手で東京、大阪、京都などの都会で売られる螢は大きい方の種類である。日本人観察者は二種類とも螢の光は茶色と書いている。――「茶色《ちゃいろ》」tea-colored とは日本人が普通に飲む煎《せん》じ茶《ちゃ》の色で、葉の品質が良ければ澄んだ緑がかった黄色である。しかし見事な源氏螢の光は実に鮮やかに輝くからよほど眼の強い人でないと緑がかった色は識別できない。一見すると光がぱっと閃《ひら》めいて木を燃やした炎と同じような黄色に見える。次の俳句はその輝きを叙しているが過褒《かほう》の辞ではない――。

篝火《かがりび》も螢も光る源氏かな[5]

源氏螢、平家螢という呼び方はいまでも広く行なわれているが、どちらも地方ごとのそれ以外の呼び名がさまざまにある。源氏螢は大螢《おおぼたる》、牛螢《うしぼたる》、熊螢《くまぼたる》、宇治螢《うじぼたる》などと呼ばれるばかりか、虚無僧螢《こもそうぼたる》とか山吹螢《やまぶきぼたる》などすこぶる画趣に富む呼び名もあるが、こうした名前の味わいは並みの西洋人にはわからないであろう。平家螢も姫螢《ひめぼたる》、ねんねい螢《ぼたる》、幽霊《ゆうれい》螢《ぼたる》などとも呼ばれる。これらは数ある名の中から適当に選んだだけである。日本のほとんど各地にこの昆虫の特別の俗称が見出される。

三

日本の多くの地に螢の名所がある——夏になるとただ螢を見る楽しみのために人々はそうした場所へ出向く。古くは近江《おうみ》の琵琶湖《びわこ》のほとり石山《いしやま》に近い小さな谷がとくに有名だった。いまでも螢谷《ほたるだに》と呼ばれている。元禄《げんろく》時代（一六八八－一七〇四）以前には蒸し暑い梅雨《つゆ》のころに螢がこの谷間に群がる様は日本の天然自然の奇観の一つに数えられた。螢谷の螢はいまもその大きさで評判である。しかし昔の人が書き留めた驚くべき大群はもはや見られない。現在、もっとも評判な螢の名所は山城《やましろ》の国の宇治の近くである。宇治は有名な茶処《ちゃどころ》の中心の小さな綺麗《きれい》な町で、宇治川に臨んでいる。宇治茶で知られるがそれにおとらず螢でも知られる。夏になると臨時列車が京都や大阪から宇治へ向け、何千という螢の見物客を運んでくる。しかし一番の見ものは宇治の町から数十町離れた地点の川の上で、そこで螢合戦という一大スペクタクルが目撃される。そのあたりでは宇治川は木々や植物で蔽《おお》われた山々のあいだを屈曲しながら流れてくる。そこで何万という数の螢が左右の岸から矢のごとく飛んでゆき、水上で組みつほぐれつするのである。ときには群がった螢が光った雲のように、また閃光《せんこう》を発する大きな球のように見える。だが雲はたちまち散り、球は落ちて水面に散り、落ちた螢は光りながら波のまにまに流されていく。とみるまにたちまち別の螢の大群が同じ場所に集まる。人々は川に舟を浮かべ夜もすがらこの世ならぬ光景を見続けている。螢合戦が果てると宇治川は川に落ちて流されていく螢がなおきらきら輝いているが、そのさまは銀河のようだという。西洋人は銀河をMilky Wayと呼んでいるが、日本人は天の河River of Heavenと詩心のある呼び方をしている。

著名な女流の詩人加賀千代《かがのちよ》が、

川ばかり闇はながれて螢かな

の句をものしたのは、あるいはこのような光景を目にした後でもあったろうか。

——自由な英訳は次の通りである。——

Is it the river only? — or is the darkness itself drifting?... Oh, the fireflies!...

「これは川ばかりだろうか？——それとも闇そのものが流れているのだろうか？

……おお、螢よ[6]！……」

四

日本では夏の何カ月かのあいだ、螢を捕まえて売ることで暮らしを立てている人が大勢いる。実際、この商売の規模はたいしたもので一種特別な生業《なりわい》とみなしてよい。この産業の中心は琵琶湖の近く、江州《ごうしゅう》の石山の近辺で、その地の何軒もの家が全国各地、特に大阪・京都の二大都市に螢を出荷している。最盛期ともなると主要な家は一軒で六、七十人の螢取りを雇う。この仕事には多少訓練が要《い》る。新米《しんまい》だと一晩で百匹捕まえるのも容易ではない。だが手慣れた螢取りともなると一晩で三千匹捕まえるといわれている。その捕まえ方はきわめて単純だが、見ていてすこぶる面白い。

日が沈むやすぐ、螢取りは長い竹竿《たけざお》を肩にかつぎ、茶色の蚊帳《かや》地で拵《こしら》えた長い袋を帯のように腰まわりに巻きつけて、出掛ける。螢が出没する木立《こだち》のある場所に着くと――たいてい川や池の土手で、柳が植わっている地点だが――立ち止まって木々をしげしげと観察する。木々が申し分ないほど光りはじめると、網を整え、一番光っている木に近づき、長竿で枝を叩《たた》く。動きのすばやい虫ならばすぐに飛び立つところだが、螢は甲虫《かぶとむし》同様、その衝撃でぽろぽろと地べたに落ちる。どこに落ちたかはその光で――螢は恐怖や苦痛がつのればいよいよ明るく光る――はっきりわかる。螢はしばらく地面に居させできれば、また飛び去りもするのだが、取り手は驚くべきすばやさで、両手を同時に使いながら、螢を自分の口の中に器用に抛《ほう》り込む。――なにしろ時間が貴重だから、一々螢を袋に入れているひまがない。口の中が螢でいっぱいつまってこれ以上は無理となったときに螢を袋の中に吐《は》き落とす。もちろん無傷のままである。

こんなやり方で螢取りは午前二時ごろまで働く。――昔風にいえば草木も眠る丑三《うしみ》つ時で、亡霊の出てくる時刻だが——そのころになると螢という昆虫は木々を離れて露《つゆ》に濡《ぬ》れた地面に居所《いどころ》を移し始める。そこで人目につかぬように尻《しり》を地面に埋めて隠す由《よし》だ。ここで螢取りは戦術を変える。竹箒《たけぼうき》で草むらの上をさっと軽やかに掃《は》く。箒に触れたか驚かされたかすると、螢の尾灯《びとう》は光を発してしまい、たちまち指でつままれて袋入りの御用となってしまう。夜明けのすこし前に螢取りたちは町に戻る。

螢の店では捕まえた螢は光の強弱に応じてすばやく選別される。——光が強いほど値《ね》も高い。それから螢は紗《しゃ》を張った箱や籠に、水気《すいき》が絶えぬよう湿った適量の草とともに、入れられる。等級に応じて一箱に百匹から二百匹である。こうした籠にはお得意先の名前が記された小さな木札がつけてある。——旅館の主人、料亭のおかみ、卸《おろし》や小売りの虫の商人、それに特別の宴会用に螢をたくさん注文する個人などである。箱は飛脚《ひきゃく》がお得意先へ配達する。——それというのも安全上、普通の運送業者にこうした品を委ねるわけにはいかないからである。

季節が夏になるとたくさんの螢が夕べの宴会用に注文される。和風の大きな客間は普通、庭を見晴らせる作りになっており、蒸し暑い季節、宴会や座興が催されるときは、日没後おきまりのように庭に螢が放たれる。その輝きがお客の目を楽しませるのである。料亭の主人の中にはたくさん仕入れる人もいる。大阪の繁華街の道頓堀《どうとんぼり》には蚊帳で仕切られた広い空間に何百万という螢を飼っている料亭がある。この店のお得意客はその仕切りの中に入ってしかるべき数の螢を捕まえて家に土産として持ち帰ってもよいことになっている。

生きている螢の卸値《おろしね》は下は百匹あたり三銭から上は百匹あたり十三銭で、季節や品質に応じて変動する。小売商人は籠に入れて売る。東京では一籠の螢の価格は下は三銭から上は数ドルに及ぶ。一番安い籠は、螢が三、四匹入っているだけで、籠の大きさはせいぜい二インチ（二寸）角程度である。値の張った籠は――すばらしい竹細工で、見事な飾りがついている――鳥籠《とりかご》の大きさほどのものまである。洒落《しゃれ》た趣向をこらした螢籠の中には――家屋の模型、中国風帆船《はんせん》、寺院の灯籠《とうろう》を模したもの等々――値段も下は三十銭から上は一ドル（一円）ほどで買える品である。

螢は生きていようが死んでいようが金目《かねめ》になる。螢は蒲柳《ほりゆう》の質の昆虫だから、閉じ込めておくとじきに死んでしまう。虫の問屋で死んでしまう螢の数はおびただしい。さる有名な螢問屋では毎夏五升――およそ九リットル――をくだらぬ螢が死んで始末され、大阪の薬種屋《やくしゆや》に売り渡される。螢は湿布薬や丸薬の製造、また漢方独特の薬剤や調合に以前はいまよりずっと多く用いられた。今日《こんにち》でも珍しいエキスが螢から抽出されている。その一つは「螢の膏《あぶら》」と呼ばれ、[7] この膏は竹を撓《たわ》めて作られた品物がかっきり固定するよう いまも指物師《さしものし》が用いている。

古い文献に通じた人ならば、螢を材料とする薬についてすこぶる珍奇な一章が書けるであろう。この話題の中でも奇怪の最たるものは中国種で、施療の医術というより魔術の領域にむしろ属する。盗賊除けの呪《のろ》いの効果があり、また毒消しの効能があり、また百鬼退散の効力があるという螢の軟膏《なんこう》が昔は作られた。また服用すれば不死身になるというご利益《りやく》つきの丸薬も螢を材料にして作られた。――このような丸薬の一種に、「監将丸《かんしょうがん》」や「武威丸《ぶいがん》」など[8]がある。

五

ビジネスとしての螢取りは比較的新しい。だが娯楽としての螢狩りはたいへん古い。古代にはそれは貴族の楽しみであった。大貴族はしばしば螢狩りの催しを開いた。この忙しい明治の時代には螢狩りは大人の楽しみよりも子供の遊びとなってしまった。それでも大人たちはたまには時間を見つけてその遊びに加わっている。日本全国で、毎年夏になると子供たちは螢狩りをする。――その狩りに出るのは月のない夜が選ばれる。女の子は団扇《うちわ》を手に螢狩りについていく。男の子は長い軽い竿を持っていく。その竿の先には新しい笹《ささ》の葉の束《たば》が結わえつけられている。団扇や笹の葉で叩《はた》き落とされると、螢はたやすく捕まる。それというのはこの虫は飛んでいる最中にひとたび邪魔されるとまた飛び立つのに手間がかかるからである。螢を狩りながら、子供たちは唄をうたう。その小唄をうたうと螢は寄ってくると信ぜられている。こうした唄は場所によって違いがあるが、驚くほど沢山ある。しかし引用するほど面白い唄はいたって少ない。二つだけ例に掲げるが、それで十分であろう。――

　　（長州の唄）

ほたる、来い、来い、
恋ともせ[9]、
日本一の
嬢さんが、
提灯《ちょうちん》ともして、
来いといな。
（螢よ、来い、来い、光をともして来い。日本で一番すてきな令嬢が、おまえが提灯に光をともして来てくれないかと言っている）

　　（下関の方言の唄）

ほうちん、来い、
ほうちん、来い、
関の町の坊《ぼ》んさんが、
提灯ともして、
来い、

来い。

（螢よ、来い、螢よ、来い、関の坊ちゃんたちがみんな［おまえたちが］提灯に光をともして来い、来い［と言っている］）

もちろん、上手に螢狩りをするには、螢の習性の知識が多少は必要である。そしてこの点に関しては日本の子供たちの方がおそらく大多数の読者諸氏よりもよく事情に通じているであろう。次に記すことは西洋人読者にとっては初耳のことで新鮮な興味をそそることであろう。

螢は水辺に出没し、好んで水上を飛びまわる。しかし螢も種類によっては濁《にご》った水や溜《たま》り水を嫌うので、澄んだ流れや池の近辺でしか見つからないことがある。源氏螢は沼沢や溝や不潔な堀を忌《い》み嫌うが、それに対し平家螢は水さえあればどこでも良いらしい。螢はみな木陰《こかげ》の多い草のしげった土手や堤に好んで棲息《せいそく》する。ある種の樹は好まないが、ある種の樹とは相性がよく、たとえば、松の樹は避ける。野薔薇《のばら》の茂みに留まることもない。しかし柳――とくにしだれ柳――には大きな群をなして集まる。夏の夜など、しだれ柳が螢に蔽われて螢の光で輝くものだから、枝という枝がまるで「火が芽吹《めぶ》いている」ように見えるときすらある。月のいい夜は螢はできるだけ物蔭に身を潜《ひそ》める。しかし追い立てられると途端に月光の中に飛びあがる。すると螢が光ってもそう簡単には見つからない。ランプの光とか人工的な強く眩《まぶ》しい光からは逃げるが、小さな光だと寄ってくる。だから小さな一片の炭の火であるとか日本の小さな煙管《きせる》の火とかが暗闇《くらやみ》で赤く見えると、螢はそれに誘われて寄ってくる。しかし螢をおびき寄せようと思うなら、きれいなガラス製の壜《びん》かコップかに生きのいい螢を一匹入れておくにかぎる。それが光ると螢はたちまち寄ってくる。

子供たちは仲間を組んで螢狩りに行くことに決まっている。理由は明白で、昔は螢狩りにひとりで行くのは向こう見ずなことに思われていた。螢については薄気味悪い話が信じられていたからで、じつはいまでも地方によってはそうした信仰がある。螢と思われているものはじつは悪霊《あくりょう》か、鬼火《おにび》か、狐火《きつねび》で、光を発するのは道行く人を誑《たぶら》かすためであるという。実物の螢とても信用ならない。——螢一族の気味悪さは柳を好むことからも察せられる。ほかの樹にはその樹特有の精霊が棲《す》みついている。良い霊もいれば悪い霊もいる。樹霊[11]ともいわれ幽霊ともいわれる。しかし柳は特に死者の樹——人の亡霊が好む樹である。螢ももしかすると亡霊かもしれない。そうでないと誰が言えようか。それにまだ生きているうちから人の魂が螢の姿をとることがあるという昔からの信仰がある。ここに記す次の短い話は私が出雲《いずも》で聞いたものである。——

ある冬の寒い夜、松江の若い一士族はある婚礼の宴席から帰宅の途次、螢の火がわが家の前の堀の上を舞うのを見て、驚いた。雪の季節に螢が戸外を飛ぶとは不可解である。士族の若者は立ち止まって目で追った。すると光は自分をめざして飛んできた。若者は杖《つえ》ではたいた。すると螢は隣の家の庭にさっと飛び去った。

翌朝、若い士族は隣家《りんか》を訪ねた。昨夜の出来事を親しくしている隣の家の人に話そうと思ったからである。しかし青年が口を切る前に、隣家の長女が青年の来訪を知らずに客間に入ってきて、驚いて声をあげ、

「まあ、びっくりしました。あなた様がいらしたと誰も言ってくれなかったものですから。いまここに入りしなにあなた様のことを考えておりました。昨夜わたくし不思議な夢を見ましたの。夢の中で飛んでいました。——家の前のお堀の上を飛び舞っておりました。水の上を飛びまわるのはそれは気持のよいものでございます。飛んでおりましたらあなた様がお堀の土手に沿っていらっしゃるのが見えました。それでわたくし飛び方を習ったとあなた様に申し上げに近づきましたら、あなた様にはたかれました。それで恐ろしくなっていまでもそれを思うと怖い気がいたします……」

この話を聴いたとき、青年はこの場では昨夜自分の身に起きた出来事は話さない方がよいと思った。あまりの暗合《あんごう》に自分のいいなづけであるこの娘が怯《おび》えはしまいかと思ったからである。

六

螢は日本の詩歌では古代から讃《たた》えられてきた。初期の古典的な散文の中にも螢への言及はしばしば見られる。たとえば、有名な小説『源氏物語』は——十世紀末か十一世紀初めに書かれた——五十四帖ある中の一帖は「螢」と題されている。その巻ではさる大臣《おとど》の君である貴族が暗闇の中で、たくさんの螢を捕えておいてそれをにわかに放すことで、ある姫君の面影《おもかげ》を一瞬かいま見ることができるよう工夫したことが語られている。[12]螢に対する文学的関心は、もともとは漢詩文に由来する、とまではいえずとも、刺戟《しげき》を受けてのものであろう。今日《こんにち》でも日本の子供は誰でも、貧書生のころ紙の袋に集めた螢の光をたよりに勉学したという有名な中国の学者の故事をうたった唱歌を知っている。[13]しかし発想源がなんであれ、日本の代々の詩人たちは螢について千年以上の長きにわたってうたってきた。螢を題材にした作品は日本のあらゆる詩形式に存在する。しかし断然多いのは俳句である。俳句は発句《ほっく》[14]とも呼ばれるが、もっとも短い詩形で、わずか十七音節から成る。螢を詠《よ》みこんだ近代の恋歌はおびただしい。その多くは都々逸《どどいつ》という二十六音節の流行俗謡《ぞくよう》の形で書かれているが、おおむね「声にも出さず身を焦《こ》がす」という類《たぐい》の口には出せぬ恋の火を螢の静かな光にたとえる昔からのお決まりの詩想をあれこれ書き換えたという域を出ないようである。

西洋の読者は以下に選んだ螢にまつわる詩におそらく興味をお持ちになるであろう。これらの俳句のあるものは数世紀以前の作である。——

螢狩り

迷《まよ》ひ子の泣く〱つかむ螢かな　流水[15]
Ah! the lost child! Though crying and crying, still he catches fireflies!
［ああ、迷子。泣きながら泣きながら、それでも螢を捕まえている］

暗きより暗き人呼ぶ螢かな
Out of the blackness black people call [to each other] : [they are hunting] fireflies!
［暗闇の中から暗い人がおたがいに呼びあっている。螢狩りをしているのだ］

言ふ事のきこえてや高く飛ぶほたる　曉臺
Ah! having heard the voices of people [crying "Catch it!"], the firefly now flies higher!
［ああ、「捕まえろ」という声を聞いたからだろう、螢がいまは高く飛んでいる］

追はれては月にかくるゝ螢かな　蓼太

Ah, [the cunning] fireflies! being chased, they hide themselves in the moonlight!

[ああ、ずる賢い螢だ。追われると月の光の中に身を隠してしまう][16]

奪《うば》ひ合《お》うて踏み潰《ころ》したる螢かな　巳百

[Two firefly-catchers] having tried to seize it [at the same time], the poor firefly is trampled to death!

[二人が螢を捕まえようと同時に競い合ったものだから、気の毒に螢は踏み潰されてしまった]

螢の光

螢火やまだ暮れやらぬ橋のうら[17]　柳居

Fireflies already sparkling under the bridge, — and it is not yet dark!

[螢がすでに橋の下では光っている——まだ暮れやらぬ時刻であるが]

水草《みずぐさ》の暮るゝと見えてとぶほたる　探志

When the water-grasses appear to grow dark, the fireflies begin to fly.[18]

〔水草が暗くなるかに見えるころ、螢が飛び始める〕

奥の間《ま》へ放して見たる螢かな[19]　可磨
Pleasant, from the guest-room, to watch the fireflies being set free in the garden!
〔楽しいことだ、奥の客間から庭に放たれた螢を眺めるのは〕

夜《よ》の更《ふ》くる程大きなる螢かな　汶村
Ever as the night grows [deeper, the light of] the firefly also grows [brighter]!
〔夜が深更に及ぶほど輝きも更にます螢の光である〕

草刈《くさかり》の袖《そで》よりいづる螢かな　卜枝
See! a firefly flies out of the sleeve of the grass-cutter!
〔ほら見てご覧、螢が草刈の袖から飛んで出る〕

此処《ここ》かしこ螢に青し夜の草　鳳助
Here and there the night-grass appears green, because of the light of the fireflies.
〔ここでもあそこでも夜の草が青く見える、螢の光のせいである〕

提燈《ちょうちん》の消えて尊き螢かな　　正秀
How precious seems [the light of] the firefly, now that the lantern-light has gone out!
［提燈の光が消えてしまったいま、なんと螢の光が尊いことであろう］

窓暗き障子《しやうじ》をのぼる螢かな　　不交
The window itself is dark; but see! — a firefly is creeping up the paper pane!
［障子窓それ自体は暗い。しかし見てご覧、螢がそこをのぼってゆく］

燃えやすくまた消えやすき螢かな　　去来妹千子
How easily kindled, and how easily put out again, is the light of the firefly!
［なんと火が点きやすくなんと消えやすい螢の光だろう］

一つ来て庭の露けき螢かな　　其禮
Oh! a single firefly having come, one can see the dew in the garden!
［おお、螢が一つ来て、庭の露が見える］

手のひらを這《は》ふ足見ゆる螢かな　　萬乎
Oh, this firefly! — as it crawls on the palm of my hand, its legs are visible [by its own

light]!
[おお、この螢、わたしの掌《てのひら》を這うとき足が自分の光で見えるではないか]

恐ろしの手に透き通る螢かな　　吐月
It is enough to make one afraid! See! the light of this firefly shows through my hand![20]
[恐ろしいほどだ。この螢の光がわたしの手を透き通って見える]

さびしさや一尺消えて行くほたる[21]　　北枝
How uncanny! The firefly shoots to within a foot of me, and — out goes the light!
[不可解なことだ。螢は私の一尺近くまで飛んできたが、光はそこで消えてしまった]

行く先のさはるものなき螢かな　　月菓
There goes a firefly! but there is nothing in front of it to take hold of [nothing to touch: what can it be seeking — the ghostly creature?].
[螢が飛んでゆく。しかしその先にはそれを抑えるものはなにもない。[さわれるものはなにもない。何を探しているのだろう——螢はひょっとして霊的な存在なのだろうか]

は丶き木にありとは見えて螢かな[22]　貢雨

In this hōki-bush it certainly appeared to be, — the firefly! [but where is it?]

[この帚木には確かにいるように見えた、螢が]

袖《そで》へ来て夜《よ》半《はん》のほたるさびしかな　山幸

This midnight firefly coming upon the sleeve of my robe — how weird!...[23]

[この夜半の螢はわたしの袖に来てとまったが、なにかこの世のものならぬ感じがする]

柳葉《やなぎば》の暗咲《やみさき》かへす螢かな[24]　好秋

For this willow tree the season of budding would seem to have returned in the dark — look at the fireflies!

[この柳にとっては芽生えの季節がまた戻ってきたかのように暗闇の中で見える——螢を見てご覧]

水底《みずそこ》の影をこはがる螢かな　真久妻

Ah, he is afraid of the darkness under the water, — that firefly! [*Therefore he lights his tiny lantern!*]

［ああ、水の底の闇を恐れているらしい——あの螢は。［それだから彼はあの小さな提灯に明かりを点しているのだ」］

過ぎたるは眼にものすごし飛ぶほたる　雪武
Ah, I am going too far!... The flitting of the fireflies here is a lonesome sight![25]
［遠くへ行き過ぎたようだ、ここの螢の飛び交う有様はものさびしい］

螢火《ほたるび》や草にをさまる夜明《よあけ》がた　怒風
Ah, the firefly-lights! As the darkness begins to break, they bury themselves in the grass.
［ああ、螢の光、夜が明けかかると草の中に姿をうずめてしまう］

恋の詩歌

群れよほたる物言ふ顔の見ゆるほど　花讃女
O fireflies, gather here long enough to make visible the face of the person who says these things to me!
［螢たちよ、群になってしばらく集まってくれ。わたしに言い寄る人の顔が見える

ように」[26]

音もせで思ひにもゆる螢こそ啼《な》く虫よりも哀《あは》れなりけれ　源重之

Not making even a sound [yet] burning with desire, — for this the firefly indeed has become more worthy of pity than any insect that cries.

「音ひとつ立てずしかも熱情に燃えている。それゆえに螢は鳴き声を立てる他のいかなる虫よりも哀れである」[27]

夕されば螢よりけにもゆれども光見ねばや人のつれなき　紀友則

When evening falls, though the soul of me burn more than burns the firefly, as the light [of that burning] is viewless, the person [beloved] remains unmoved.

「日が暮れるとわたしの魂は螢の火よりもずっと燃えるのに、燃える光があの方には見えないからかしら、わたしが愛するあの方はつれないままでいらっしゃいます」[28]

雑

すいと行く水際《みずぎは》すゞしとぶ螢　牧童

Here at the water's edge, how pleasantly cool! — and the fireflies go shooting by — *suito*
［この水際はなんと気持よく涼しいのだろう——蛍がすいと飛んでいく］

水へ来て低うなりたる蛍かな　東籬
Having reached the water, he makes himself low, — the firefly!
［水のところへ来て背を低くした——あの蛍は[29]］

葛《くず》の葉の裏打つ雨や飛ぶ蛍　[30]普成
The rain beats upon the *Kuzu*-plant; — away starts the firefly from the underside of the leaf!
［雨が葛にはげしく降りかかっている。すると葉の裏側から蛍が飛び去っていく[31]］

雨の夜は下ばかり行く蛍かな　含呫
Ah! this rainy night they only go along the ground, — the fireflies!
［ああ、この雨の夜は地面ばかりに沿っていく蛍たちだ］

ゆらゆらと小雨降る夜の蛍かな　楚流
How they swing themselves, to and fro, the fireflies, on a night of drizzling rain!

［なんと体をゆらゆらゆすることだろう、この螢たちは、しとしと雨が降る夜に］

明けぬれば草の葉のみぞ螢籠　應澄
With the coming of dawn, indeed, there is nothing visible but grass in the cage of the firefly!
［夜が明けると、螢籠の中で見えるものとては草の葉のみである］[32]

夜が明けて蟲《むし》になりたる螢かな　阿音
With the coming of the dawn, they change into insects again, — these fireflies!
［夜が明けると、ふたたび虫にもどった、この螢たちは］

昼見れば首筋赤き螢かな　芭蕉
Oh, this firefly! — seen by daylight, the nape of its neck is red!
［おお、この螢、昼間見ると首筋が赤い］

螢かうて芝四五枚に風情かな　蝶羅
Having bought fireflies, respectfully accord them the favour of four or five tufts of lawn-grass!

［螢を買ったので、謹《つつし》んでかれらに芝生の四、五枚の区画を領地として進呈しよう］[33]

螢売りの歌[34]

二つ三つ放して見せぬ螢売
三つ四つはあかりに残せ螢売
己《おの》が身は闇《やみ》にかへるや螢売
He will not give you the chance to see two or three fireflies set free, — this firefly-seller.
He leaves in the cage three or four, just to make a light, — this firefly-seller.
For now he must take his own body back into the dark night, — this firefly-seller.
［あなたに二、三匹の螢も放して見せてくれない——この螢売りは。[35]
虫籠に三、四匹の螢をあかりのために残している——この螢売りは。[36]
それというのもいまは自身も暗い夜の闇の中を戻らなければならないからである
——この螢売りは］

七

しかし螢の真のロマンスがどこに見出されるかといえば、日本の民間伝承の奇妙な野《の》辺《べ》でもなければ、日本の詩歌の古雅な庭園においてでもない。科学の広い深淵《しんえん》においてである。科学について私の知るところはすこぶる少ない。じつはその無知の強みでもって天使が踏み込むことを怖れる領域にずかずか入り込むのである。もし螢について渡瀬教授ほどの造詣《ぞうけい》があるなら、自分の限られた経験の境界外へ踏み出たりする真似《まね》などできないであろう。しかし門外漢であるからこそ、あえて勝手な説を述べさせていただく。

肉体の進化と心理の進化にまつわる途方もない仮説の数々は私にはもはや仮説とは思われない。私は進化論の学説にさらさら疑いをさしはさもうとは思わない。私は従来無生物と呼ばれていたものから生命が生まれて育つことをあり得ぬこととは考えなくなった。——いいかえると無機的存在から有機的存在が発生発展することはあり得ると考えている。有機的な進化の驚嘆すべき一事実——その事実があまりに奇であるために私の想像力は慣れることもまだできずにいるのだが——は、生命をもつ存在が「系統的」構造という複雑不可解な複合体に自己自身を造りあげていく潜在能力ないしは傾向を有しているという事実である。生命をもつ存在は光線や電気を生み出す力を有するが、その力は色を生み出す力に比べて実際特に格別というわけではない。光る百足《むかで》や夜光虫や螢が光を生み出すことは、植物が青い花や紫の花を生み出すのに比べて特に不可思議であるはずはないのである。しかし発光現象についての生物学的説明をいくら聞かされても、光が造り出される仕掛けこそが奇跡だと思う私の感嘆の念が拭《ぬぐ》い去られることはない。

昆虫の体内に「発電工場施設」と技術者によって名づけられるものの一式が、顕微鏡《けんびきょう》的モデルの大きさで内蔵されている。――そういうことをいまさら知らされても、そんな発見は私をさほど感嘆させない。私が感嘆する発見はこんなものが事実存在している、というそのことなのである。この眼の前に螢がいる。その微小な発電機で純粋に冷たい光を発生する。しかもそれにかかるコストは「蠟燭《ろうそく》の炎に消費されるエネルギーの四百分の一」である！……だがそれにしてもなぜこの小さな生物の尻尾《しっぽ》にかくも精緻《せいち》で効率的な発光メカニズムが進化して備わったのであろうか。その点についてはもっとも偉大な生理学者も、もっとも偉大な化学者も、その作用がいかなるものかいまなお理解しきれず、もっともすぐれた電気技術者もそれを模倣する可能性すらも見いだせずにいる。なぜ生きている細胞組織が、蜉蝣《かげろう》の視覚器官や電気鰻《うなぎ》の発電器官や螢の発光器官のような、その美しさと複雑さとが人を唖《あ》然《ぜん》とさせるような構造に具現化し、自らをそのように造り得るのであろうか……。事はあまりに不思議すぎて、それが神々の働きのせいだと考えることもできない。蜉蝣の眼であるとか螢の尻尾とかのような驚異はただの神が工夫して発明できるようなしろものではない。

　生物学ならこのように答えるだろう。――「このような構造が、構造に対する機能が及ぼす効果の累積によって生じたとは想像しがたいが、それでも優性変異による淘汰《とうた》が次々と行なわれるうちにこのような結果を生み出したということは考え得ることである」。ハーバート・スペンサーの学説を信奉する者ならこれ以上先へ踏み込むことは許されないはずである。しかし私としてはこんな考えを払い切れないでいる。――物質はなんらかの方法で誤りなくただひたすらに記憶している、そして生命存在のいかなる小さな単位の中にも無限の潜在的可能性がひそんでいる、その理由は単純で、あらゆる究極の微小の原子にはすでに消滅した幾億兆の宇宙の無限な不滅の経験が宿っているからである。

露の一滴

露《つゆ》の命――仏教の諺《ことわざ》

私の書斎の窓の竹格子《たけごうし》に一滴の露の玉が震えながらとまっている。その小さな球面は朝の色彩をそのまま映し出している――空の色、野の色、遠くの木々の色。これらの逆さになった姿が玉の中に認められる――小屋の極小の姿も上下逆さに映し出され、その戸口の前では子供たちが遊んでいる。

目に見える世界よりもはるかに多くのものがこの露の一滴によって現わされている。目に見えない世界も、かぎりない神秘をたたえて、同じようにその中に再現されている。玉の外でも内でも滴《しずく》は絶えず動いている――永久に不可解な原子と力の運動である――滴はかすかに震え、空気や日光にふれて虹色《にじいろ》の輝きを放っている。

仏教はこのような露の滴に霊魂と呼ばれてきたもう一つの小宇宙のシンボルを見出し

てきた……。目に見えない究極の微粒子がかりそめに玉の形に集まったもの——空や陸や生活を映し、——絶えず神秘的な震えに満ちて、——自分を取り巻く霊的な力の一つ一つの動きにどうにかこうにか反応している——このような露の滴と人間とはどれほど違うというのだろうか？……

じきにこの小さな光の球体は、そのフェアリーのような色彩と上下逆さの絵とともに消え失せる。だがたとえそうだとしても、あなたや私にしても、また次の一瞬に、同じように霧散消滅しなければならない。

露の消滅と人間の消滅のあいだに、どんな違いがあるというのか？　言葉の上の違いだけではないか……。それにしても露の滴が何になるのか自問してみるがいい。

大いなる太陽によって露の原子は分離し、霧散する。雲や地へ、川や海へ原子は向かう。そして陸や川や海からふたたび露を結ぶだろう、それもまた霧散することになるのだが。原子たちは集まってオパールのような乳白色の靄《もや》となって忍び寄るだろう。——霜《しも》や霰《あられ》や雪となってあたりを白くするだろう。——大宇宙の姿形や色彩をふたたび映し出すだろう。まだ生まれ出ぬものの心臓の真紅《しんく》の鼓動に合わせて脈を打つだろう。原子の一つ一つは必ずや無数の相似《あいに》た原子と結びつき他の滴になるのだから。——露の滴に、雨や樹液の滴に、血や汗や涙の滴に……。

何度繰り返されるのか？　私たちの太陽が燃え出す何兆年も前から、こうした原子がおそらく他の滴の中で動いては、どこか過去の宇宙に存在した何代もの世界の空の色を映し、地の色を映していたに相違ない。そして現在のこの宇宙が空間から消え去った後も、この同じ原子たちは――それらを作り出した不可解な力によって――おそらく露の玉として結ばれ続け、やがて生まれる天体の美しい朝景色を影として映すことだろう。

あなたがまさに自我と呼ぶ合成物を成す粒子にしてもやはり同じことなのだ。この宇宙が生まれる以前にもあなたを構成する原子はすでに存在していた――震動し――活性化し――物の姿を映していた。そしてこの目に見える夜の星々がすべて燃え尽きてしまった後にも、これらの原子はまた人々の心の結成に必ずや加わるだろう――そして思考や感動や記憶の中でまた震えるだろう――これから生成進化する代々《よよ》の世界の中で生まれてくる生命のあらゆる歓喜と苦痛の中で……。

あなたの人格？――あなたの特性？　言いかえれば、あなたの観念や感情や思い出？――あなた特有の希望や危惧《きぐ》や愛情や憎悪？　まああたしかに、何兆何億という露の滴の一つ一つにも原子の感動の震えや反映の仕方に微小な相違はあるにちがいない。「生」と「死」の海から生じた霊の蒸気の無数の真珠《しんじゅ》一粒一粒の中にも同じような微小な特性は存在する。永遠の秩序の中では、あなたの個性とは、露の一滴の震動の中での分子の特別な運動程度の意味しかない。おそらくどの露の滴にしても震え方や景色の映り方は厳密には同じでないだろう。しかしそれでも露の玉は結ばれまた滴《したた》り落ち、そこにはいつも景色が映り、震えている……。死を喪失《そうしつ》と考えることは思い違いの最たるものだ。

喪失はない——なぜならいかなる自我も失われることはあり得ないからである。どのようなものであったにせよ、それがあなただった。——どのようなものであるにせよ、それがあなただ。——どのようなものになるにせよ、あなたはそれになる。人格！——個性！——夢の中の夢に出てくる幻影にすぎない！　あるものは無窮《むきゅう》の命のみ。あるかに見えるすべてのものは命の震えでしかない——太陽も月も星も——大地も空も海も——精神も人間も、空間も時間も。それらはすべて影。影が現われては消えてゆく。——影を作る者が永久に影を作るのである。

餓鬼

――「尊者ナーガセーナよ、この世に、夜叉《やしゃ》というものが存在しますか？」

――「大王よ、居りますとも」

――「では、かれら夜叉は、その夜叉たる状態をいつか脱離しますか？」

――「はい、脱離して死去します」

――「しかし尊者よ、もしそうだとすれば、夜叉の遺骸《いがい》なるものを見たもののないのは……どういう理由ですか？」

――「大王よ、その遺骸はありますよ……。悪しき夜叉の遺骸は、虫けらの姿においてみられ、蟻《あり》の姿において見られ、蛇《へび》、蠍《さそり》、百足《むかで》……の姿において見られます」

――『ミリンダ王の問い』

一

前にはほのかにしか知られていなかった程度の真理――さまざまな推理の過程を経て当初は漠然《ばくぜん》とできあがった程度の信念――が、突然、感情的にゆるぎない確信の相を生き生きと帯びる瞬間というものが人生には存在する。先日、駿河《するが》湾の浜辺にいたとき、そんな体験が私にも生じた。汀《なぎさ》に連なる松の樹下で憩《いこ》うていたとき、時刻が実におだやかで命の温かさと光に満ちていたためか――風と光のなにかふるえるような恍惚《こうこつ》のためか――私の古い信念の一つが奇妙にゆり動かされた。その信念とは、すべて存在するものは一であるという確信に似た感情である。私は自分が風のそよぎや波の走りと一つであると感じた。――影のゆらぎや陽光のきらめき、――空や海の青色、――陸地の大きな緑の静寂と一つであると感じた。私は世の中には始まりなどはなく、――また終わりなどもあり得ないということを、どうしたわけか一種新しい不思議に満ちた考え方で確信している自分に気がついたのである。といっても、そのとき思いついたことは新しいものではなかった。そのときの経験の新奇な点はそうした思いが特別に強烈に現れたことである。そのとき私が感じたことは、翅《はね》の光る蜻蛉《とんぼ》も、長い灰色の浜蟋蟀《はまこおろぎ》も、頭上で鳴いている蟬《せみ》も、松の根元で動いている小さな赤い蟹《かに》も、みな自分と同じ兄弟姉妹なのだ、ということであった。そのときかつてなく私にはわかったような気がした。私の霊魂と呼ばれる神秘的なるものが、過去の世ではさまざまな形をして生きていたに相違なく、また将来も他の数えきれない姿をした存在となり、その目を通して、何百万年という夏のあいだ、このお日様を必ずや見つめ続けるに相違ない、ということが。そこで私は長い灰色の蟋蟀の長いゆっくりとした考えを考えてみようとした。――矢のように閃《ひらめ》きながら飛ぶ蜻蛉の心をわが心としてみようと思った。――日を浴びて鳴く蟬の気持を感じてみようとした。――松の根元のあいだから鋏《はさみ》を持ちあげる性悪《しょうわる》な小さな蟹のたばかりを私も考えてみようとした。

そうこうするうちに、こんなことを考えているとその結果、私の魂が塵《ちり》となり、来世に三界のいずれかでまた別の組み合わせでもって生まれ変わるときのなにか差し障《さわ》りになるのではないかと気になりだした。それというのも過去数千年来東洋では、現世で私たちが考えたり為《な》したりすることが実際に――原子の傾向性や分極性のある不可避的な形成を通して――私たちの本体《サブスタンス》の未来における居所《おりどころ》や、私たちの知覚力《センシエンシー》の未来の状態を決定するのだ、と説かれてきたからである。そしてこうした信仰は思いめぐらすに値《あたい》するものである。――ただしいくら思いめぐらしてみたところで、この信仰の是非を確めることもできなければ否定することもできないが。ただおそらくは、他の仏説と同様、この信仰もなにか宇宙的な真理を予示しているのであろう。しかしその主張を字義通りに信ずることは私にはできない。それというのも人間の思考にそれだけの力があるなどということは私には信じがたいからである。私は無限の過去全体によって内も外も形造られてきた。その永劫《えいごう》の重みがある以上、どうして一瞬の思いや刹那《せつな》の衝動が私を造り変えることができようか？……仏典は造り変え得る次第を述べている。その見事な答え方には反駁《はんばく》の余地はない。――それでも私には信じがたいのである……。

いずれにせよ、仏説に従えば、行ないも思いも、ものを創造する。目に見えるものは行ないと思いによって創られる。――星の宇宙にせよ、形や名のあるすべてにせよ、存在のあらゆる条件は行ないと思いによって創られる。私たちが考えたり為したりすることはけっしてその当座かぎりのことではなく、かぎりない無量《むりょう》の時のことなのである。それは世界の形成に向けられた力であり、将来の至福や苦悩の作成に向けられた力なのである。このことを記憶しておけば、私たちは神々の境地に昇ることもできる。このことを無視すれば、私たちは人間のあいだに生まれ変わる権利すらも失って、地獄に生まれ変わるような罪はたとい犯していないにせよ、獣《けもの》や虫や餓鬼《がき》[1]の形をして生まれ変わる、ということにもなりかねない。

というわけで来世において虫になるか餓鬼になるかは私たち次第である。そして仏説では昆虫と餓鬼の差は思ったほどはっきりしていない。幽霊と昆虫のあいだ、というよりもむしろ霊魂と昆虫のあいだの神秘的な関係にまつわる信仰は、東洋ではたいへん古い信仰で、いまでもさまざまな形をとって伝わっている。――そのあるものはなんともいえず恐ろしく、そのあるものは怪奇なまでに美しい。クイラー＝カウチ氏の『白蛾《はくが》』は小説として日本人読者には特別の感銘は与えないだろう。それというのも夜の蛾《が》や蝶《ちょう》は日本の多くの歌や伝承で亡き妻の魂として現れるからである。夜鳴く蟋蟀のかぼそい嘆きの声はおそらくかつては人間であった者の嘆きの声であろう。――蟬の頭の上に記された奇妙な赤い印は戒名《かいみょう》の文字であろう。――蜻蛉やバッタは死んだ人々が乗るための馬である。こうしたものはすべて、愛に近い憐《あわ》れみの情でもって憐れんでやらなければならない。しかし害虫や危険な虫は業《カルマ》の別の性質の結果を示している。――その別の性質とは化物《ばけもの》や魔物を作り出す性質である。こうした昆虫のあるものに対してはそら恐ろしい名前がつけられてきた。——例えば「地獄虫」という名がそれで、すりばちむしは「蟻地獄《ありじごく》」とも呼ばれている。「河童虫《かっぱむし》」という名は水生甲虫の巨大な一種につけられている。その虫は蛙《かえる》や魚を捕えては生きたままむさぼり食う。その様が河童という川に棲《す》む恐ろしい伝説上の魔性のものの姿を、小さいなりに、髣髴《ほうふつ》とさせているからである。それに対して蠅《はえ》は、餓鬼どもと同一視されることが殊《こと》に多い。蠅の季節、蠅に悩まされる人が、

「今日の蠅は餓鬼のようだね」

と言うのを何度私は聞いたことだろう。

二

餓鬼にまつわる日本の古い仏教文献——正確には漢訳仏典のことだが——の中では、たいがいの場合、梵語《ぼんご》からの直訳が当てられている。しかし記述されている餓鬼のある種のものは漢名しか持っていない。インド起源の信仰は中国・朝鮮を経て日本へ伝わったから、その旅の途中で特別な色を帯びたとしても不思議ではない。しかし一般論として日本における餓鬼の分類はインドにおける preta の分類に酷似している。

仏教の大系の中で餓鬼が占める位置は、あらゆる存在状態の最低である地獄道《じごくどう》という世界と一段階だけ異なる。すなわち地獄道の上に餓鬼道《がきどう》という餓《う》えた亡者《もうじゃ》の世界がある。

餓鬼道の上は畜生道《ちくしょうどう》で、これは獣《けもの》の世界である。またその上は修羅道《しゅらどう》で、絶え間ない争いと殺しあいの世界である。その上にあるのが人間道《にんげんどう》、すなわち人間の世界である。

さてそのために地獄に送りこまれた業《カルマ》が尽きて地獄道から解き放たれた人間が、ただちに人間道の世界に生まれ変わることは滅多にない。そこにいたる道を辛抱強く登らねばならない。途中にある存在状態をすべて通過せねばならぬのである。餓鬼の多くは以前に地獄に堕《お》とされていたものである。

しかし地獄にいたことのない餓鬼もいる。ある種の罪やある程度の罪だと人はこの世で死んだ後、ただちに餓鬼として生まれ変わる。地獄道にそのまま堕ちるのは最大級の罪を犯した者のみである。二級の罪だと餓鬼道に堕ちる。三級の罪だと獣として畜生道に生まれ変わる。

日本の仏教には三十六種の餓鬼が存在する。『正法念処経《しょうぼうねんじょきょう》』によると、大別して三十六種の餓鬼があるが、あらゆる異なった種類まで分けると数えきれないほどになる。その三十六種の餓鬼は二大別される。一つは「餓鬼世界住《がきせかいじゅう》」、すなわち餓鬼道そのものにいる餓えた亡者で、それだから人間に見られることはない。もう一つは「人中住《にんちゅうじゅう》」、すなわち人間の中に住む者で、これらの餓鬼はいつまでも現世《げんせ》に踏みとどまっているから、ときどき見かけられることもある。

餓鬼についてはこれ以外の分類もある。それは罪ほろぼしに受ける罰の性質による分る。しかしこの苦悩《くのう》には三段階がある。無財《むざい》餓鬼は第一の程度を表わす。彼らはなんらの食べ物も得られずに餓えと渇きに絶えず苦しまなければならない。少財《しょうざい》餓鬼は第二の程度の苦しみを味わうだけであり、ときどき不潔なものを食べることができる。有財《うざい》餓鬼は恵まれた餓鬼で、人間が投げ棄《す》てた食い残しとか、御仏前《ごぶつぜん》に供えられたものとか、祖先の位牌《いはい》に捧げられたものとかを食べることができる。少財餓鬼と有財餓鬼は人事にもいろいろ干渉すると思われている点、特に興味深い種類の餓鬼である。

近代科学がある種の疾病《しっぺい》の性質や原因について正確な知識を導入する前は、仏教徒はこうした病気の症状を餓鬼の仕業《しわざ》とする仮説によって説明した。たとえばある種の間歇《かんけつ》性の熱病は餓鬼が栄養と体温を得ようとして人体に入りこむから起こるのだといわれた。はじめ患者は寒くて震えるが、それは餓鬼が冷たいからである。ついで餓鬼が次第に温かくなるにつれ、悪寒《おかん》は去って、今度は焼けつくような熱さとなる。しまいに満足した餓鬼が出ていくに及んで、熱も去る。だが別の日に、通常は最初の悪寒と同じ時刻に、二回目の瘧《おこり》の発作《ほっさ》が起こり、餓鬼が戻ってきたことがわかる。それ以外の伝染性の病状も同じように餓鬼のせいとしてきちんと説明され得たのである。

『正法念処経』では三十六種の餓鬼の大半は、腐爛《ふらん》、疾病、死と結びつけられている。

ほかにただ昆虫類と同一視される種類もある。ある特定の種類の餓鬼がある特定の種類の虫と名前によって結びつけられているわけではない。しかし経文の記述を読むとその昆虫の生活状態が想像される。民衆の迷信を知る者にはそうした空想はいかにもあり得ることに思われる。食血《じきけつ》餓鬼とか食肉《じきにく》餓鬼とか食唾《じきだ》餓鬼とか食糞《じきふん》餓鬼とか食毒《じきどく》餓鬼とか食風《じきふう》餓鬼とか食気《じきけ》餓鬼とか食火《じきか》餓鬼（飛んで火に入るのであろうか）とか疾行《しっこう》餓鬼（これは死骸を食っては疫病《えきびょう》を蔓延《まんえん》させる）とか熾燃《しねん》餓鬼（これは夜、鬼火《おにび》となって現れる）とか針口《しんこう》餓鬼とか鑊身《かくしん》餓鬼（この餓鬼の体の一つ一つは釜《かま》になっていて、炎に満ち、そのために体の汁が煮えたぎる鍋のように溢《あふ》れ出ている）とかの記述は、必ずしも具体的ではない。しかし次のような記述の抜粋[2]は、けっして漠としたものではない、むしろはっきりしている。

食鬘《じきまん》餓鬼。――この餓鬼たちはある種の仏像の飾りとなっている鬘《かつら》の毛を食うことによってのみ生き永らえることができる……仏寺の聖具を盗んだ者は死後このような報《むく》いを受ける。

不浄巷陌《ふじょうこうひゃく》　餓鬼。――この餓鬼たちは往来の不潔物や汚物を食うことだけができる。これは僧侶や尼や施し物を求めた巡礼に腐った不潔な物を与えたことの報いである。

塚間住食熱灰土《ちょうけんじゅうじきねつかいど》餓鬼。――これらは火葬の後の燃えかすや墓の土くれを食う餓鬼である……現世利《り》益《やく》のために仏寺の資産を奪った者のなれのはての姿である。

樹中餓鬼《じゅちゅう》。――これらは樹の中に生まれた餓鬼である。樹が成長するにつれ身を押され、大いなる苦悩を受ける……昔、陰涼《かげすず》しい樹《き》を伐り、売却した者がこの報いを受ける。とくに仏寺や墓地の園林を伐った者がおおむね樹中餓鬼となるらしい。[3]

蛾、蠅、ごきぶり、毛虫、蛆虫《うじむし》などの不快な虫けらはどうやらこのようにして正体が示されているようである。しかし昆虫と同一視することのできない種類の餓鬼もある。――例えば、食法《じきほう》餓鬼がそれで、こうした者はどこかの寺で仏法の説教を聞いていなければ生きていられない。そのお説教を聞いているあいだだけ苛責《かしゃく》は減じるが、それ以外のときは言語に絶する苦悩を受ける。死後こうした状態におちこむのは仏僧や仏尼で、金儲《かねもう》けのためにのみ仏法を説いた者である……。なかにはときに美しい人間の形をして現れる餓鬼もいる。欲色《よくしき》餓鬼というのがそれで、ヨーロッパ中世の夢魔で寝ているあいだに女と通じるインクブスや男と通じるスクブスに相当する。この欲色餓鬼は思いのままに男にも女にもなり、自由自在に体を伸び縮みさせることができる。こうした餓鬼を住まいから閉め出すには加持祈禱《かじきとう》してもらうよりほかに方法はない。というのは、彼らは針の目よりも小さい孔《あな》であろうと通り抜けることができるからである。若者を誘惑するために欲色餓鬼は美しい女の姿となる。――しばしば酒席に芸妓《げいぎ》や給仕と化して現れる。女を誘惑するために美青年となって現れる。この欲色餓鬼という状態は、いつか前世で人間として暮らしたときの淫乱な行為の結果だが、そんな状態に属する超自然的な能力は、生前の悪業《あくごう》でもっても全く打ち消すことができない生前の善業《ぜんごう》の結果なのである。

だがこの欲色餓鬼にしても、昆虫の姿を取り得ることがはっきり述べてある。人間の姿をして現れるのが普通であるが、欲色餓鬼は獣やその他の生物の姿を取ることもでき、「空間のあらゆる方向へ自由に飛ぶこともできる」。また体を「人間の目には見えないほどに小さく」することもできる……あらゆる虫が餓鬼だというわけではない。だがたいていの餓鬼は自分の目的に役立つなら虫の姿を取ることができるのである。

三

こうしたもろもろの信仰は私たちにはいまやグロテスクな感じがするが、古代東洋の人々が空想裡《り》に虫を化物や魔物と結びつけたのは、不自然なことではなかった。この目に見える世界で、虫ほど不思議で神秘的な生物はほかに存しない。そしてある種の昆虫の博物誌の実体は実際に神話の夢を具現化している。原始人の頭脳にとって、昆虫が変態するということはそれだけでもよほど怪《あや》しいことに思われたに相違ない。枯葉《かれは》とか花とか草の葉の接《つ》ぎ目とかにそっくりな恐ろしい物が存在するということは、魔法妖術《ようじゅつ》以外に説明のしようのないことだったのではあるまいか。なにしろどんなに眼のいい人でもそうした虫がそこにいるということに気づくのは、その虫が動いたり飛び立ったりしたときだけなのであるから。今日《こんにち》の昆虫学者にとってすらも、昆虫はあらゆる生物の中でもっとも不可解なものである。昆虫学者によると、虫は生存闘争の中で「もっともうまくやりおおせてきた有機的存在」と認められてしかるべき存在だという。昆虫の構造の複雑微妙なことは、顕微鏡の時代にはいる以前に考えられたあらゆるすばらしいものを凌駕《りょうが》している。——昆虫の五官はわれわれ人間の五官よりよほど洗練され秀《すぐ》れているから、比較するとわれわれ人間の耳は聾《ろう》であり目は見えないというほどでしかない。だがそれにもかかわらず、昆虫の世界は依然として絶望的といえるほど不可解な謎《なぞ》に満ちている。いったい誰が私たちに無数の複眼の神秘や、あの複眼と結ばれている脳の視神経の秘密を教えてくれるのだろうか？　あの驚くべき眼は事物の究極の構造を見通しているのだろうか？　彼らの視力は、レントゲン光線などと同様、不透明な物体の内部をも照射するのだろうか？（さもなければいったいあの尾長蜂《おながばち》が木目《もくめ》の内部に喰《く》いこんでいる他の虫の幼虫に達するよう固い木を通して産卵管を突き刺す狙いの確かさをどう解釈すればよいのだろう？）また人間の聴覚能力の限界を越えた音を聞きつける昆虫の胸や股《また》や膝《ひざ》や脚《あし》の中にあるあのすばらしい耳をどう説明すればよいのだろう？　そしてあの妙《たえ》なる旋律をかなでるように進化した音楽器官を？　また流れる水の上を歩くことのできるあの霊のような脚を？　人間の電気科学がどうしても真似《まね》ることのできない、冷たくて美しい光を発するあの蛍《ほたる》の光の不思議を？　そして近年になって発見された、たとえようもなく繊細な器官——もっとも賢明な学者といえどもその性質を決めかねているが故《ゆえ》に、いまだに名前さえ決まっていない器官――あの器官は本当にある人たちが言うように、人間の五官にはわからぬことについての情報を昆虫の頭脳に伝えているのだろうか？　磁力が目に見え、光が匂い、音が味わえているのだろうか？……私たちが昆虫について学び得たごく僅《わず》かのことですら、私たちを驚嘆の念でもって満たすが、その驚嘆の念は惧《おそ》れに近い何かである。手であるような唇、目であるような角《つの》、錐《きり》であるような舌。同時に四方向へ動く複雑な悪魔のような口。生きている鋏《はさみ》と鋸《のこぎり》と穿孔《せんこう》用のポンプと曲がり柄《え》つきドリル。たとい極上の時計ゼンマイ用の鋼鉄を用いたところで人間の技では模倣することもできない微妙な妖精のような武器――昔の迷信深い人々にしても、こうした様を夢見たことがあったろうか。実際、顔のないものを見た恐怖から生じたあらゆる夢魔にせよ、幻の美を見たことから生じたあらゆる恍惚《こうこつ》感にせよ、昆虫研究が示すさまざまな驚異的な事実に比べれば、みな生彩を欠き内容空虚なものとしか思われない。だが昆虫の美しさそのものの中になにか霊的な、なにか薄気味悪いものがあるのである……。

四

餓鬼が実際に存在するか否《いな》かはさておき、死者が虫になるという東洋の信仰には少なくともなにか真理の影らしいものがひそんでいる。私たち人間は死んで土くれとなり塵《ちり》となるが、この塵が何百万年という時代を通じて数えきれないほど数多くの奇妙な生命体を形造ることの手助けをしてきたことは疑いないからである。しかし私が松の樹の下で夢想したときの問題についていえば、——現在私たちが為したり考えたりすることがこの塵の分子の将来の組み合わせや再生となんらかのかかわりがあるのか、——人間の行為そのものが来世で人間の原子が再形成されるときの形態をあらかじめ決定し得るのか、——解答を与えることは不可能である。そんなことはあり得ないと思う——しかし私にはわからない。誰にもわかりはしないだろう。

だが、仮に、宇宙の秩序が実際に仏教者の信ずるがごとくであったとして、そして私がこの現世における愚行のゆえに来世において虫の生涯を送らなければならぬことにあらかじめ運命づけられていることが私自身に知りえたとして、そうした将来の展望が私を恐怖におとしいれるかというと、どうもよくわからない。なるほど世の中にはおっとりとした気持で考えることのできないような嫌な虫もいはするが、独立した、高度な器官を有する、見苦しくない虫の様はそうひどく悪いものではない。それどころか好奇心も手伝って、この世界を甲虫《かぶとむし》や蜉蝣《かげろう》や蜻蛉《とんぼ》のあの素晴らしい複眼でもって眺めたらどんな風に見えるだろうと多少わくわくその機会を待っているほどである。蜉蝣に生まれ変われば、三種類の違った目をもっていまは想像だに不可能な色を見る力をも与えられるはずである。人間の時間の単位で測るなら、私の命は短いものだろう。——夏のただの一日が私の人生の最良の部分を占めるということにもなるだろう。だが蜉蝣の意識にとっては、ほんの数分といえども季節の一つに相当しもするのだろう。そして翅《はね》のある私の一日の存在は——不運や不幸さえ起こらないとすれば——金色《こんじき》の大気の中で躍る、倦《う》むことのない喜びの生涯となるにちがいない。そして私は翅のついた存在の中で餓えも感じなければ渇《かわ》きも覚えないだろう。——それというのは本当の口も持たなければ胃袋も持たないからである。私は本当に、風を食べる者となるのだ……。そうであってみれば蜻蛉という、蜉蝣に比べればそれほど稀薄でない状態に生まれ変わることをおそれる道理はさらにないわけだ。そうなると肉を食いたい餓えを感じ、たくさん狩りをしなければならぬだろう。しかしそんな蜻蛉といえども、狩猟の激しい喜びの後には、孤独な冥想《めいそう》にふけることは許されるだろう。それに、蜻蛉となればなんという翅が私のものになることだろう！——それになんという眼玉が！……私はまた必ずやアメンボウ[4]になって水上を走ったり滑ったりできるようになるだろうという心地よい予感を持っている。——もちろん子供たちが私を捕《とら》えて、私の長いすらりとした脚を噛《か》みちぎるかもしれない。だがそれよりも蟬に生まれ変わってその一生を楽しみたい。——大きな怠《なま》け者の蟬となって、風に揺れる樹にとまって日光を浴び、露《つゆ》のみを啜《すす》って、夜明けから日暮れまで歌をうたっている。もちろん危険に出会うかもしれない。——鷹《たか》とか烏《からす》とか雀《すずめ》とかも恐ろしい。——蟬を餌食《えじき》にしようと狙う虫もいる。——いたずらな悪童の手でもちを塗られた竹竿という物騒なものもある。しかし生き物はどのような状態に生まれ変わるのであれ、危険なしというわけにはいかない。そして危険があるにもかかわらず、アナクレオンはあの蟬を讃《たた》える詩の中で真理をそのままに歌ったのだと私は考える。

汝土《なんじ》から生まれ、
歌を愛し、
苦しみを知らず、
血なくして肉体を持つ。
汝は神々にほぼ等《ひと》しきものなり。

実際、人間にまた生まれ変わることが測り知れない特権であると自分で自分に言って聞かせることが私にはできなかった。そしてもしこんなことを考えたということと、こんな考えを書きとめたということとが、私の次の転生に不可避的に影響を及ぼすというのであるなら、私が生まれ変わるべく運命づけられた状態が、蟬や蜻蛉の状態よりも悪いものでないことを望みたい。——杉の樹に登って陽光の下、私の小さなシンバルを叩《たた》いたり、紫水晶や黄金の翅《つばさ》を音もなく光らせながら、蓮池《はすいけ》の聖なる沈黙のあたりを飛んでいたい。私はひそかにそう願っている。

日常の事

年老いて人柄のいい禅僧がいる。——生花《いけばな》その他の古来の芸事《げいごと》の名人でもある。——その方がときどき私に会いに来てくださる。古風な信心の誤りを説き、夢占《ゆめうらな》いや縁起《えんぎ》などは本気にしないようにと言い、人々にただ仏の法をのみ信じるよう説いているが、それでもその派の人々のあいだで評判が良い。禅宗でこれほどに懐疑的な僧は珍しい。しかしこの私の友人の懐疑主義は絶対ではない。というのはこの前お会いしたとき、二人で死人にまつわる話をしていたら、ぞっとするような話を語って聞かせてくれたからである。

「お化けだの幽霊だのという話は、いつもあやしいと思っています」と僧は言った、「ときどき檀家《だんか》[1]の人が寺に見えてお化けを見たとか妙な夢を見たとか言われますが、仔《し》細《さい》に問い質《ただ》してみると、たいていすなおに自然な説明がついてしまいます。

いままで経験した奇妙なことで、容易に説明がつかないようなことは、一度しかありませんでした。そのころはまだ若僧で九州におりました。修行中はみながするように托《たく》鉢《はつ》に出ておりました。ある晩、山地を旅して禅寺のある村に着きました。きまり通り、そこへ一夜の宿を頼みに行きましたら、坊様は数里離れた村の葬式へお勤めに行かれて、寺には年老いた尼《あま》さまだけが留守をしておられました。そして坊様がお留守のあいだに私をお泊めするわけにはいかない、また坊様は数日のあいだはお帰りになるまい、と申されました。あの地方では檀家に死人が出ると、坊様はその家で七日のあいだ毎日お経をあげて法事を営まないとならないのです……。私は食事はなにも要《い》らない、ただどこかで寝させて欲しい、そしてたいへん疲れている、と頼みこみました。するとしまいに老尼《ろうに》も気の毒に思ったとみえ、仏壇《ぶつだん》の近くに布団《ふとん》を敷いてくれました。私は横になるとすぐ寝入りました。真夜中に――たいへん寒い夜でした――寝ている場所の近くで木魚《もくぎょ》[2]を叩《たた》く音と誰かが念仏[3]を唱える声に目がさめました。目をあけましたが、お寺は真っ暗です。鼻をつままれてもわからないほどでした。こんな闇夜《やみよ》にいったい誰が木魚を叩いて念仏を唱えているのかしらんと思いました。しかし最初はすぐ近くで聞こえたようであったものの、音がどうもかすかです。ああこれは思い違いしたのだなと考えようとしました。きっと坊様が帰ってみえて、お寺のどこかでお勤めをしているのだろうと思いました。それで木魚を叩く音とお経をあげる声がしているにもかかわらず、私はまた眠りこんで、朝まで目をさましませんでした。それから顔を洗い旅装をととのえると、尼さまに会いに行きました。そして泊めていただいたお礼を言い、ついでに、

「昨夜、お坊様はお帰りになりましたか」

と言いましたら、老尼が妙な顔をして、

「いえ、お帰りになりません。あと七日は帰らないと申しあげたでしょう」

と言います。

「でも失礼ですが」と私が言いました、「昨晩どなたかが念仏を唱え木魚を叩くのを聞きました。それでお坊様がお帰りになったと思った次第です」

「いえ、それはお坊様ではございません」と老尼が声をあげました、「あれは檀家です」

「どこの檀家で？」

と合《が》点《てん》が行かずに尋ねると、老尼は、

「もちろん、亡くなった本人ですよ[4]！　檀家のどなたかが亡くなるといつも起こることです。仏が来て、木魚を叩いて念仏を唱えるのです……」

老尼はこうしたことには前々からよほど慣れているとみえて、そうしたことはとりたてて言うまでもない、という口調でした」

夢想

人間が死を恐れるのは赤児《あかご》がこの世に生を受けるときに泣くのに似ている。優しく受けとめてくれる手が自分を待ち受けていることを知りえないからだ――そう昔から言われてきた。もちろんこんな類比は科学的検証に耐えるものではない。しかし空想としては楽しく美しい。そんな風な考え方は宗教的に訴えることのおよそない人々にとっても、――個人の精神は肉体とともに滅び、人格が永遠に続くことが万一あればそれこそ永遠の迷惑だと考えるような人にとっても、やはり同じだろう。このような空想が美しいと私がいうのは、将来人智が進めば、絶対的な存在は無限化された母の愛として啓示されるであろう、という希望を示唆《しさ》するからである。これはいかにもなつかしく親しみのある考え方ではないだろうか。こんな空想は西洋的であるよりは東洋的である。それでいて、西洋の多くの信仰の漠然《ばくぜん》たる特徴となっている感情と合致する。古代には西洋では絶対者を父と定めた時代が続いたが、その峻厳《しゅんげん》な考え方にはやがて無限の優しさという夢が次第にとけこんで夢は明るさを増した。――それは女性を母性として記憶することによって創り出された、すべてを変容してやまない希望である。あらゆる人間の種族がより高きものへ向かって進化すればするほど、神の概念はますます女性的なものとなる。

それは逆に言うとこうなる。こんな考えはいかに不信心な懐疑論者に対しても、人間にとってそのあらゆる経験の範囲内でなにが神聖といって母の愛にまさるものはない、――母性愛ほど「神々《こうごう》しい」という名にふさわしいものはない、ということを想《おも》わさずにはおかない。この惨《みじ》めな小さな天体の表皮《ひょうひ》に住む者に思考の繊細《せんさい》な命の葉をひろげ、生き永《なが》らえることを許してくれるのはひとえに母性愛があったおかげである。母の至高の無私の愛があったからこそ人間の頭脳の中で高貴な感情は花咲く力を持ち得たのである。――母性愛の助けがあったからこそ目に見えない霊界を信ずる高度の諸形式――宗教も哲学も日の目を見ることができたのである。

しかしこの種の想念はおのずと「いずこより来たりて、いずこへ行く」という人間存在の謎《なぞ》についての自問へと私たちを導く。それは主情的な自問である。進化論者は母性愛を単に物質的親和力――原子と原子の引力――が生み出す必然的な結果と考えなければいけないのだろうか。それとも東洋の古代の思想家とともに、すべての原子の傾向は一つの永遠の道徳の掟《おきて》によって律されており、しかもある種の傾向は「四つの無限感情」の顕《あらわ》れであるがゆえに、それ自体が神聖なものである、とあえて主張すべきなのだろうか……。いったいいかなる善智識が私たちのために決定を下《くだ》してくれるのだろう。人間という種《しゅ》そのものが滅亡すべく運命づけられている以上、私たちの最高の感動が神々しいものであると知ったところで、それがなんの役に立つのだろう。母性愛が人類のために最善を尽くしたとしても、その最善そのものが空《むな》しかったということになりはしないだろうか。

一見するところ、この不可避的な消滅は想像しうる悲劇の中でもっとも暗黒な悲劇、——無限化された悲劇である。この私たちの惑星はいつかは死なねばならぬ。この星を包む大気の碧《あお》い霊はおもむろに縮小し消滅する。海は干上がり、土さえも完全に滅び、残るは見わたすかぎり砂と石の荒地——世界のひからびた死骸《しがい》のみ。それでもなおしばらくのあいだこのミイラは太陽の周りを回転し続けるであろう。しかしそれは死んだ月がいまも私たちの夜空を横切るのと同じで、一面は永久に燃え熾《さか》る太陽に焦《こ》がされ、他の一面は永久に氷の暗黒の中にとどまる。そのように回転を続けるが、頭蓋骨《ずがいこつ》と同様、禿《は》げて中身はない。そして髑髏《しゃれこうべ》と同様、色褪《いろあ》せて白くなり、罅《ひび》割れて、粉々《こなごな》になるだろう。燃え熾る親星《おやぼし》の表面にいよいよ近づいていき、しまいに太陽の息吹が竜巻のごとき稲光《いなびかり》を発して襲いかかり、地球は突然消滅してしまう。残りの惑星も一つまた一つと同じ運命をたどる。そして巨大な親星そのものも衰え始める。——その顔色は青褪《あおざ》めるように変化してゆらめき——末期《まつご》には真っ赤に燃え上がる。その果てに、恐ろしい裂け目の入った燃え殻《がら》は、どこか巨大な別の太陽という火葬台の中へ抛《ほう》り込まれ、雲散霧消《うんさんむしょう》して霊魂の夢のまた夢よりも淡くはかない蒸気と化してしまう……。

であれば、過ぎ去った生涯の労苦とはいったい何の意味があったのだろう。——無量《むりょう》の深淵《しんえん》に消滅の場所を記す痕跡《こんせき》ひとつすらなく消されてしまった生涯。だとすると、母性愛になんの価値があったのだろう。幾多《いくた》の犠牲と希望と記憶——神々しい喜びとさらに一層神々しい痛み苦しみ——笑いと涙ときよらかな愛撫《あいぶ》——数かぎりないいまは失《う》せてしまった神々への数かぎりない熱烈な祈り——そうした人間的な優しさに満ちた世界とはいったいなんだったのだろう。

こうした疑問や不安に東洋の思想家たちが悩まされることはない。私たち西洋人が悩まされるのは、おもに昔からの思考習慣が間違っていたからである。その結果として私たちは、長いこと霊魂 Soul と呼んできたものが本質 Essence にではなく形あるもの Form に属すると知るのがやみくもに怖いのである……。形あるものは永久に出現と消滅を繰り返す。しかし本質だけは実在する。実在は何百万の宇宙が消滅しようとも失われることはない。完全な破壊、永遠の死——こうしたあらゆる恐怖の言葉に対応する真理は永遠の変化の法則のみである。形あるものでさえただ滅びるのではなく、寄せては砕《くだ》ける波のように、形が溶《と》けてもまた湧《わ》きあがる。——何ひとつ失われない……。

私たちが消滅して雲散霧消した後もその靄《もや》の中には、人間生活の中にかつてあったすべての本質が生きのびる、――過去にあった、あるいは現在にある、あらゆる存在がそれぞれの単位で、そのすべての親和力、そのすべての特性、そのすべての受け継いできた善や悪をなす力、何億世代にもわたって蓄積されてきたその全能力、種族の力量を形作った全エネルギーとともに。――そしてこれから先もこれらは、数かぎりない回数にわたり、また結ばれて球体をなし生命と思想を形作るであろう。その際に変異が生じもしよう。親和力の増減、特性の加除《かじょ》による変化も生じもしよう。それというのも私たちの死後、私たちの塵《ちり》はほかの塵と混ざりあうに相違ないから。数え切れぬほど多くの他の世界とその住民の塵とが混じりあってしまうのである。しかし本質そのものは何ひとつ失われることはない。私たちは未来の宇宙の形成のために必ず私たちに応分の遺産をのこすことになる。――そののこされた実質《サブスタンス》から別個の知性がゆっくりと進化する。私たちが数かぎりない消滅した世界から私たちの霊的存在のなにかを受け継いだと同じように、未来の人類たちも、私たちからだけでなく、いま存在している幾百万の天体から、受け継いでいく。

それというのも私たちの世界の消滅は、宇宙そのものの消滅の中では、思いの火が消えた程度の一つの極めて微小な細事にすぎないのだから。私たちと同じ運命をたどることになる生物の棲《す》む星々の数は、天に見える光の数をはるかに凌《しの》ぐ。

だがそれらのかぎりない数の太陽の火は、その目に見えぬ何百万という生物のいる惑星とともに、必ずまた現れる。この不可思議な大宇宙《コスモス》はふたたび、自滅したと同様に自生し、永遠の無量の深みの上に星辰《せいしん》の回転を再開することになる。そして永久に死と争う愛はまた起きあがり、新しく数かぎりない苦しみを通して、その永遠に続く戦闘を継続するだろう。

母親の笑《え》みの光は私たちの太陽が消滅した後も生きのびて輝く。――母親の口づけに覚える身震いは星々の震えよりもさらに永く続く。――母親の子守唄の優しさは、まだ進化していない世界の揺籃期《ようらんき》の唄の中に伝わるに相違ない。――母親の信心の優しさは別の天地の主人――「時」を超えた時代の神々に対して捧げられる祈りの熱情にさらに火をつける。そして母の乳房から乳の汁《ネクタール》が涸《か》れることはけっしてない。雪のごとく白い乳の流れは、夜空にかかるMilky Wayと呼ばれる天《あま》の河《がわ》がこの「空間」から永久に消えた後もなお流れ続け、私たち人類よりもさらに完全な人類の命を育《はぐく》み続けるであろう。

病理的なるもの

猫が大好きである。さまざまな気候風土とさまざまな時節に私がこの地球の両側で飼ってきたいろいろな猫について、一冊分厚い書物が書けるのではないか、と思っているほどだ。しかしこれはその『猫の書』ではない。玉《たま》について単に心理学的な理由から書くだけだ。私の椅子《いす》の横で眠っているこの牝猫《めすねこ》は、先ほどからある特別な鳴き声を立てているが、それが私の胸の琴線《きんせん》にふれるのである。それは牝猫が子猫に対してのみ発する鳴き声で、やわらかな震える声、純粋な愛撫《あいぶ》の声調である。そして見てみると、玉の姿勢は、横になって寝ているが、なにかをじっと捕《とら》えている猫の姿勢である。いましがた捕えたなにかを。前足はなにかを摑《つか》もうとするときのように前にのび、真珠《しんじゅ》のような爪《つめ》は動いている。

玉というのは英語で Jewel という意味である。私たちがそう呼ぶのは玉の美しさの故《ゆえ》ではなく――玉は実際美しいが――玉という女の名前は日本で普通飼い猫につけられるからである。頂戴するに価する贈り物としてはじめて私のもとに届けられたとき、玉はまだたいへん小さな三毛猫《みけねこ》であった。――この三毛猫、英語でいうところの tortoise-shell kitten は日本ではどちらかといえば珍しい。日本のある地方では三毛猫は縁起《えんぎ》のいい猫で、鼠《ねずみ》だけでなく魔物をも追い払う力があると信じられている。玉はいま二歳である。玉には外国の血が流れているのだと思う。日本の普通の猫よりも優雅ですらりとしている。そしてたいへん長い尾をしている。これは日本的見地に立つと、玉の唯一の欠点ということになる。玉の先祖の一匹はおそらく家康の時代にオランダ船かスペイン船に乗って日本へ来たのであろう。しかし祖先がいかなるものであれ、玉はその習性において完全に日本の猫である。――たとえば玉は米の飯を食べる。

はじめて子供を生んだときは、実にすばらしい母猫ぶりを発揮した。――自分の力と知恵のすべてをつくして子猫の世話を焼いたので、その養育にあくせくしたあまり、玉はあわれにおかしいほど痩《や》せてしまった。玉は子猫に身を綺麗《きれい》にする仕方や、――遊び方や跳ね方やじゃれ方や、――鼠の取り方まで教えた。最初のうちはもちろん自分の長い尾で遊ばせた。しかし後になると別の玩具《おもちゃ》を子猫のために見つけた。野鼠や家鼠ばかりか、蛙《かえる》も蜥蜴《とかげ》も蝙蝠《こうもり》も、そしてある日は小さな八目鰻《やつめうなぎ》までくわえてきた。この八目鰻は近くの田圃《たんぼ》で捕えたものに相違なかった。日が暮れると、書斎に通ずる階段の上にある小さな窓を玉のために開けはなしておいた。——台所の屋根をつたって玉が狩りに出られるようにしたのである。そしてある晩、その窓を通って、大きな藁草履《わらぞうり》をくわえて持ち返ってきた。子猫の玩具にするためである。どこか野原で見つけて、十尺以上もある板塀《いたべい》を越えて、家の壁をのぼって、台所の屋根に至り、そこから小さな窓の格子《こうし》をかいくぐって階段まで運んできたのである。そこで母猫と子猫たちは朝まで騒々しく遊んだ。そして階段を汚した。というのも草履は泥だらけだったからである。母親としての初体験で玉ほどしあわせな猫はいなかった。

だがその次は運が良くなかった。玉は別の通りに住む友だちの猫を訪ねる癖《くせ》を身につけた。それは危ないほど距離がはなれていた。ある晩、そこへ行く途中で誰か乱暴者に傷を負わされた。玉は弱ってぼんやりとして戻ってきた。そして子猫たちを死産した。玉も死ぬのではないかと思ったが、思いのほかずっと早く元気になった。——だが玉はそれ以来、もちろん理由ははっきりしているが、精神的に具合が悪い。子猫たちを失ったからである。

動物の記憶は、ある種の相対的な経験に対しては、奇妙なまでに弱くぼんやりしている。しかし動物の有機的な記憶——何億という数えきれない世代を通じて蓄積された種の記憶ともいうべきもの——は、人間などと比べものにならないほど鮮明で、間違うことはほとんどない……。親猫が溺《おぼ》れた子猫の呼吸を蘇生《そせい》させる驚くべき手際《てぎわ》を見るがいい。はじめて出会った危険な敵――たとえば毒蛇《どくへび》――に対処する猫の教わったはずもない能力を考えてみるがいい。猫が小さな動物とその習性を知悉《ちしつ》し、――草木の薬物としての知識を心得、――獲物を襲うにせよ、戦うにせよ、さまざまな戦略をわきまえていることを考えてみるがいい。実際、猫の知っている知識というのは大したものである。しかもそれを完全に知っている。ほとんど完全に知っている。しかしそれは何代もの前世の知識である。この現在の生活の苦しみについての記憶は、幸いにもたいへん短い。

玉は自分の子猫が死んだということははっきりと憶《おぼ》えることはできなかった。玉は自分には子猫がいたはずだと思っている。それで子猫が庭に埋められたずっと後になっても、いたるところを覗《のぞ》き、探してまわる。子猫がいないことを愚痴がましく友だちに訴える。私にも押入れや戸棚を片端から――何度も何度も――開けさせて、子猫がわが家にいないことを確かめさせる。そうしてようやくこれ以上子猫を探しても無駄だということがわかったらしい。だがそれでも玉は夢の中で子猫と遊んでいる。そして愛撫するような鳴き声を立てている。そして子猫たちのために小さな影を捕えようとしている。――おそらくは、記憶のぼんやりした窓を通して、夢幻《ゆめまぼろし》の藁《わら》でできた草履を子猫たちに持ってきてやろうとさえしているのである。

真夜中に

暗く、寒く、静かだ。——ひどく暗くひどく静かだから、私は自分の体に触れてみてまだ自分の体があるのかどうか確認する。周囲を手でさぐって、地面の下にいるのではないことを確かめる、——光も音も届かない地下に永久に埋められたわけではないようだ……。時計が三時を打った。大丈夫だ、またお日様を拝める。すくなくともあと一度は。もしかするとまだ幾千度も。だがそのうちに夜明けの来ない夜がいつかは来る、——いかなる音も破ることない静けさが。

これは確かだ。これは私がいま存在することが事実であると同程度に確かだ。ほかにこれくらい確かなものはない。理性は惑《まど》わす。感情は惑わす。五官は惑わす。しかしその夜がいつか来るという確かな知識に嘘《うそ》はない。

実体の実在を疑うことはできる。霊魂の実在、人間の信仰、神々を疑うことはできる。

——正邪を、友情や愛を、美の存在や恐怖の存在を疑うことはできる。——だが一つだけ疑うことのできないものが残る、——無限で盲目で暗黒な確実なことが一つある。

　それはすべてのものに対して同じように暗い。——生物の眼にも天の眼にも——すべてのものにとって同じく運命づけられた暗黒である。——虫にも人にも、蟻塚《ありづか》にも都会にも、種族にも世界にも、太陽系にも銀河系にも。不可避的な滅亡であり、消去であり、忘却である。

　思い出すまいと人間が努力しても空《むな》しい。考えまいといくらつとめても無駄である。古くから宗教や信仰が織りなしてきた、その空虚を隠すためのベールはついに永遠に破り去られた。——私たちの眼前には「死者の国」が剝《む》き出しに露呈《ろてい》している。——そして破壊に覆《おお》いはない。

　私は私が存在するのは確かだと信ずると同様に、私が存在しなくなるのは確かだと信ぜねばならない。——これは恐怖だ。おそろしい……だが——

「私が実際に存在すると私は信ぜねばならないのだろうか？」……

＊

　そう自問をするや、暗黒は私のまわりに壁のごとく立ちあがった。そして暗黒は語った、——

「私は単なる影である。私は過ぎ去るだろう。しかし実在が来るだろうが、それは過ぎ去りはしないだろう。

私は単なる影である。私の中には光があり、――幾千万の太陽が輝いている。私の中には声がある。しかし実在の到来とともに、光はなくなり、声もなくなる。蘇生《そせい》もなければ、希望もないだろう。

しかしおまえのはるか上には今後何百万年のあいだ太陽があり、――温かさと若さと愛と喜びがあるだろう……。空と海は碧《あお》く広がり、――夏の花は香ばしい、――草の中や森の中には囀《さえず》りが聞こえ、――影はゆれ光はひらめく、――水は笑い少女は笑う。おまえには暗黒と沈黙、――そして冷たい盲目の何かが這《は》いよってくる」

私は答えた、

「こうした考えに私はいま怯《おび》えている。しかしそれは私がたったいま眠りから覚まされて驚いているからだ。頭脳がはっきりと冴《さ》えわたれば、怯えることはないだろう。この恐れはただ単なる動物的な恐れだ、――何百万年もの本能の生活から受け継がれてきた深い漠《ばく》とした原始的な恐怖だ……。それはすでに過ぎ去ろうとしている。死とは夢のない休息――喜びや苦しみの感覚もない眠りのようなものと私は考え始めている」

暗黒が囁《ささや》いた、

「感覚とは何だ？」

私が答えられなかったので、暗黒は重たくなり、私にのしかかって、言った、

「感覚が何であるか知らないのか？　そんなおまえがどうして言えるのか、塵《ちり》と化した――分子に分解した肉体や原子に化したおまえの霊魂に、苦しみが有るか無いかなどと？……原子とは――いったい何なのだ？」

またも私が答えられなかったので、暗黒の重みは増した――ピラミッドの重みだ――そして早口に囁く声が聞こえた、

「原子の斥力《せきりょく》とは？　その引力とは？　原子の恐るべき密着と跳躍とは？……これらは何か？……燃え尽きた生命の情熱か？――飽《あ》くことを知らぬ欲望の狂乱か？――永続する憎悪の激情か？――終わりなき呵責《かしゃく》の狂気か？……わかるまい。知らないくせに苦しみはもはやないとおまえは言う……」

そこで私はこの嘲笑者《ちょうしょうしゃ》に対して叫んだ、

「私は目覚めている――目覚めている――すっかり目覚めている。私は怯えることをやめた。――私は記憶している……今の私であるところのすべては今までの私であったところのすべてである。時間の始まる前から私は存在した。――永劫回帰《えいごうかいき》の循環のその外の先までも私は存在し続けるだろう。私は何兆という形になって過ぎていくように見えるが、形として私はただの波。本質として私は海。岸のない海が私。――疑いも恐れも苦しみも私の深みの表面をかすめる薄暗がりにすぎない……。眠りながら私は時間の幻影を見、目を覚ましながら私は自分が時間と関係のないことを知っている。私は形もなく名もない生命と一つでありながら、私はまた始まりそして終わるすべてのものと一つ

である。――墓と墓を作る者とも一つであり、――死体と死体を食う者とも一つである……」

＊

雀《すずめ》が一羽、屋根で囀《さえず》った。もう一羽がそれに応《こた》えた。物の形が柔らかな灰色の薄明かりの中ではっきりしてくる。――すると暗黒もゆっくりと明るくなってきた。都会の目覚めのつぶやきが耳に聞こえ、次第に大きく複雑になった。おぼろげだったものが赤みを帯びた。

するとと美しい聖なる太陽、力強い命を発揚させるもの、力強い腐敗を生じさせるものが昇り出した。――かぎりない生命の至高の象徴である。そしてその力はまた私の力でもあるのだ……。

草ひばり

一寸の虫にも五分の魂
――日本の諺《ことわざ》

その虫籠《むしかご》は高さがちょうど二寸、横幅が一寸五分である。[1] 回転軸で開け閉めできる木でできた小さな口は、辛《かろ》うじて私の小指の先が入るくらいである。しかしそんな籠の中でも十分な広さだ。――歩きも、跳《は》ねも、飛びもできる。それというのはとても小さいからで、籠の脇《わき》の茶色の細い針金の網を通してよほど気をつけて見ないと目にとまらない。いつも日のよく当たる場所で、籠をぐるぐる数回まわして、やっとその所在をつきとめられる。たいてい上の四隅《よすみ》のどこか――紗《しゃ》の張られた天井に、上下逆《じょうげさか》さになってぶらさがっている。

普通の蚊《か》ほどの大きさの蟋蟀《こおろぎ》だと思えばよい。――体長よりずっと長い二本の触角はとても細くて明かりを背にしてはじめてそれとわかる。これが草ひばり、英語に直訳するとGrass-Larkである。夜店《よみせ》でなんと十二セントもする。つまり、虫の目方と同じ金《きん》よりも値《ね》が高いのだ。こんな蚊のごときものが十二セント！……

毎朝、新鮮な茄子《なす》や胡瓜《きゆうり》の薄切りを虫籠に差し込まなければならないが、餌《えさ》を食べているとき以外は、昼間は眠るか考えにふけるかしている……。草ひばりを清潔な場所に住まわせてきちんと食べさせるのは結構手間暇《てまひま》がかかる。もし現物を読者が目にしたら、こんな滑稽《こっけい》なまでに小さな生き物のために世話を焼くなぞ馬鹿らしいと思うだろう。

だがいつも日が沈むころ、その極小の魂が目を覚ます。するとえもいえぬ優しさをたたえた、繊細《せんさい》で、この世ならぬ神秘な音楽で室内が満たされ出す――極端に小さな電鈴《ベル》のごとき、細く、かぼそく、銀《しろがね》の音色《ねいろ》で、震え波立つ調べを響かせる。夕闇《ゆうやみ》が深まるにつれ、その音《ね》は優しく美しさを増す。――ときに家全体が妖精《ようせい》の声で共鳴するかのごとくに盛りあがり、――ときに声の糸がこれほどかすかになるかと思えるほどに細くなる。だが高いにせよ低いにせよ、ものに沁《し》み入る、異様な音色を響かせる……。一晩中、この微小なものはこうして歌い続ける。それがようやく止《や》むのはお寺の鐘が夜明けの時刻を告げるときである。

この小さなものの歌は恋の歌――見ず知らずの相手を漠然《ばくぜん》と恋い慕《した》う歌である。彼はこの現世で相手を見たことも知ったこともありえない。彼だけではない、何代も前からの先祖たちとて野原での夜の生活も、うたわれる恋の意味も、知りようがなかった。みなどこかの虫売りの店の陶製《とうせい》の鉢《はち》の中で卵から孵化《ふか》して生まれ、ずっとただ籠の中で暮らしてきたのだ。だが彼は何万年も前にうたわれたと同じように自分の種《しゅ》の歌をうたう。しかも音符《おんぷ》の一つ一つの正確な意味を理解しているかのごとく完璧に。もちろんこの歌を習ったわけではない。これは有機的記憶の歌[2]――先祖の霊[3]が夜に小山の露深い草の中で甲高《かんだか》く鳴いたころから積もる、他の幾億兆の同族の深い、おぼろげな記憶の歌である。するとその歌は彼に恋を授け――死をもたらした。死については一切《いっさい》忘れているが、恋のことは記憶している。それゆえにいまでも鳴くのである――永久に現われることのない、番《つがい》となる雌《めす》を求めて。

だからこのあこがれは知らず知らずのうちに過去追懐《ついかい》の歌となる。塵《ちり》と化してしまった過去に向けて叫び続ける。――昔の時が戻るようにと沈黙に呼びかけ、神々に呼びかける……。恋をする人間とても自覚せずに同じようなことをしているにすぎない。人間は自分たちが胸に描く幻想を「理想」と呼んでいるが、人間の「理想」なるものは所詮《しょせん》、種族体験の単なる影にすぎず、有機的記憶の幻《まぼろし》でしかない。生きている現在は、そんな理想とはじつはほとんど関係はないのだ……。この微小なものにもおそらく理想はあるのだろう。すくなくとも理想のきざしはあるにちがいない。だがいずれにしても、そのささやかな望みは空《むな》しくも嘆きの声にならざるをえない。

悪いのは必ずしもすべて私のせいではない。雌と番《つがい》にすれば草ひばりは鳴くのをやめすぐ死んでしまうと事前に注意されていた。だが夜ごと、嘆《なげ》くように優しく震える、報《むく》われることのない声を聞いていると、私は自分が詰《なじ》られているような気がした。――気になりだすとしまいに苦痛になり良心が咎《とが》めた。それで雌を買おうと思い立った。だが季節が遅すぎた。雄にせよ雌にせよ、草ひばりはもう売っていなかった。虫売りの商人は笑いながら言った、「草ひばりでしたら九月二十日《はつか》ごろに死んでるはずですよ」（そのときはもう十月の二日《ふつか》だった）。だが商人の知らないことだが、私の書斎には良いストーヴがあり室温が摂氏《せっし》二十四度以上に保たれている。それで十一月の末近くになっても私の草ひばりはまだ鳴いている。大寒《だいかん》の時節まで生かしておきたい。しかし同世代の仲間はもうことごとく死んでしまったろう。いかに親切心があろうが金を出そうが、もはやこの雄に番《つがい》の相手を見つけてやることはできない。虫が自分で探すよう籠から出してやったとして、たとえ昼間、蟻《あり》、百足《むかで》、恐ろしい地蜘蛛《じぐも》など、庭にひそむ数多《あまた》の自然界の敵の魔手《ましゅ》を逃《のが》れたとしても、一晩といえども生きのびることは無理だろう。

＊

昨夜——十一月の二十九日——、机に向かって座っていると、妙な感じに襲われた。部屋がなんとなくがらんとしている。それで草ひばりが、いつもと違って、鳴かないことに気づいた。虫籠を見に行くと、小石のように固く灰色に干《ひ》からびた茄子の脇に草ひばりが死んでいた。明らかに三、四日のあいだ餌を与えられていなかった。だがそれでいて死ぬ前の晩にも、すばらしい音《ね》で鳴いていた。——だから愚かにも私は彼がふだん以上に満足しているものと思っていたのである。いつもは虫が好きな書生のアキが餌をやっていたが、一週間暇《ひま》をとって田舎《いなか》に帰ったので、草ひばりの世話は女中のハナが焼くこととなっていた。ハナはどうも鈍感な女中で、虫を忘れたわけではない——だがもう茄子がなかったという。それなら代わりに玉葱《たまねぎ》なり胡瓜《きゆうり》なりの一片をくれてやればよさそうなものを、思いつかなかった……。私は女中のハナを叱ると、ハナは深く悔《く》いてかしこまって詫《わ》びを述べた。だがあの妖精の音楽はやんで、静けさが私を責める。ストーヴは燃えているが、部屋は寒々としている。

馬鹿らしい話だ！……。大麦の粒の半分ほどの大きさしかない虫のことで、悪気《わるぎ》のない娘を私はみじめにしてしまった。極小の命が消えたことは思った以上に気に咎めた……。もちろん、生き物の願望——たとえ蟋蟀《こおろぎ》の願望であろうと——について考えるというなんでもない習慣が、知らず識《し》らずのうちに、なにかわが事のように思い込む関心を生んだのだろう。その関係が絶たれてはじめて愛着が生じていたことに気づいたのだ。それに夜の静けさの中で、あの繊細な声にずいぶん魅力を覚えていた。——あの声は、私だけが頼りのはかない身であることを告げていた。私の意向、利己的な喜びがあの虫にとってはまるで神さまの恵みのようだったのだ。——あの声はまた、小さな籠の中の微小な霊魂とこの私の中の微小な霊魂とはともに実在の無量海《むりようかい》の深みの中では常に一つの同じものなのだということも告げていた……。それでいて、あの小さな生き物は夜となく昼となく食《しょくう》に餓え、水を欲しがっていたというのに、守護神であるべき私は夜《よ》な夜《よ》な夢中で夢の創作に打ち込んでいたとは！……。だがそれにしても、なんと雄々《おお》しく彼はその最期にいたるまで歌い続けたことだろう、――残酷きわまる最期まで。彼は自分の両脚《あし》を食ってしまっていたのだ！……神々よ、私どもみなを許したまえ、――とりわけ女中のハナを。

だが畢竟《ひっきょう》、餓えて自分の脚を食ってしまうというのは歌の天分を忌《い》まわしくも授かった者がめぐりあう最悪の事態ではない。世の中には歌うために自分で自分の心臓を食わねばならぬ人間の姿をした蟋蟀《こおろぎ》もいるのである。

夢を食らうもの

みじか夜や貘の夢食ふひまもなし
——日本の古い恋歌

その生き物の名前は「貘《ばく》[1]」といい、また「しろきなかつかみ」ともいう。その特性は人の夢を食うことである。描写も記述も書物によりさまざまだが、私が所蔵する古い書物によれば牡《おす》の貘は体は馬、顔は獅子《しし》、鼻と牙《きば》は象、前髪は犀《さい》、尾は牛、脚《あし》は虎《とら》とある。牝《めす》の貘は牡とは形が非常に違うという話だが、どこがどう違うかははっきり出ていない。

漢学が盛んだった旧幕のころ、貘の絵や軸は日本の家で好んで掛けられた。こうした絵には本物の貘と同様の有難《ありがた》い功《く》徳《どく》があるとされていたからである。その風習にまつわる故事について私の古い書物にこんな記述がある。——

「『渉世録《しょうせいろく》』[2]によると、黄帝《こうてい》が東海地方を巡って狩りをしていたとき獣《けもの》の姿をしているが人間の言葉を話す獏に出会った。黄帝は言った、「世の中は穏やかで太平であるのに、なぜわれわれはいまなお妖怪を見かけるのであろうか。悪霊《あくりょう》退治に獏が必要ならば、獏の絵を家の壁に掛ける方が良くはないか。そうすればたとえなにか禍々《まがまが》しい怪事が生じようとも、悪鬼はもはや悪事を働きはすまい」

そして禍々しい怪事が列挙され、その徴候《ちょうこう》が記されている。——

「雞《にわとり》が軟らかい卵を産むときは鬼の名は大扶《たいふ》[3]という。
二匹の蛇《へび》が絡《から》み合うときは鬼の名は神通《じんづう》という。
狗《いぬ》が耳を後ろに反《そ》らして行くときは鬼の名は太陽《たいよう》という。
狐《きつね》が人の声を作《な》すときは鬼の名は懐珠《がいしゅ》という。
血が人の衣を汚すときは鬼の名は遊幾《ゆうき》という。
飯《めし》の甑《こしき》が人の声を作《な》すときは鬼の名は歛女《かんじょ》という。
夜の夢が不祥《ふしょう》であるときは鬼の名は臨月《りんげつ》という……」

そしてその古書には「そのような禍々しい怪事が生じた際には、獏の名前を呼ぶがよい。そうすればその悪霊はたちどころに地下三尺に沈んで滅《めつ》するであろう[4]」と出ている。

しかし禍々しい怪事について私には論ずる資格があるとは思えない。それは中国の魔物の世界という恐ろしい未知の領域に属するからである。それに実のところ日本の貘の話とはそれほど関係がない。日本の貘は普通は夢を食らうものとしてのみ知られている。この動物崇拝との関係でもっとも注目すべき事実は大名諸侯の漆塗《うるしぬ》りの木枕《きまくら》には貘という漢字が金泥《きんでい》で書かれていたということである。この漢字の功徳のおかげで、それを枕にして寝る人は悪夢から守られると考えられていた。近ごろはそんな枕を見つけるのはなかなか難しくなり、貘（あるいは白澤《はくたく》ともときに呼ばれる）の絵や軸もたいへん稀《まれ》になってしまった。しかし庶民の口からは「貘喰《く》らえ、貘喰らえ」という昔ながらの祈りの言葉が飛び出すことがまだある。貘にお願いして自分の悪い夢を食べてもらおうという祈りである……。夢魔《むま》にうなされて、あるいはなにであれ凶夢《きょうむ》を見て眼が覚めたとき、すばやくこのお祈りを三度唱えるがよい。――すると貘がその夢を食べてくれる。そして不幸や不安を幸運や幸福に変えてくれる。

＊

私が最後に貘を見たのは、土用のたいへん蒸し暑い夜であった。私は惨《みじ》めな夢から眼が覚めたばかりであった。時刻は丑三《うしみ》つ時で、貘が窓から入ってくると、尋ねてきた。

「なにか私が食べられるような物はありませんか」

私は有難く思って返事した、

「ありますとも！……獏さん、この私の夢の話を聞いてください。――

私はどこかの大きな白壁の部屋に立っていました。ランプがいくつか燃えていました。ところが私はその部屋の剝《む》き出しの床《ゆか》の上に影を落としてない。――そしてその部屋の鉄の寝台の上に私自身の死体が見えた。私がどうして死んだのか、いつ死んだのか、思い出せません。女たちが寝台の脇《わき》に座っていました、――六、七人いたでしょうか、――しかし誰も見覚えがない。若くもなければ年寄りでもない。みんな黒い服を着ていた。お通夜《つや》の人たちだと思いました。じっと動かず黙って座っています。物音ひとつしません。時刻はだいぶ更《ふ》けたと感じました。

とその瞬間に私は室内の空気に名状《めいじょう》しがたいなにものかを感知しました。――意思の上に重くのしかかる何か、――目には見えないが私を麻痺《まひ》させる力がじわじわと加わった。するとお通夜の女たちが互いにこっそりと顔を見合わせた。怯《おび》えているのが私にもわかります。音も立てず、一人が立って部屋を出ました。もう一人が続きます。さらにもう一人。そして一人また一人と、影のように軽く、みんな出ていった。自分の死体とともに私ひとりとり残された。

ランプは依然として明るく燃えていました。だが空中の恐怖はつのってきた。それに気づいたからお通夜の女たちはこっそり出ていったのです。しかしそれでもまだ逃げる時間があると私には思えた。――まだ大丈夫だ、一瞬延《の》ばしに延ばせると思った。恐いもの見たさに踏みとどまったのです。私は自分の死体をとくと眺めて調べたかった……。近づいて観察した。そして驚いた。――なぜかといって体がひどく長いからです、――不自然なほど長い……。

それから一方の瞼《まぶた》がぴくぴく震えるのを見たように思えた。しかし動いたかに見えたのはランプの炎が震えたためかもしれない。身を屈《かが》めて見つめました――ゆっくりと、注意深く気を付けて。それというのも眼が開《あ》くのでないかと恐れたのです。「これは私自身だ」と私は身を屈めながら思いました、――「そのくせ奇妙なものに変わりつつある」……顔が長く伸び出したのです……「これは私ではない」、さらに身を屈めたとき、そう思い直しました。――「しかし他人ではあり得ない」。そう思うともう恐ろしくてたまらなくなりました。いまにも眼が開きそうで、なんともいえぬほど怖かった……。

眼が開いた！――恐ろしくも眼が開いた！――そしてあの何ものかが飛びあがった、――寝台から私に向かって飛びあがったかと思うとしっかと私にしがみついた。――呻《うめ》き声を立て歯嚙《はが》みし、引き裂いている。ああ、恐怖に狂って私は手向かって争った。だがそのものの両の眼、そのものの呻き、その触り具合、その気味悪さといったら。あまりの不気味さに発狂した私は自分の体が二つに裂ける、と思った。とそのとき――どうしたわけか――私の手に斧《おの》があった。その斧で滅多打ちにした。――叩《たた》き割り、叩き潰《つぶ》し、粉々《こなごな》に打ち砕《くだ》いた、――しまいに眼の前に横たわったのは元の姿をとどめぬ、おぞましい、悪臭を放つ、――私自身の惨憺《さんたん》たる残骸《ざんがい》でした……。

――貘喰らえ、貘喰らえ、貘喰らえ。ああ、貘よ、この夢を食べてくれ」

「いや、だめです」と貘が答えた、「私はめでたい夢は食べません。それはたいへんめでたい夢――大吉《だいきち》の夢です……。斧ですか。それは妙法《みょうほう》の斧です。それによって自我の怪物がすっかり退治されます……。最良の夢、左様、ご友人、この私は仏の教えを信じているのです」

そして貘は窓から出ていった。私は貘を見送った、――ただ茫然《ぼうぜん》と見守るなか、貘は月に照らされた何里と続く甍《いらか》の上を滑るように飛んでいく、――家の天辺《てっぺん》から天辺へと驚くほど音もなく跳《は》ねていく、――大きな猫さながらに……。

註

◎〔訳註〕以下は訳者による註、それ以外はハーンによる原註である。
◎原註内における［　］は訳者による補註である。
◎いわゆる再話作品のうち、その原拠がほぼ特定されている場合は各項目の冒頭に原話の書誌を掲げた。なおこれら諸本は基本的に、ハーンの旧蔵書を収めた富山大学附属図書館「ヘルン文庫」に所蔵されている。

怪談

序文

1　〔訳註〕ハーンがこれらの原拠に言及したのは、一見学者風に典拠を示したかのごとくだが、そうすることによって、自身が原作に加えた芸術的手直しを英語圏の読者に秘匿した一種のミスティフィケーションの操作であったとも考えられる。『雪女』の話がそれほど雪深いとも思われぬ調布の百姓によって物語られた、というのもハーンが東京に来る以前に日本の「雪女」についてすでに言及していることもあり、どこか不自然である。この序文は出典情報提供という形はとっているが、メリメの場合などと同様、枠小説の枠の役割をも果たしているのではあるまいか。

なおハーンがこのような書き方をしたために後の日本の民俗学者が各地で雪女伝説を〝発見〟するが、それらはおおむねハーンの『雪女』の焼き直しにすぎないことが今ではわかっている。

2　［訳註］『安藝之介の夢』の原拠は本書三四八頁を参照。

3　［訳註］そもそも『力《りき》ばか』の中には変えようにも関係者の姓は記されていない。変えた可能性のあるのはむしろ人物の所在を特定できる地名であろう。しかし序文のこのような「変更」への言及も話の真実性を強調するための工夫といえないことはない。

怪談（Kwaidan）

耳なし芳一の話（The Story of Mimi-nashi-Hōichi）

一夕散人編著『臥遊奇談』（五巻五冊、天明二〔一七八二〕年、京都、西村九郎右衛門）巻之二の『琵琶秘曲《びはのひきよく》　泣二幽霊一《なかしむゆうれいを》』より。

1　この奇妙な蟹については、『骨董』［本書二五七頁］を参照。

2　または下関。この町は馬関《ばかん》の名でも知られる。

3　琵琶《びわ》は四弦の弦楽器で、主に音楽的な朗唱に用いられる。『平家物語』などの哀れな物語を琵琶を弾じて語る職業的な語り手が古くは琵琶法師《びわほうし》と呼ばれたが、その呼び名の起源ははっきりしていない。琵琶法師が盲目の按摩《あんま》と同様、僧侶のように頭を剃《そ》っていたところから「法師」と呼ばれたのではあるまいか。琵琶は、撥《ばち》と呼ばれる普通は角《つの》から作られた爪状の具で演奏される。

4　「開門《かいもん》」とは門を開くようにという敬意をこめた言葉である。侍《さむらい》が主君の御殿の御門に入る許可を求める際、警固の者に向けて発せられた。［訳註］この場面は原拠では「其人に従《したが》ひ出行にやがて一つの門《もん》を過《すぎ》て殿中《でんちう》にいたり」とあるだけで、侍は門を開けの意の言葉を発していない。妻の節子は『思ひ出の記』に次のように記している。「『怪談』の初めにある芳一の話は大層ヘルンの気に入つた話でございます。中々苦心致しまして、もとは短い物であつたのをあんなに致しました。「門を開け」と武士が呼ぶところでも「門を開け」では強味がないと云ふので、色々考へて「開門」と致しました」

5　〔“for the pity of it is the most deep.” と英訳したが〕ここは “for the pity of that part is the deepest.” とも記し得る。原文で pity に相当する日本語は aware である。〔訳註〕原拠とした『臥遊奇談』第二巻には「所がら檀《だん》の浦合戦の篇《へん》こそあはれも深《ふか》からめ」とある。

6　〔「おしのびの御旅行ゆえ」と訳者が訳した原英文は As he is traveling incognito であるが〕“Traveling incognito” は一応原文通りである。原文には “making a disguised august-journey (shinobi no go-ryoko)” とある。〔訳註〕ハーンが原拠とした『臥遊奇談』には「世間《せけん》をはゞかり給ふ御身《み》なれバ」とあり、「忍びの御旅行」の表記はない。

7　The smaller Pragña-Pâramitâ-Hridaya-Sutra の小品『般若波羅蜜多心経《はんにゃはらみたしんぎょう》』を日本では『般若心経』と呼ぶ。この小品も大品の『大般若経』もともに『般若経』“Transcendent Wisdom” と呼ばれ、故マクス・ミュラー教授による英訳が *the Sacred Books of the East* の第四十九巻に収められている。この物語に描写されているような、般若心経の呪術的な使い方についていえば、このお経が色即《しきそく》是《ぜ》空《くう》 the Emptiness of Forms ――すなわち一切の現象や存在は空であることを説いた教義である点に注目すべきであろう。“Form is emptiness; and emptiness is form. Emptiness is not different from form; form is not different from emptiness. What is form—that is emptiness. what is emptiness—that is form....Perception, name, concept, and knowledge are also emptiness....There is no eye, ear, nose, tongue, body, and mind....But when the envelopment of consciousness has been annihilated, then he[the seeker] becomes free from all fear, and beyond the reach of chage, enjoying final Nirvâna."〔般若心経の英訳〕

おしどり（Oshidori）

橘成季編『古今著聞集』（二十巻十五冊、明和七〔一七七〇〕年、大坂、柏屋清右衛門）巻二十より。

1 〔訳註〕原拠には「馬ノ允《ぜう》」とあるが、節子が「馬」の崩し字を「尊」と読み間違え、さらに小さくて墨も薄い「ノ」を見逃したためにSonjōとなったのであろう。この作品の原話と再話の関係については平川祐弘『破られた友情――ハーンとチェンバレンの日本理解』（新潮社、一九八七年）一二三頁以下を参照。

2 古代から極東において、番《つがい》のおしどりは夫婦愛の象徴と見做《みな》されて、今日《こんにち》に及んでいる。

3 〔訳註〕ハーンは節子が読み違えたままにローマ字でMakomo no kure noとトランスクリプトしたが、原歌は「まこもかくれの」なので訂正した。「日暮るれば」で始まる歌の下の句に「真菰の暮の」ということはあり得ず、「真菰隠れの」ととるべきであろう。

4 「赤沼《あかぬま》の」には二重の意味があり、パセティックな情を呼ぶ。固有名詞としての「赤沼」のほかに「わたしたち二人の別れがたい（楽しみにみちた）関係」を意味する「飽かぬ間《ま》」とも読めるからである。そのためこの歌は、次のようにも解釈可能である。「日が暮れると一緒に帰ろうとあの方をお誘いしたものです……いまや二人の楽しかったときは終わり、真菰の蔭で独り寝をしなければならないみじめさよ」。真菰《まこも》とは藺《い》に似た丈の高い大きな植物で、籠《かご》やむしろなどを作るのに用いられる。

お貞の話（The Story of O-Tei）

石川鴻斎著『夜窓鬼談』（二巻二冊。上巻は明治二十二〔一八八九〕年〔ヘルン文庫蔵は明治二十六年の再版〕、下巻は明治二十七〔一八九四〕年、東京、吾妻健三郎）上巻の『怨魂借體』より。

1　［訳註］ハーンは「越前」Echizen と書いているが「越後」の誤りなのであらためた。また主人公の名は原拠では「杏生」だがハーンは Chōsei と記している。これは節子がおそらく「銀杏《いちょう》」の発音からの類推で、杏生を「ちょうせい」と読んだためだろう。正しくは「きょうせい」なので、そのように読みをあらためてルビを付した。なお『お貞の話』とその原拠である『夜窓鬼談』中の『怨魂借體』との関係については平川祐弘『オリエンタルな夢——小泉八雲と霊の世界』（筑摩書房、一九九六年）一六〇頁以下を参照。

2　仏教用語としての「俗名《ぞくみょう》」は姓名の名のことで存命中に使われる個人名で、それと区別されるのが死後に与えられる「戒名《かいみょう》」とか「法名《ほうみょう》」で、これが墓碑や位牌に書き込まれる。詳しくは『異国情緒と回顧』の中の『死者たちの文学』を参照。

3　仏壇とは、仏教徒の家庭の祭壇である。

乳母桜（Ubazakura）

『文藝倶楽部』第七巻第八号（明治三十四〔一九〇一〕年六月一日発行、博文館）の『諸国奇談』十三篇の一つ、愛媛、淡水生の『姥桜』より。

策略（Diplomacy）

鏡と鐘と（Of a Mirror and a Bell）

石川鴻斎著『夜窗鬼談』上巻の『祈得ㇾ金』より。

1　［訳註］ダンテ・ガブリエル・ロセッティの詩『シスター・ヘレン』にも同女が臘《ろう》を融《と》かして臘人形を作る伝説が歌われている。

2　［訳註］ハーンは誤って梶原景季を平家の武将としているので訂正した。

3　［訳註］ハーンはこの歌に英訳をつけ「私が梅ケ枝の手水鉢叩いてお金が出るならば、みなさんの身請《みうけ》は私が引き受けます」という趣旨に訳しているが、原意と違っている。

食人鬼（Jikininki）

佛教書院編『通俗佛教百科全書』（三冊、明治二十五〔一八九二〕年〔ヘルン文庫蔵は明治三十一年の八版〕、東京、佛教書院）中巻より。

1　食人鬼《じきにんき》は英語に直訳すれば man-eating goblin である。日本人の語り手は食人鬼は羅刹《らせつ》、サンスクリット語でいう Râkshasa だろうといったが［原拠にはそのような記述はない］、羅刹には種類が多いのでこの説明は漠然としすぎている。ここでいう食人鬼とは婆羅門《ばらもん》羅刹餓鬼《がき》——古い仏典で餓鬼の第二十六番目の階級を形成する餓鬼のことと思われる。

2　施餓鬼《せがき》の法会《ほうえ》とは餓鬼の状態に落ちこんだ餓えに苦しむ亡者のために行なう法会である。『日本雑録』中の〝Beside the Sea〟にそれについての短い説明が書いてある。

3　五輪石《ごりんいし》とは地水火風空の五元素をそれぞれ形の異なる五つの石に形象化して塔形に重ね合わせた供養塔である。

貉（Mujina）

町田宗七編『百物語』（明治二十七〔一八九四〕年、東京、町田宗七）の第三十三席、御山苔松が語った話より。

1　お女中《じょちゅう》（"honorable damsel"）とは身分のある見知らぬ若い女への呼びかけに使われる礼儀正しい言葉である。

2　蕎麦《そば》とはソバ粉でできた料理で、いくぶんベルミチェッリ［細いパスタ］に似ている。

轆轤首（Rokuro-Kubi）

十返舎一九編『怪物輿論』（五冊合本、享和三〔一八〇三〕年）巻之四の『轆轤首悕念却報福《ろくろくびのきねんかへってさいわいをむくふ》話《はなし》』より。

1　永亨《えいきょう》とは西暦一四二九年から一四四一年の期間を指す。

2　仏僧が着る上の衣服を「ころも」と呼ぶ。

3　炉《ろ》とは室内の床《ゆか》に作られた一種の小さな暖炉である。これは通常、正方形の浅い穴で、金属で裏打ちされて半分ほど灰で埋まり、木炭が燃やされている。

4　土産《みやげ》とは普通、旅から戻ったおりに友人や家人に贈り物として差し出す旅先の特産品である。「なんという土産だ」という回龍の言葉に揶揄《やゆ》と笑いがあるのはそのためである。

葬られた秘密（A Dead Secret）

『新撰百物語』（全五巻合本、編者・刊行年不明）巻三の『紫雲《しうん》たな引密夫《びくみつふ》も玉章《たまづさ》』より。

1 子《ね》の刻《こく》とは直訳すれば The Hour of the Rat だが、これが一番目の時刻で、真夜中の十二時から午前二時までのあいだを指した。昔の日本の時刻は一つ一つが近代のほぼ二時間に相当した。

2 戒名《かいみょう》とは死んだ人に与えられる仏教の法名《ほうみょう》で、その正確な意味については『異国情緒と回顧』に収めた『死者たちの文学』を参照。

雪女（Yuki-Onna）

1 二畳敷とはおよそ六フィート［約一八〇センチ］四方の床面積である。

2 Snow を意味するこの名前は稀《まれ》ではない。日本の女の名前については『影』所収の論文を見られたい。

青柳の話（The Story of Aoyagi）

辻堂兆風著『玉すだれ』（六冊、元禄十七〔一七〇四〕年？）巻三の『柳情霊妖《りうせいのれいよう》』より。

1 ［訳註］原文は一四八六年とあるが訂正した。

2 青柳《あおやぎ》の名は Green Willow の意味。滅多に見ない名前だが、それでも使われている。

3 この歌は掛け言葉がいくつもあり二様の読み方が可能だが、その修辞技法を説明するにはある程度スペースが必要で、西洋人読者に煩雑にすぎるであろう。友忠が相手に伝えたかった意味は次のように訳してもよいかと思われる。「母を訪ねる旅の途中、私は花のように美しい人に会った。その人のために私はここで日を過ごしている。……美しい君よ、夜明けにもならぬうちになぜ暁《あかつき》のような紅《あか》い顔をするのだろう？　さてはあなたは私を好いてくれているのだろうか？」。

［訳註］ハーンの英文ではこの和歌は「たづねつる花かとてこそ日を暮らせ明けぬにおとるあかねさすらん」と原歌が訂正されている。しかしハーンのパラフレーズの意味はむしろ原歌に近いので、ここには「おとる」でなく原歌の「などか」をそのまま掲げた。

4　この歌は別様にも解釈できるが、すなおに受け入れた返歌の意に訳した。

5　「恋する女を奪われた男の苦衷《くちゆう》を洩《も》らした」と日本人原作者は言いたいらしいが、漢詩は英語にすると月並みである。上手な直訳を提示する力が私には欠けるので、一般的な意味が通じる程度のパラフレーズにとどめた。

6　［訳註］「侯門一入深如海」は上様の愛情が海のごとく深いのではなく、大奥の深窓に女がとられたことへの若者の嘆きであろう。

十六桜（Jiu-roku-zakura）

『文藝倶楽部』第七巻第三号（明治三十四〔一九〇一〕年二月一日発行、博文館）の『諸国奇談』六篇の一つ、愛媛、淡水生の『十六日桜』より。

1　［訳註］原拠の本文には「十六日桜《にちざくら》」とルビが振られているから「じゅうろくにちざくら」と呼ばれていたのであろう。原拠にはこの冒頭の句はない。この句はじつは正岡子規の作で「うそのやうな十六日桜咲きにけり」とやはり「日」が入っている。子規は「いざよひざくら」と読ませたのではあるまいか。おそらく大谷正信が俳句の師である子規の句をハーンに教えたのであろう。ハーンは五七五の音に合わせ、かつ日本語の数のかぞえ方だけは知っているような西洋人読者のことも考えてJiu-Roku-Zakuraにしたのではあるまいか。

安藝之介の夢（The Dream of Akinosuké）

『校訂馬琴傑作集』（博文館帝國文庫、明治三十一〔一八九八〕年再版）所収の『三七全伝南柯夢』（文化五年）の序に引かれた陳翰の漢文『槐宮記』か（布村弘氏の推定による）。

1　この「常世《とこよ》」という名前の内容ははっきりしない。状況に応じていかなる未知の国をも――そこから生還した人のないような国でも、極東の童話に見られるフェアリーランド、蓬萊《ほうらい》の国でも指し得る。「国王」とは一国の統治者であり、英語のキングである。原文の「常世の国王」はそれだからここではthe Ruler of the Hōraiとかthe King of Fairylandと訳すのが適当だろう。［訳註］ハーンが愛誦した『万葉集』巻九の浦島の子を詠む一首にも「常世《とこよ》に至り」とある。『日本書紀』雄略紀廿二年七月に「水江浦島子云云、入海到蓬萊山」とあり、『大言海』などではこれを常世が「仙郷」として用いられた例にあげ、かつ「蓬萊山」に「トコヨノクニ」とルビを振っている。

『安藝之介の夢』は浦島伝説と同じ〝異郷訪問譚〟であり、「萊州」という地名は蓬萊を連想させる島としてハーン自身が考えたのであろう。ハーンはこの註でthe original phrase, "Tokoyo no Kokuō"と書いているが、これもハーンによるフィクションのうちではあるまいか。

2　この最後の句は、昔からの習慣により二人の侍者により同時に言われねばならなかった。このような儀礼の作法はいまでも日本の舞台の上で見習うことができる。

3　台座《だいざ》とは封建君主や統治者がそこに威儀を正して座るestradeやdais、台や壇である。直訳すればgreat seatになる。［訳註］ハーンは音から推して「大座」と考えていたのかもしれない。

力ばか（Riki-Baka）

1　風呂敷とは木綿《もめん》などで織られた正方形の布で、これに小さな荷物を包んで持ち運ぶ。

ひまわり（Hi-Mawari）

蓬萊（Hōrai）

1　［訳註］原文の The day is of spring, and the hour morning. はいかにも Robert Browning の『ピパの歌』の The year's at the spring/And day's at the morn; を思わせるので、訳に上田敏の『海潮音』のブラウニング『春の朝』の冒頭の二行をそのまま採らせていただいた。

昆虫の研究（Insect Studies）

蝶（Butterflies）

1　［訳註］原文に that Chinese scholar known to Japanese literature as "Rōsan" とあるが、盧山は劉子郷とあるべきもので、『稽神秘苑』には「劉子郷居盧山、有五綵雙蝶、遊花上、其大如燕、後化二女、来合歓」とある。それで訳文に「に住んでいた」を補った。「昆虫の研究」の出典についての訳註ならびにハーン原文にない俳句作者名はほぼ全面的に大谷正信が第一書房版に付した註による。

2　［訳註］『開元遺事』に「明皇宮中春宴、令妃嬪各挿額花、帝親捉粉蝶放之、随蝶所止幸之、謂元蝶、幸楊妃、専寵、不復此戯」とある。

3 ［訳註］『倭訓栞』に「てふ蝶をよむは音なり。相模下野陸奥にてテフマ津軽にカニベ又テコナ」云々とある。

4 ［訳註］『吾妻鏡』に「寛文五年三月十七日庚午、黄蝶飛、凡充満鎌倉中、是兵革兆也、承平則常陸下野天喜、亦陸奥出羽四箇国之間、有其怪、将門貞任等及闘戦訖、而今此事出来、猶若可有東国兵乱歟之由、古老之所疑也」とある。

5 The modest nymph beheld her God, and blushed.「つつしみぶかいニンフは彼女の神を見て、顔を紅《あか》らめた」と英訳されるが、よりくだけた訳では The modest water saw its God, and blushed. とも訳し得る。すなわち「つつしみぶかい水はその神を見て、顔を紅らめた」。nymphaには二重の意味があり、古典的詩人によって泉の意味にも泉に住む神の意味にも用いられた。この言葉の両義性は日本の俳句詩人たちが好んで行なう優雅な言葉遊びを想わせる。

6 「脱ぎかくる」と書いたが「脱ぎかける」と書かれることも多い。これは「脱いで掛ける」という意味にも、右に引用したと同じように「脱ぎかけた」という意味にもとれる。もっと自由に、もっと詩的効果を出すように訳すと、この俳句は「羽織《はおり》を脱ごうとする女のようだ――それが蝶の姿である」となる。このような比較を賞味するには句中で話題となる日本の羽織を一見しておかなければならない。羽織は長着の上をおおう絹の上着で、袖《そで》のついたマントのようなものと思えばよい。男女ともに着用する。しかしこの俳句で話題となっているのは女性用の羽織であろう。女性用の方が色も材質も豊かで、袖は幅広く、裏は普通明るい色の絹で、しばしば美しい変化に富んでいる。羽織を脱ぐ際に派手な裏地がちらりと見える。そんな閃《ひらめ》く瞬間に蝶のはたはたと飛びまわる姿が連想されるのである。

7　［訳註］この翻訳には原文にはない俳句作者の名前を掲げる。いずれも大谷正信が第一書房版の『小泉八雲全集』に加えた名前による。

8　鳥刺しの竿は黐《もち》が塗ってある。この句の意味するところは虫がしょっちゅうあいだに入って竿を使う邪魔をするといっているのである。――鳥は蝶が黐に捉えられるのを見て、警戒心を抱いた、ということであろう。［訳註］鳥刺しの竿のまわりを蝶がひらひら飛びまわるだけで心理的にも邪魔をしているので「鳥が蝶が黐に捉えられるのを見て、警戒心を抱く」というハーンの解釈は理詰めにすぎて風流を欠くように思われる。

9　休んでいるときでさえも、蝶の羽はときどきふるえているように見える。――まるで飛ぶことを夢みているかのようである。

10　これは日本の俳句作者の中で第一人者と目される芭蕉の短詩である。この句は春の喜ばしい気分を伝えるための句である。

11　字義通りに訳せば「風なき日」は a windless day であるが、英語と違い、日本の詩で二重否定は必ずしも肯定を意味しない。この詩は風がないけれども、蝶の羽のふるえる動きは、すくなくとも見る人の目には、強い風が吹いているように思われる、という意味である。

12　これは仏教の諺《ことわざ》「落花枝ニ返ラズ、破鏡再ビ照ラサズ」に言及した句である。諺ではそうはいうが、自分には落花が枝に帰るように見えた、だがそれは蝶だった、といっているのである。

13　これはおそらく散る桜の花びらのはためく軽やかな動きに言及しているのであろう。

14　これは蝶の動きの優雅さは、ひらひらとした長袖《ながそで》の着物を上手にまとう、若い娘の優雅さを思わせるというのである。日本の古い諺《ことわざ》に悪魔も十八のときは可愛《かわい》いというのがある、「鬼も十八、薊《あざみ》の花」。

15　この俳句は次のように訳す方が適切かもしれない。「一緒で幸せだとお言いですか。はい、いつか来世で野辺の蝶に生まれ変わるなら、そうしたら仲良しにもなりましょう」。これは有名な俳人一茶の句で、妻を離縁したときの作である。

16　「誰の魂」は Taré no kon? とローマ字表記したが、Taré no tama? と読むべきかもしれない。

17　［訳註］二人静は静御前の霊が、自身の乗り移った菜摘女とともに同じ衣装で舞を舞ってみせ、吉野の神職に弔いを頼む能を指すのであろうが、ハーンは「二人が静かに」ととった。ハーン解釈だと二人は雄と雌の蝶ということにもなりうる。

18　この蝶を追いかけるような心をいつまでも持ちあわせたい、という句の意味は、いつまでも単純なことに喜びを見出せる、幸せな子供のような自分でありたいものだ、ということである。

19　［訳註］『蟲諫《むしいさめ》』または『蟲乃諫《むしのいさめ》』は北海江村綬著、平安、唐本屋吉左衛門、宝暦十二（一七六二）年刊。和装三冊本の随筆。著者江村北海は一七一三－一七八八。その七頁一行目の「胡蝶の戯ばかり楽しげなるはなし」あたりからの自由訳である。

20　［訳註］ハーンの英文の barley-grass は大麦と思うが、『蟲諫《むしいさめ》』八頁に「小麦の蝶に化するをいふなり」とあるのでここでは小麦とした。

21　小麦が蝶になる、というのは古くからの根拠のない俗信で、おそらく中国起源の言い伝え。

22　この「蓑虫《みのむし》」という名前は、樹木の枝や葉で作られた幼虫の覆いが日本の農民がかぶる「蓑」、すなわち藁《わら》の雨衣に似ているところからつけられた。蓑虫は辞書に basket-worm と出ているが、この訳語が本当に正確かどうか私には自信がない。――しかし蓑虫と呼ばれる幼虫は実際に自分で basket-worm のカバーにそっくりな覆いを造る。

23　［訳註］玄宗は唐の第六代の皇帝（六八五－七六二）。初めは開元の治と呼ばれたが、晩年楊貴妃を寵愛《ちょうあい》するにおよび安禄山の乱が起こり、蜀に逃れた。乱後、長安に戻って没。七五六年に皇帝の位を去った玄宗の晩年は哀れであったが、ハーンがいうように惨死《ざんし》を遂げたわけではない。『蟲諫』には蝶が「嬪御《ひんぎょ》の中にも心正し」い人がいるのに「只上の衣美《きぬうるは》し」い人に目をとめるものだから、宮女たちも「女の道は心にも入」らなくなり、それがもとで馬嵬《ばかい》の災いも起こった、と出ている。楊貴妃は安史の乱で馬嵬《ばかい》の駅で殺された。

24　海棠《かいどう》は pyrus spectabilis である。［訳註］研究社『新和英大辞典』によると、海棠の学術名は Malus micromalus である。

25　［訳註］ハーンの英文には Tanomi ki no shita ni amé furu と日本語原文がローマ字で引用されているが、『蟲諫』十二頁の原文に従い「頼み」を「頼む」に、「ふる」を「もる」に復元した。

26　魔とは an evil spirit である。

27　［訳註］胡蝶楽《こちょうらく》のことであろう。雅楽《ががく》の一つで高麗《こま》壱越調《いちこつちょう》の舞楽である。ただしこれは背に蝶の羽を負い、天冠に山吹《やまぶき》の花を挿した四人の童子が、手に山吹の花枝を持って舞うので、ハーンの記述とすこし違う。

蚊（Mosquitoes）

1　［訳註］ラテン語の学術名 *Stegomyia fasciata* を「ステゴミイア・ファスキアタ」と私は片仮名書きしたが、ラテン語の発音は西洋諸国でも異なる。昆虫学者の長澤純夫訳による小泉八雲『蝶の幻想』（築地書館、一九八八年）四二頁には「ネッタイシマカ」すなわち「熱帯縞蚊」と訳されている。熱帯縞蚊はデング熱を媒介する蚊であり、これはおそらくハーンの観察の誤りで、明治の東京にはいなかった種類の蚊ではあるまいか。

2 ［訳註］ラテン語の学術名 Culex fasciatus「クレクス・ファスキアトゥス」は前掲書に「ヒトスジシマカ」すなわち「一筋縞蚊」と訳されている。

蟻（Ants）

1 ［訳註］ハーンは次のように俳句をローマ字化している。

Yuku é naki:
Ari no sumai ya !
Go-getsu amé.

2 この点について興味深い事実は日本語で ant を意味する「あり」には昆虫を示す「虫」と正義・義理を示す「義」を組み合わせた表意文字が当てられていることである。つまり漢字では蟻は実際に「義の虫」なのである。

骨董

古い話（Old Stories）

幽霊滝の伝説（The Legend of Yurei-Daki）

『文藝倶楽部』第七巻第十一号（明治三十四〔一九〇一〕年八月一日発行、博文館）の『諸国奇談』十九篇の一つ、松江、平垣霜月『幽霊滝』より。

1 「おい」という呼び声は人の注意をひくために用いられる。英語の Hello! とか Ho, there! などの呼び声に相当する。

茶碗の中（In a Cup of Tea）

一雪著『新著聞集』（十八巻八冊、寛延二〔一七四九〕年〔ヘルン文庫蔵は一八九一年版、京都、沢田吉左衛門〕）巻五第十奇怪篇『茶店《ちやてん》の水碗若年《すいわんじやくねん》の面《をもて》を現《げん》す』より。

1　［訳註］天和三（一六八三）年はおよそ二百二十年前とあるが、『骨董』執筆時の一九〇二年からの計算である。

2　若党《わかとう》とは侍《さむらい》の従者で武士の身分の者をさす。若党の侍に対する関係は squire の knight に対する関係に相当する。

3　侍が腰に帯びた二本の刀のうち短い方を短刀《たんとう》と呼ぶ。長い方が刀《かたな》と呼ばれた。

4　［訳註］名前はローマ字で Matsuoka Bungō, Tsuchibashi Bungō, and Okamura Heiroku と記されているが、日本語の母音の長さの区別は外国人には難しい。そのため単音に誤って長音記号を付している場合がハーンの作品にも見かけられる。

常識（Common Sense）

東宮鉄真呂編纂『教科適用　宇治拾遺物語抄』（二冊治字本、明治二十八〔一八九〇〕年、東京、椀屋書店）下巻の『猟師、仏を射る事』より。

1　日本語の普賢菩薩《ふげんぼさつ》とは Samantabhadra Bodhisattva のことである。

生霊（Ikiryō）

一雪著『新著聞集』巻五第十二冤魂篇『活霊咽《いきれうのんど》を占《しむ》』より。

1 生霊《いきりょう》とは字義通りに英訳すると living spirit である。すなわちまだ生きている人の霊 ghost である。生霊は憤怒《ふんぬ》の影響下に肉体を離れ、憤怒を生じさせた相手に祟《たた》って、その相手を苦しめ抜くべく動き出ることがある。

2 ［訳註］ハーンはここでは ghost でなく Shadow を用いている。大文字の S を用いたのは単なる影でなく亡霊を指すからである。なおダンテの『神曲』でも死者たちの霊を指す言葉として英訳によっては ghost, spirit などのほかに shade や shadow を用いている。この「影」の使用はダンテ自身がイタリア語で影を意味する ombra を用いて死者の霊を指しているからである。なおまだ生きている人の霊が『神曲』地獄篇第三十三歌にも登場する。ブランカ・ドーリアは地上でまだ「食いかつ飲み、眠りかつ服も着ている」（地獄篇第三十三歌一四一行）が存命中にその魂はすでに地獄に落とされたことになっている。まさに西洋版の生霊といえよう。

3 生霊の姿が見えるのは祟られた人だけである。この奇妙な信心を説明する別の例としては『東方より』の中に収めた『石の仏様』、英文 p.171 を見よ。

4 ［訳註］『源氏物語』の中の六条御息所《ろくじょうのみやすどころ》の生霊が葵上《あおいのうえ》にとりつく場面は日本文学でもっとも印象深い場面である。ハーンのこの話は生霊とは何かを内外の読者に平易に説明する物語といえよう。

死霊（Shiryō）

1 死霊《しりょう》とは直訳すれば dead ghost だが、その意味するところは死んだ人の ghost である。生霊《いきりょう》との対比において用いられる。生霊とは生きている人の霊が現れることである。なお日本語の「幽霊」はさまざまなghostよりもより広い意味で用いられる。
2　代官《だいかん》とは幕府の直接監督下にある地方長官である。その役目は行政・司法の双方にまたがっていた。
3　宰相《さいしょう》とは幕府の高位の役人で、その職務は今日《こんにち》の首相の職務に相当した。
4　目付《めつけ》とは地方の行政官や司法官を監察するのが職務の政府の役人で、会計検査にも当たった。

お亀の話（The Story of O-Kamé）

『新撰百物語』（全五巻合本、編者・刊行年不明）巻二の『嫉妬《しっと》にまさる梵字《ぼんじ》の功力《くりき》』より。
1　日本では死者は棺《ひつぎ》の中に坐った姿勢で置かれる。この坐棺《ざかん》の柩《ひつぎ》はほぼ四角い形をしている。

蠅の話（Story of a Fly）

一雪著『新著聞集』巻五第十一執心篇『亡魂蠅《ぼうこんはい》となる』より。

雉の話（Story of a Pheasant）

1　地頭とは実質的に土地の主だが、管理、検断などの権限をもつ官吏として振舞った。

忠五郎の話（The Story of Chūgorō）

『文藝倶楽部』第七巻第十一号（明治三十四〔一九〇一〕年八月一日発行、博文館）の『諸国奇談』十九篇の一つ、井関唖鶯『蝦蟇の怪』より。

1　足軽とは武家奉公する家臣の中で最下級の部類である。

ある女の日記（A Woman's Diary）

1　［訳註］小泉節子『思ひ出の記』には「『骨董』のうちの『或女の日記』の主人は、ただヘルンと私が知つて居るだけでございます。二人で秘密を守ると約束しました。それから、この人の墓に花や香を持つて、二人で参詣致しました」とある。また田部隆次著『小泉八雲』の「著書について」の章の一八、『骨董』には「『ある女の日記』この原文の筆者であった不幸な婦人の亡くなったあとへ行った後妻が、以前小泉家の奉公人であったため、先妻の針箱の中に発見したこの日記を小泉夫人に示したのであった」とある。女が実在した女で、その日記をもとに書かれたことは疑いない。しかし「日本語原文の直訳では意味をなさない場合を除いては、一言一句変更していない」と断言された点については、多少の留保が必要に思われる。日記はハーンの松江時代の生徒関係者の発言が記録されていたとは思われないからである。この日記はハーンの松江時代の生徒であった折戸徳三郎が上京して逓信省《ていしんしょう》に勤めていたとき下訳をこしらえたと、小泉一雄『父小泉八雲』一三二頁に次のように出ている。「(折戸徳三郎氏は）父の注文を忠実に守る善良な人で、中学校卒業だけの学力とは到底思えぬ程の仲々見事な英訳をする人であつた……決して己を表面へ出そうとしない人であつた。この為、父の気に入りであつた……三世相、往生要集、牡丹燈籠、或る女の日記、貘の話等の下訳は専ら氏の手に拠るのである」。ハーンは『三世相』を民俗学資料として大事にし、それを基にノートを拵えていた。それが古書展に売りに出されたらしいことが横山俊夫『大雑書考――多神世界の媒介』（『人文学報』86、二〇〇二年）に見える。

2　小使《こづかい》とは、おもに玄関番やメッセンジャーの仕事をする男の使用人である。英語のポーターよりフランス語のコンシェルジュの方が実態に近い。しかしいずれの言葉も日本語の小使に正確に相応するわけではない。

3 〔訳註〕ハーンは日本人が庶民にいたるまで歌をよむ伝統があることを深く心にとめていた。歌を書くことによって心を慰めていたからである。なおハーンは東大で西洋文学を講義したときは、人生と文学の関係について、ゲーテの「涙してパンを食べたことのない人は」の詩を引いて、悲哀こそが大文学の糧《かて》であり、書くことがその悲哀に対する慰藉《いしゃ》であると説いている。

4 向かいの家の男の人は妻をなくした男の再婚のために仲人《なこうど》 match-maker の役を果たしているので、「支度《したく》がまだ整っておりませんので」という父の挨拶は娘を嫁《とつ》がせるのに必要な着物・家具などの慣習上の準備を整えることができないという意味である。それに対する「この場合はなにも支度はいりませんから」という返事は先方は持参金がなくとも娘を妻に迎えたいという意向であることを示している。

5 この草稿を通して、一例を除いて、男の氏名のあとに、より丁寧な「様《さま》」という言い方は用いられていない。その代わりに「氏《し》」という言い方が親戚を呼ぶときにも用いられている。

6 父親はあきらかに『三世相《さんぜそう》』などの運勢を占う書物を調べたか易者《えきしゃ》に相談したのであろう。占星術的にこの二人は相性《あいしょう》がいいという父親の言葉はそう考える以外に説明しがたい。〔訳註〕『三世相』などの暦は、日々の大安・仏滅などの吉凶や人間関係の相性・運勢を判断するために用いられた。女は数え年二十九歳の「七赤金星」で、男は九歳年上の同じ「七赤金星」であるから、父親は相性がよいと判断したのであろう。

7 見合《みあ》いとは、縁を結ぶ意向のある双方が結婚の前に互いに相手を見ることのできるよう整えられた会合を指す用語である。〔訳註〕ハーンは「見合い」をとりあえず see-meeting と英語に直訳した。

8　この言葉は「もしあなたさまが、貧しいお金も着物もない娘だとお聞き及びの上でわたくしでよいとおっしゃいますなら、喜んであなたさまの妻になるつもりでございます」という意味である。

9　日本の古くからの占星術に従うと、吉と凶の日は次のような名称とその印がついている。

 先勝《せんかつ》——午前は吉、午後は凶。　 友引——朝晩は吉、昼は凶。

 先負《せんぶ》——午前は凶、午後は吉。　 仏滅——万事に凶。

 大安——万事に吉。　 赤口《しゃっこう》——大凶、午《うま》の刻のみ吉。

10　この発言も占い師に見てもらったことを示唆している。方角に関することは中国の自然哲学に通じている人でないと完全には理解できない。

11　三々九度《さんさんくど》は英語に直訳するとthrice-three-nine-times-wine-cupになる。

12　日本の結婚式では直接的にはもとより間接的にであろうとも不吉な意味を連想させる言葉は避けるのが慣習である。「済む」といったfinish, endを意味する言葉、「帰る」returnといった離縁を示唆する言葉、等々は婚礼の席では禁句である。それで婚礼の式での一般的な作法として、「お開き」の語が「おいとま」の語にとって代わられるという婉曲語法が昔から用いられている。

[訳註] ハーンは「お開き」をhonourable-blossomingと訳している。詩的な訳ではあり、とくに男女が結ばれる際には暗示的であるが、正確な訳語と言えるかどうかは疑問の余地がある。

13 「わたしは胸にはげしい鼓動を感じて」'I felt a tumultuous beating within my breast,' がより近い訳であろう。しかしすなおに心の叫びを伝える日本語原文「あとには二人差し向かいとなり、むね打ちさわぎ、その恥かしさ筆紙《ひっし》に尽くし難《がた》し」に比べると、この英訳は奇妙に人工的に響いてしまう。

14 結婚後、新婦がはじめて実家に帰ることを里帰りという。この場合、里は「親の家」を指す。

15 合傘《あいがさ》とは実に面白い言いまわしで、accord とか harmonize を意味する動詞「合う」と名詞「傘」から成る。これは一本の傘が二人の人、とくに恋人同士によって使用されることをいう。合傘［相合傘《あいあいがさ》ともいう］は an umbrella-of-loving-accord と英訳し得るであろう。番傘を一本借りて夫と合傘をしているところを知人に見られるのではないかという妻の不安を理解するには、当時の日本では公衆の面前で夫と妻が並んで歩くことははしたないとされていたことを知らなければならない。このようにして一本の傘で歩くような新婚の二人は冷やかしの対象になった。気の弱い新婚の妻にはそうした揶揄《やゆ》は神経にこたえるものだった。

16 ［訳註］関田かをるの調査（『国文学』四十九巻十一号、平成十六年、学燈社、所収、関田『或る女の日記』——「珍しい手稿」の意味するもの』による）によれば、赤坂溜池町の演伎座で山口定雄一座の壮士芝居を見た。以下、同氏の調査に基づく訳註には「関田かをる調査」と冒頭に付す。

17 浅草寺《あさくさテンプル》とは大きな浅草観音寺のことで、東京でいちばん人気がありおそらくいちばん有名な仏寺である。

18 ［訳註］お酉《とり》さまとは下谷の鷲《おおとり》神社で行なわれる祭で、十一月の酉の日に酉の市《いち》が立った。なお明治二十八年十一月十日日曜が辛酉《かのととり》で、八日は酉の日とずれている。夫が仕事の休みの日に行ったのであろうか。ハーンの誤記であろうか。

19 天神様は大久保《おおくぼ》界隈《かいわい》にある。このお宮はすばらしい木立の影深い中にある。

20 ［訳註］関田かをる調査。神田三崎座の『妹背山婦女庭訓《いもせやまおんなていきん》』。

21 ［訳註］関田かをる調査。本郷の春木座で明治二十九年三月初演の『昔語黄鳥墳《むかしがたりうぐいすづか》』。

22 「一緒に楽しく花見の会をしよう」というのは、“It was agreed that we should all go together to see the flowers.” ということである。花見 flower-seeing とは、年間を通じておびただしい数の花祭のいずれにも、そのときの事情に応じて、用いられる言葉だが、ここでは桜の花見をさす。この日記を通して日付はすべて陰暦である。［訳註］ハーンが「花見」にこのような日本人には自明な内容の英文説明を付したのは、当時のアメリカ人にとって庶民が集まって花を見物に行くという楽しみ方が珍しかったからであろう。なお次の火災報道の新聞記事からもいえるが、この女の日記は陰暦ではなく、すべて陽暦であったと推定される。

23 ［訳註］関田かをる調査。明治二十九年四月十一日付の『都新聞』には「昨日の公園火事」として、午後一時二十分頃浅草公園六区四号一番の見世物小屋大黒館の裏方より出火し、六区はおよそ三分の二まで焼払い伝法院の方にも燃えひろがり、「見世物小屋は普請も至ツて粗造なれば火勢は恰《あたか》も木葉《こつぱ》を焼くが如《ごと》く一時に高く燃え上が」ったと報じられた。

24 これは英語直訳はほとんど不可能である。隅田川には今戸《いまど》の渡しがある。しかしこのフェリーへの言及は渡し舟やその船頭とは関係ない。言及されているのは結婚の渡し役をつとめてくれた仲人《なこうど》のことである。三囲稲荷《みめぐりいなり》とは向島にある元村社の三囲神社の俗名［祭神は倉稲魂命《うかのみたまのみこと》。俳人其角が雨乞いに「夕立や田を見めぐりの神ならば」の句を神前に奉って霊験があったと伝えられる］。「みめぐりいなり」の言葉に愛する者の出会いが示唆されているのであろう。隅田川への言及も「すみ」「すむ」to be clear の語戯がふくまれている。白髭社《しらひげやしろ》は市中［東向島］に実在する有名な神社の名前だが、その名前はここでは主として夫婦がともに白髪《しらが》になるまで長生きできる願いを述べるために用いられている。こうした言葉遊びのほかに、この小唄には実際に二人が行ったところも記されているのであろう。隅田川を渡しでわたり、言及された神社仏閣を訪ねたのに相違ない。こうした名所については昔からこのような意味の歌がよく詠まれてきた。しかしこの日記の歌は、決まり文句となったいくつかの言いまわしを除けば、間違いなく本人の作と思われる。

25 曾我《そが》兄弟は十二世紀の有名な英雄である。「開帳」とは寺院で宗教的なお祭のあいだにかぎり秘仏を一般の人々に公開することをいう。［訳註］関田かをる調査。蒸気船の終着地点は永代橋付近で、そのあたりで曾我兄弟に縁があるのは深川ゑんま堂で知られる法乗院である。

26 六物寄席《ろくもののよせ》は諸芸をとりまぜて上演した興行場である。職業的な語り手による語りが特に行なわれた。［訳註］関田かをるほかの調書によると、六物寄席は「色物寄席」の誤読か誤記ではないかという。

27 女の日記の原文を英語に直訳すると、“there never get having been any waves nor even wind between us” になる。

28 四谷界隈《かいわい》の Shintō district-temple で、都市の一地域には氏神というその地域を鎮守する神がおり、須賀神社は四谷の氏神である。［訳註］須賀神社は信濃町と四谷三丁目のあいだの須賀町にある。関田かをる調査によると、神社は江戸時代には四谷天王社と称し、六月十八日の祭礼は四谷の天王祭りといわれ、赤坂の山王祭り、神田の明神祭り、浅草の三社祭り、深川の八幡祭りとならぶ江戸の五大祭りの一つであったという。

29 伊《い》予絣《よがすり》とは四国の伊予で作られる濃紺の綿布の一種で、ところどころにかすったように白の文様を織り出している。

30 金沢亭《かなざわてい》とは四谷《よつや》のあたり［簞笥町］にある演芸場で、播磨太夫《はりまだゆう》は有名な浄瑠璃や義太夫の語り手の芸名である。さまざまな劇中人物の声音《こわね》や仕種《しぐさ》をたくみに真似る。

31 女は仏教起源の俗諺《ぞくげん》「地震、火事、雷、晦日《みそか》、飢饉《ききん》、病のなき国へ行く」に言及しているのである。

32 八幡神社《はちまんじんじゃ》は牛込《うしごめ》地区の氏神《うじがみ》である。

33 彼岸会《ひがんえ》とは彼岸とかお彼岸とか呼ばれる日本仏教の大きな祭である。彼岸とは英訳すればFurther Shoreであり、極楽世界である。彼岸会は年に二回あり、春の彼岸は春分、秋の彼岸は秋分を中日として、それぞれ七日間続く。

34 これは松前屋《まつまえや》五郎兵衛《ごろべえ》の名で知られた有名な米商人を扱った芝居である。［訳註］関田かをる調査。柳盛座は浅草向柳原一丁目にあった小劇場である。

35 塩竈《しおがま》さまは女性が安産を祈願する塩竈大明神で、この塩竈神社は日本中のほとんどいたる地方にある。

36 これは日本の諺《ことわざ》と化した仏典の言葉である。

37 子供を亡くした母が詠んだ歌である。歌を詠むことは悲哀に耐えるための道徳的訓練であり自己規律である。

38 撫子《なでしこ》は字義通りにはなでしこの花を指すが、詩歌ではこの言葉は普通いとしいわが子の意味で使われる。

39 さみだれは陰暦の五月、より正確にはその月の雨期に与えられた名前である。この詩句にはもちろん暗示的に用いられているので、その真の意味は「おお、嘆きの季節よ、万事が悲しく思われる。わたしの着物の袖は涙に湿っている」というほどの意味である。

40　卒塔婆《そとば》とは経文を書いた細長い木片で、墓の上に立てられる。卒塔婆については『異国情緒と回顧』に収めた「死者たちの文学」の二節を参照。卒塔婆を逆さに立てるという奇妙な迷信について私に説明できる力はないが、『仏の畑の落穂』に収めた「人形の墓」のような習慣と同種類のものかと思われる。

41　この芝居見物が単に娯楽のためだったと想定するのは公平でないであろう。辛《つら》い思い出を忘れるための芝居見物でおそらく夫の勧めもあってのことではあるまいか。

大久保彦左衛門《おおくぼひこざえもん》は徳川家康に仕えた旗本《はたもと》で、知恵に富み人情を解した家康の忠臣として多くの話が民衆文学に記録されている。彦左衛門の公的生涯の有名な事蹟はいまでも上演されている。

42　節句《せっく》と呼ばれる祭日は年に五日ある。五節句は正月七日（人日《じんじつ》）、三月三日（上巳《じょうし》）、五月五日（端午《たんご》）、七月七日（七夕《たなばた》）、九月九日（重陽《ちょうよう》）である。［訳註］三月三日について Joki とあるのは「巳」を「己」と間違えたハーン（というかハーンの日本人助手）の誤りではあるまいか。

43　水天宮《すいてんぐう》は起源的には半ば仏教、半ば神道だが、今では祭神は神道と民衆には信じられている。霊験あらたかとされ安産の神としても知られる。東京の水天宮は日本橋界隈にある。

44　一八九八年四月十日は京都に代わって東京が帝都に決まった三十周年の記念日なのでその祝典が行なわれた（関田かをる調査によると奠都祝賀式は明治三十一年四月十二日火曜日であった）。

45　大名行列とはこの祭に際して封建時代の大名たちが威儀を正して家臣や下人に伴われて旅した様を再現した仮装行列を指している。この機会に明治以前の実物の鎧兜《よろいかぶと》・服装・武具などが披露された。

46 お七夜《しちや》とは子供の誕生後七日目の夕方に行なわれる祝賀の宴で、招かれた親戚友人は赤子に小さな贈り物をするのがならわしとなっている。

47 生まれた女の子が初めて迎える女の節句を初節句と呼ぶ。

48 ここに挙げられている物はすべておもちゃで、この機会にふさわしいような品である。内裏《だいり》さまとは天皇皇后をあらわす古風な人形で古風な装束をしている。お雛《ひな》さまとは人形である。

49 十万億土とは西方にある仏教の極楽浄土で阿弥陀仏の天国である。

50 Nephritis 腎臓炎［ハーンの本文では *jinzōen* と日本語のローマ字綴《つづ》りで記述されている］。

51 前世からの縁が弱くて薄い、とは、前世からの宿縁 Karma-relation を象徴的に結び目やつなぎ目と見做《みな》している。女はこの子を失ったことは前世で犯したなんらかの過誤の必然的な結果だとしているのである。

52 義太夫とは一種のミュージカル・ドラマである。義太夫本は数多く存する。言及されている宮《みや》城野《ぎの》と信夫《しのぶ》は姉妹で、おたがいに心中の悲哀の情を述べている。

53 ［訳註］なおここで「たしなんで」とは「つつしんで」の意味である。

54 ［訳註］ここまでは死んだ子供の魂に向かって話しかけられている。「先立つことを見る母の」とはすなわち、彼女（母）が死ぬ前に子供が死んだ意味で、「子が親に先立つ」は慣用的な表現である。

55 ［訳註］関田かをる調査。これは『碁太平記白石噺』の七段目「新吉原揚屋の段」で遊女の宮城野が妹の信夫に語る科白《せりふ》をもじって作った。

56 「もしものこと」an unexpected matter とは「死」の婉曲語法である。

57 「あえなく」は状況によるが feeble, transitory, sad などの形容詞に訳される言葉だが、“Piteous

to say!" などの英語に訳すとこの場合はぴったりであろう。

58 ［訳註］ハーンは日記の「天命致し方これなく」の言葉をローマ字で引いて、それに "From the decrees of Heaven there is no escape." という英訳を添えている。

59 この本人の俳句には日付はない。

60 これは必然的に自由訳である。この句は "Having awakened, all the joy fleets and fades; — it was only a dream of Spring."「目がさめてみたら、すべての喜びははかなく消えていく。ただ春の夢であったのだ」とも訳し得る。「さめる」という動詞が有効的に用いられ「覚める」と「褪める」の二重の意味で解釈可能である。同様に「はかなし」という形容詞も二重の意味があり、状況に応じて「はかなく消えていく」にも「望みもなく、みじめな」の意味にもなり得る。

61 原文は誕生以来の二週間を指す「二七日《ふたなのか》」である。

62 ［訳註］これは出産後の二十一日間であり、それで母親にとって「危険な時期とされる」と本文中に註記したのである。

63 ［訳註］ちなみに夏目漱石の『坊っちゃん』はこの女と同時代人であるが、四国の中学校で数学教師になったときの月給が四十円、東京へ引き揚げて街鉄の技手となったときの月給が二十五円である。

64 ［訳註］この『ある女の日記』に言及した文章に山本夏彦（『室内』一九六一年四月号「日常茶飯事」欄所収）の『君子多忙』があり、それをさらに踏まえて書かれた文明評論に福田恆存『消費ブームを論ず』（『紳士読本』一九六一年六月号所収）がある。福田は「昔は忙しさのうちに安心して落着いてゐられた」例として引いている。

平家蟹（Heiké-gani）

螢（Fireflies）

1　［訳註］ハーンの『螢』については、大谷正信、平井呈一、仙北谷晃一がある。他に昆虫学者長澤純夫に小泉八雲『蝶の幻想』築地書館、一九八八年に訳と「編訳者あとがき」がある。また平川祐弘編『小泉八雲事典』に牧野陽子執筆の「蛍」の項目がある。なお本編にかぎり、「ほたる」の漢字表記として「蛍」ではなく正字の「螢」を用いて訳出した。

2　渡瀬教授はジョンズ・ホプキンス大学卒業である。本稿が書かれた後に螢についての日本語の一般向けの講演が一冊の瀟洒《しょうしゃ》な書物にまとめられて出版された。柳の枝の何匹かの螢を描いた色刷りの口絵は、それだけでもこの書物の価格に見合うものである。［訳註］富山大学のヘルン文庫には東京帝大動物学教授であった渡瀬庄三郎（一八六二－一九二九）の『螢の話』（東京開成堂、明治三十五年）が保存されている。渡瀬がハーンに渡したに相違ない螢にまつわる米国の学会誌に発表された英語のペーパーは保存されていない。

3　［訳註］明治二十四年に出た大槻文彦『大言海』には「ほたる、螢［火垂《ホタリ》ノ轉、或ハ云フ、火《ホ》照《テリ》ノ轉ト］」とある。

4　これは陰暦四月二十日である。近年採用された陽暦に従うと、螢の合戦はかなり遅れる。昨一九〇一年は六月十日であった。

5　篝火《かがりび》はしばしばbonfireと訳されるが、ここではある種の祭礼などの際に田舎の町や村の主な通りに面した各家の門前で焚《た》かれる小さな薪《たきぎ》の火をさしている。お盆の際には日本の多くの地方で帰ってくる亡き人の霊を迎えるためにはこうした門火《かどび》が迎え火として焚かれる。［訳註］この句の場合ははたしてそうした門火であろうか。この句は夜、源氏螢が見えたが、螢の火とともに源氏の軍勢が夜営して焚いている篝火の火にも思われる、という趣旨ではあるまいか。大谷正信が英日対訳本『小泉八雲文集』第四編の『蟲の文學』（北星堂、一九二一年）につけた註によると作者は立圃で、「此句は「光る源氏」と掛けしものなり。篝火も光る源氏、螢も源氏螢、といひしまでなり」と説明しているが、しかし大谷が言うように、紫式部の光源氏が念頭にあるのだとすると、篝火はなんの篝火か。源平の合戦とは無縁な詩的空想か、という疑問が生じる。

6　この句のいわんとするところは「螢だけが川とともに流れているのを私は見ているのだろうか。それとも夜そのものが星の群とともに流れているのだろうか」という意味であろう。［訳註］大谷正信は大正十年に英日対訳本『蟲の文學』一二九頁で「この句の意味を先生は正しく理解し居られざりしやうなり。この句の意味は It is in the river alone that darkness is drifting; — [so luminous is all the other space by] the fireflies! なり」と註している。

7　［訳註］渡瀬庄三郎『螢の話』には「竹を曲げるに、螢を入れた水で竹を煮ると、自由に矯《ま》げられるとも言つてゐる、いづれも、どうとも受合はれぬが」（五一頁）とある。

8　［訳註］英語で Kanshōgan（Commander-in-Chief Pills）と Buigan（Military Power Pills）と出ているので「監将丸」と「武威丸」の漢字をあてた。当時はこの種の名前を丸薬につけることがよく行なわれた。胃腸薬の「征露丸」（第二次世界大戦後は「正露丸」）は日露戦争当時に出まわった。

9　［訳註］ハーンはこの第二行 Koi-tomosé の Koi を第一行目の二つの Koi と同じく「来い」の意味に解し、Come with your light burning! と英訳した。同じ音の響きの繰り返しであるから、前と同じ意味も余韻として含まれてはいるが、ここでは唄全体の意味を考えて「恋ともせ」という風に復元した。長澤純夫は「灯《ひ》ともせ」とハーンの散文訳に即して原文を変えている。

10 ［訳註］ハーンは「関の町の坊《ぼ》んさんが」をAll the boys of Séki［want you to come］と英訳したので、日本語訳もその解釈に従った。

11 ［訳註］樹霊と訳したが、ハーンがここで用いた英語はhamadryadである。西洋古典語でハマドリュアデスといい、英語ではwood nymphともいう。樹木と生死をともにする霊と考えられる。

12 ［訳註］これは『源氏物語』の第二十五巻の「螢の巻」で、源氏は玉鬘《たまかずら》の世話をやくふりをして、その身辺に螢を放ち、ほのかな光に浮かぶ玉鬘の面影を兵部卿宮《ひょうぶきょうのみや》に見せる。「螢を薄きかたに、この夕つかたいと多くつつみおきて、光をつつみ隠したまへりけるを、さりげなく、とかくひきつくろふやうにて、にはかにかく掲焉《けちえん》に光れるに、あさましくて、扇をさし隠したまへるかたはら目、いとをかしげなり」とある。ハーンの生前は『源氏物語』はまだ初めの十七の巻までしか西洋語の訳は出ていなかったから、ハーンは日本人協力者（おそらく三成重敬）からこれらの知識を得たのであろう。

13 ［訳註］小学唱歌『螢の光』に歌われている有名な中国の学者とは『晋書』に出てくる四世紀の晋の学者政治家車胤《しゃいん》である。

14 ［訳註］ハーンはhokkuと訳しているが、これは第一句の意味でなく俳句の意味なので訳者は訳語に俳句の語をあてた。

15 ［訳註］この翻訳には原文にはない俳句作者の名前を掲げる。ほぼいずれも繞石《ぎょうせき》大谷正信が第一書房版の『小泉八雲全集』に加えた名前による。『螢』の日本側資料については多くを三成重敬に負うているとしても、俳句の材料は以前から大谷が提供していたものによるのではあるまいか。なお訳者はハーンの英訳とそれの和訳もあわせて掲げ参考に供する。昆虫学者の長澤純夫が小泉八雲『蝶の幻想』の「編訳者あとがき」で述べた「俳句はわれわれ日本人のよく理解しうるところで、ハーンの自由訳をさらに訳出する必要はなく」は一説で、「それよりもハーンの解釈が、どのように英文書きされているかを知るほうが意義があると考えたからである」はその通りだが、ハーンの解釈がどのようであるかを確認するためにもハーンの自由訳の英文とともにそれの日本語訳を掲げることは必要であると平川は考える。

16　〔訳註〕訳者には螢が月光の中に隠れたというより、月の裏に隠れたといっているような気がする。

17　〔訳註〕原英文のローマ字表記に uri とあるが誤記と思われるので ura に訂正した。

18　これはより字義に即した直訳は "The water-grasses having appeared to grow dark, the fireflies begin to fly." である。「暮るゝと見えて」はイェイツ氏のもっとも注目すべき近代のフェアリー・バラードである "Folk of the Air" の第二スタンザ、

"And he saw how the weeds grew dark
At the coming of night-tide;
And he dreamed of the long dim hair
Of Bridget his bride."

を想い起こさせる。〔訳註〕ハーンは Some Symbolic Poetry という東大講義で世界に先がけて自分よりも十五歳若いイェイツをとりあげた人である。同時代人だから英文中で Mr. Yeats と書いたのである。この『螢』を書いていたころはイェイツと文通していた。ハーンはイェイツが世

界の妖精文学を代表する作家だと認め、その例として『空の妖精群』"The Host of the Air"をあげている。そんな慧眼《けいがん》の批評家ハーンがこの俳句の一行にイェイツと同性質の詩を認めていることが興味深い。イェイツの詩では「夜が近づいてきたとき彼は水草が暗くなるのを見た。そのとき彼はいいなづけのブリジェットの長く黒い髪を夢に見た」とあり、水草の色は恐怖の気分を深める一要素ともなっている。なおハーンは"Some Fairy Literature"というLafcadio Hearn, *On Poetry*, The Hokuseido Press, 1938, chapter XIII, p254に収められた講義でイェイツの詩をthe power of communicating pleasure of fear「恐怖による愉悦を伝える力」のゆえに絶讃している。イェイツが初出と違う形でこの"The Host of the Air"『空の妖精群』を彼の個人詩集*The Wind among the Reeds*『葦間の風』に収めたとき、イェイツは終わりから二つ目の連を削除したが、ハーンはそれを遺憾としてイェイツに手紙を書いた。

19　奥の間は英語のback roomに相応するが、日本家屋で最良の部屋はいつも裏手にあり、庭を見渡せるように設《しつら》えてある。この俳句の作者はなにかの宴席に招かれた客人と想われる。その宴席の途中で螢が庭に放たれた。客人たちがその様を楽しむことができるようにという趣向である。[訳註]これは、庭でなく奥の間に螢を放してそれを眺めた句と訳者は単純に解釈する。ハーンはこの『螢』の随筆の第四節で「季節が夏になるとたくさんの螢が夕べの宴会用に注文される。和風の大きな客間は普通、庭を見晴らせる作りになっており、蒸し暑い季節、宴会や座興が催されるときは、日没後おきまりのように庭に螢が放たれる。その輝きがお客の目を楽しませるのである」という日本の夏の風俗を紹介したが、そのことが念頭に残っていたために右のような解釈をしてしまったのであろう。

20　この句の意味は、螢の光が、明るい蠟燭《ろうそく》の光にかざしたときのように、指を半透明にするというのである。この薔薇色がかった半透明の指というイメージは語り手が女性であることを示唆している。

21　［訳註］原英文の俳句のローマ字書きに Sabéshisaya! とあるのは、ハーンのためにこの俳句を音読した人が出雲弁の人であったために工とイの区別がなく、それでハーンは「さびしさや」を「さべしさや」と聞いたままに書き留めたのであろう。大谷正信は英日対訳本『蟲の文學』一六一頁で「先生の英訳は誤れり。原意は How uncanny! In the course of its flight, the light is extinguished for the space of one foot. It makes its appearance again and is extinguished again. なり」と指摘している。

22　［訳註］ハーンはこの句を Hōki-gi とローマ字書きしたが、大谷正信は『蟲の文學』一六一頁で「はゝき木（帚草）は葉を枯らして草箒に用ふるもの。ホーキギとは読まず。ハハキギなり」と指摘している。しかし草箒を作る草の場合はホウキギともハハキギとも読むことが『新潮国語辞典』などに出ている。

23　「さびし」sabishi という言葉は普通英語の lonsome や melancholy を意味するが、ここではその意味は weird「不気味」「この世のものならぬ」である。この句は人間の霊魂は、生霊であれ死霊であれ、螢の姿をとるという日本の民間信仰を示唆している。［訳註］ハーンは原句を「袖へ来て夜半のほたるさびしかな」と記した。そして右の註を付したが、それに対し大谷正信は『蟲の文學』一六一頁で「下五字原本 sabishi kana は sabishii ka の誤植。螢に向つてお前はさびしいから来たのかと云へるなり。先生の訳は不穏当」と指摘した。原句「袖へ来て夜半のほたるさびしいか」は人情味の句である。しかし誤解したにせよ、ハーンが螢に人の霊を感じる日本人の神道的感受性を認めているところが興味深い。なおベル・エポックのパリに生きたフランスの女流作家ルネ・ヴィヴィアンがこの『螢』から多くの句を自作の中にハーンの名を挙げずに使っていることは中島淑恵が『富山大学人文学部紀要』56号などに発表している。彼女がPaule Riversdaleの筆名で出したL'Être doubleがそれで「おそらくはわたしたちも死んだあとには螢になるのでしょう」Peut-être que/Après notre mort,/Nous deviendrons aussi/Des lucioles./Je me poserai près de toi,/Et ainsi je serai toujours/ Ta petite compagne. などの自作の詩も混じっている。

24 ［訳註］ハーンのローマ字綴《つづ》りを英訳の意味から推量したのであろうか、平井呈一は「柳葉の暗咲返すほたる哉」と復元し、それを踏襲したとみられる仙北谷晃一は「柳葉の暗咲かへす螢かな」と復元した。大谷正信は『蟲の文學』一六三頁では「柳葉の暗先かへす螢かな」と復元し註に「（小泉）先生の解釈不穏当なるべし。柳の枝の葉先を暗きが中を螢の飛べる様をよみたるまでのものなり」と評した。しかし大谷は原句にあたったのであろう。第一書房版に訳した際は「柳葉の暗吹かへす螢かな」に改めた。

25 ［訳註］大谷正信は『蟲の文學』一六三頁に「これまた（小泉）先生の解釈は誤なるべし」といい、「過ぎたる」の主語は私でなく螢であるとしてこの句は「眼のつい前を過ぎ行く螢は見る眼にやゝ物凄き感ありとなり」と註釈した。

26 話し手は女性と取るべきであろう。誰か暗闇で愛を囁《ささや》く男がいた。女は男が誠実なのか否《いな》か半ば疑っている。［訳註］この句には女の不信と突慳貪《つっけんどん》な口調も感じられて、そこが面白い。しかしそのようにひねたハーン風の解釈はせず、ただ相手の顔が見たいから、螢にもっと集まって来てちょうだい、といっている無邪気な句ともとれる。

27 『風月集』にあるこの歌の語り手は女性である。声もなく光る螢の比喩《ひゆ》によって女は自分の秘めた思いを示唆している。

28　『古今和歌集遠鏡』所収。この歌の語り手も女性と思われる。〔訳註〕日本人読者は作者が紀友則のような男であれば、歌の内容も平安朝の男の気持ととるであろう。ハーンは作者については知るところが少なく（この翻訳に俳句や和歌の作者名が足されているのは日本人の最初の訳者の大谷正信が補足したものである）、内容から判断して前の歌もこの歌もハーンは The speaker is supposed to be a woman と述べたのである。この言い方は作者は男であろうとも歌われているのは女の気持であるというニュアンスが含まれているのではあるまいか。西洋から見ると平安朝の和歌にはきわめて女性的な感情がうたわれているということであろう。

29　「背を低くした」とも「下に屈んだ」ともとれる。「低い」という言葉は実際には背丈が低いという意味である。〔訳註〕「水面すれすれに低く飛んだ」ともとれる。

30　arrowroot の一種である。

31　〔訳註〕大谷正信は『蟲の文學』一六七頁に「(小泉) 先生の英訳は誤れり。葉裏から螢飛出でしにあらず。風に葉裏を見せて戦ぎ居る葛のあたりを物淋しく螢飛びさまよへる様をうたひし句なり」と注意している。

32　〔訳註〕原英文に Akinuréba とあるが、ハーンのためにこの俳句を音読した人が出雲弁の人であったためにエとイの区別がなく、それでハーンは「明けぬれば」を「明きぬれば」と聞いたままに書き留めたのであろう。また原英文に

Akinuréba,
Kusa nomi zo
Hotaru-kago.

と五五五の句になっているが、大谷正信が第一書房版『小泉八雲全集』で作者名を挙げて五七

五に訂正しているので訳文はそれに従った。

33　この英訳は直訳ではない。この句がきちんと英語に訳されうるものとは思われない。「風情」という言葉の使い方にデリケートなユーモアがあるのである。謙遜しているようでもあり、相手の気に入ろうとつとめているようでもある。［訳註］大谷正信は『蟲の文學』一七一頁に「螢買ひて放つたが為めに僅か四五枚の芝生の庭ながら仲々に風情があるとの意なるべし」と単純に説明した。

34　［訳註］「螢売りの句」ではなく「螢売りの歌」Song of the Firefly-Seller とあるのは、ハーンが次の三句を三人の作者の俳句と思わず一つの歌（Song は単数になっている）と勘違いしたらしいからである。第一の句が「二つ三つ」、第二の句が「三つ四つ」で始まるので、一続きの歌と思い込みやすかったのであろう。作者名は順に、呉竺、古聲、千士（いずれも大谷正信が同定した）だが、この三句のみについては本文でなくこの註に掲げる。

35　［訳註］大谷正信は『蟲の文學』一七一頁に「（小泉）先生の英訳は誤れり。人寄せの為めか或はその飛ぶ風情を味はせん為めか虫売が二つ三つ螢を放して見せた、といふ意なり」と指摘している。「見せぬ」の「ぬ」は否定の「見せない」の意味ではない。

36　［訳註］大谷正信は『蟲の文學』一七一頁に「He leaves にあらずせよと螢売によびかけしなり」と指摘している。俳句自体の英訳としては大谷の指摘は正しいが、ハーンとしては三つの句をまとめて一つの英語の歌に仕立てたかった。それで命令法でなく叙実法に訳したのであろう。

露の一滴（A Drop of Dew）

餓鬼（Gaki）

1　「餓鬼《がき》」という日本語はサンスクリット（梵語）の術語 preta の漢訳であって、餓鬼道で苦しめられている亡霊を指している。

2　これは『正法念処経』から抄訳したものである。この餓鬼道にまつわる驚くべき一章を全部訳出すると、読者の神経にもひどくさわることであろう。

3　樹霊にまつわる次のような物語は典型的なものである。――
近江《おうみ》の国愛知川《えちがわ》村に住む薩摩《さつま》七左衛門《しちざえもん》という侍の家の庭に、たいへん古い榎《えのき》の老樹があった（榎は幽霊の棲《す》みつく樹と普通目されている）。大昔からその家の先祖はこの樹の枝を切ったりその葉をもいだりしないよう気をつけてきた。しかしたいへん剛情で手前勝手な七左衛門は、ある日その榎を伐《き》りたいと言い出した。その翌日、七左衛門の母の夢に怪物が現れて、もし榎が伐り倒されるなら、その家の者はみな死ぬであろう、と母に言った。しかしこの警告を七左衛門に伝えると、七左衛門は笑うばかりで取り合わなかった。そして人をやって樹を伐り倒した。だが榎が伐り倒されるやいなや、七左衛門は烈しく狂い出し、数日のあいだ、ときどき「樹が、樹が、樹が」と喚くなど、精神の異常はただならぬものがあった。まるで手を伸ばすように樹が枝を伸ばして、自分を引き裂こうとする、と七左衛門は言った。そしてそんな様のまま七左衛門は死んだ。そのすぐ後に七左衛門の妻が樹が自分を殺すと叫んで発狂した。妻は恐怖のあまり絶叫しながら死んだ。その家の者は次から次へと、使用人も含めて、みんな気が狂って死んだ。その後その屋敷は住む人もなく放置された。誰ひとりお屋敷の庭にはいろうとする者もいなかった。こうした事件が起こる前に薩摩家の娘の一人が尼となり、慈訓《じくん》という名でまだ山城《やましろ》の寺に存命していることがやっとわかった。その尼がこの村に迎えられ、村人の懇願によってその屋敷に住むこととなった。同女は亡くなるまでそこに住み、毎日樹の中に住んでいた霊のために勤行《ごんぎょう》することを怠らなかった。この尼様が住むようになってから榎の樹霊は面倒を起こすことがなくなった。この話は俊行《しゅんぎょう》という僧侶が伝えたところによるもので、俊行自身はその話を右の尼様の口から直接聞いたと語っていた由である。

4　アメンボウは水生昆虫で、英語で skater と呼ばれるものに酷似している。日本の土地によっては男の子は水泳が上達したければアメンボウの脚を食べねばならないと言われている。

日常の事（A Matter of Custom）

1　檀家《だんか》は檀家《だんけ》とも呼ばれるが、一つの仏教寺院に属し、これに布施をする俗家である。神道の社の維持に規則的に協力する者は氏子《うじこ》と呼ばれる。

2　木魚《もくぎょ》は木製の実に奇妙な楽器で、魚の頭の形をしており、通常、赤や金の漆《うるし》が塗られている。読経・念仏の際に桴《ばち》で叩いて鳴らすと鈍いうつろな音を立てる。

3　死者のために普通唱えられる「南無阿弥陀仏」は英語に訳せば、“Hail to the Buddha Amitabha!”という阿弥陀仏への祈願だが、阿弥陀仏の名号を称えることを念仏という。

4　もとの表現ももともと語気がきつかった。「ああ、あれですか。あれは仏が来たのですよ」。日本語で仏は仏陀とともに、この場合のように、死人の霊をさす。

夢想（Revery）

病理的なるもの（Pathological）

真夜中に（In the Dead of the Night）

草ひばり（Kusa-Hibari）

1　［訳註］高さが六センチ、横幅が四センチ五ミリほどである。

2　［訳註］有機的記憶 organic memory とはハーバート・スペンサーが進化論に基づく彼の総合哲学において「生体内部で有機組織化された記憶」の意味で使った、本能とは、有機組織化された種の記憶であるとする見方である。ハーンはこの説に与《くみ》し、『前世の観念』でも引用している。人間のエゴも個ではなく、過去に生きた人間の無数の経験の合成で、霊魂も一つの複合体であるとする。その種の考え方を示した和歌に「我一人思ふ心はたゞ獨り思ふに非ず祖先《みおや》のこころ」（市原豊太）がある。ハーンはキリスト教的霊魂観よりも、この種の霊魂観がより真実に近いと考えた。ハーンは人間についても個人的経験のほかに、人間が過去に受けた無数の感動、未開時代に民族の中に有機組織化された深いおぼろげな印象が心の中に蓄積されているとしたが、動物や昆虫についても同様であると考えた。

3　［訳註］ハーンは、霊魂 soul は個々の人間にだけ与えられているとするキリスト教的霊魂観に懐疑的で、人間にだけでなく虫にも霊魂があるという考え方にむしろ共感する。そうした人だけに日本に来て「一寸の虫にも五分の魂」という諺《ことわざ》に接して、「どんな弱い者にもそれ相応の意地がある」というこの諺の本来の意味に対してではなく、虫にも魂の言葉があてられている事実に感銘し、この諺を『草ひばり』の冒頭にローマ字書きで掲げた。そこに英訳をあえて付さなかったのは虫の魂に soul の語をあてると米英のキリスト教信者の読者に違和感や反撥《はんぱつ》を与えることをおそれたからであろう。「先祖の霊」という言葉に訳した原語は ghost of him だが、この場合も soul of him というのを意図的に避けたのではないかと思われる。

夢を食らうもの（The Eater of Dreams）

1　［訳註］第一書房版『小泉八雲全集』の『骨董』所収の田部隆次「あとがき」に、「「夢を食ふもの」の記事は、夫人が上野帝室博物館で、偶然「貘」と云ふ字のある三代将軍家光の枕と云ふものを見て帰つて、貘の夢を食ふ話、こはい夢を見たら貘に食はせる事、或は出雲の伝説によつて南天に喰べて貰ふ話などをしたのが発端であつた。しかしこの篇の初めにある魔の記事は夫人の記憶によれば、当時何かと材料を提供してくれた出雲の人、折戸徳三郎（今は故人）と云ふ逓信省の官吏など務めた人から得たものであつた」とある。

2　［訳註］ヘルン文庫の『和漢書目録』には *Shōsei-Roku* に相当する漢籍は見あたらない。第一書房版『小泉八雲全集』の訳者田部隆次が用いた漢字名『松聲録』は、平井呈一も恒文社版の訳で踏襲しているが、恣意《しい》的な当て字で、正しくは『渉世録』である。なおハーンか彼の助手が参照した『渉世録』を引用してある古い漢籍が何であるかはまだわからない。*Kottō* には貘の挿絵が三点（左上の図が二点と左下の図）あり、それを手がかりに探せば特定し得るのではないかと思われる。

3　［訳註］「赤蛇が地に落ちたときは鬼の名は大扶《たいふ》という。雞《にわとり》が軟らかい卵を産むときは鬼の名は彩女《さいじょ》という」と白澤《はくたく》（＝貘）について述べた漢籍には出ている。ハーンは二つの文をあるいは誤って一つにしたのであろう。あるいは列挙するにしても例が多すぎるので文を適当に選択し、この場合は二つを一つにしたのであろう。

4　［訳註］『渉世録』は原本は完全な形で現存しておらず、その二十一巻の部分がさまざまな文献にさまざまな形で引用されているが、それらから察するに原文は「そのような禍々しい怪事が生じた際には、貘の名前を呼ぶがよい」ではなくて「そのような禍々しい怪事が生じた際には、鬼の名前を呼ぶがよい。そうすればその鬼はたちまち地下三尺に沈んで滅するであろう」（凡ソ此ノ怪アリ。則チ鬼ノ名ヲ呼ベバ、其ノ怪忽チ自ラ滅ス。地ニ入ルコト三尺）が正しいが、ハーンは日本の民俗にある「貘喰らえ」と叫ぶ慣習に合わせるために「貘の名前を呼ぶがよい」としたのであろう。

解説　小泉八雲と怪談の世界

平川祐弘

小泉八雲はどのような育ちの人か

小泉八雲ことパトリック・ラフカディオ・ハーン Patrick Lafcadio Hearn は、英国進駐軍の軍医としてギリシャの島に駐屯《ちゆうとん》していたプロテスタント系アングロ・アイリッシュの父チャールズ・ブッシュ・ハーンと、キシラ島（旧名セリゴ）出身のギリシャ人の母ローザのあいだにできた子供で、エーゲ海のレフカス（英名レフカディア）島で、一八五〇（嘉永三）年六月二十七日に生まれた。ハーンが生まれた直後に父は英国連隊とともにカリブ海に移動した。そのため島に残された母子は二人きりで暮らしたが、それが至福のときとしてハーンの心に刻まれることとなる。

一八五二年夏、夫はまだ帰還していなかったが、アイルランドの父方の実家へ「戦争花嫁」であるローザとともに二歳のハーンは赴いた。ダブリンの閉鎖的なプロテスタント上流社会に母子ともになじめず、疎外される。言葉も宗教も風俗も気候も違うのだから無理もない。父は一八五三年十月にいったん帰還したが、周囲から孤立しているローザを見、自分の結婚は若気の過ちであったと悟《さと》った。ハーン軍医は一八五四年三月には妊娠中の妻を残して今度はクリミヤ戦争に出征する。故郷で出産することとなったローザはその初夏、四歳のハーンを父方の実家に残してギリシャへ帰った。

　こうしてハーンは母ローザと生き別れた。母の帰郷中に戦地から戻った父は、ローザが結婚証書に署名していなかったことを口実に、結婚無効の訴訟を行ない、勝訴したからである。当時のギリシャではたとえ良家の娘に生まれたとしても読み書きできないのが普通であった。チャールズ・ブッシュ・ハーンは、夫を亡くした旧恋の女性アリシアと一八五七年に再婚し、その連れ子たちをつれてインドへ赴任する。セポイの反乱に伴う英国進駐軍の補強の一環でもあったのだろう。

　ハーンは余計者扱いされてダブリンに残された。父が母を離縁して以来、カトリックの大叔《おおお》母《ば》サラが引き取り面倒を見てくれた。大叔母も女中たちも「悪いのはお父さんだ」といった。家庭崩壊後のハーンは精神的にも非常な不安感に苛《さいな》まれ、夜な夜なうなされたらしい。「およそ有り得るかぎりの最上の理由であのころの私はお化けや鬼や魔性のものの存在を信じていた。——というのは私はお化けや鬼を、昼も夜もこの眼で見ていたからである」とハーンは最晩年に自伝的な『私の守護天使』という一篇に書いている。大叔母も年をとると、ハーンは英仏のカトリック系の寄宿学校へ預けられた。これは子供のいない大叔母の遺産がすべてハーンへ渡ることを妨げるためにハーンを大叔母から遠ざけようという親戚の差し金だったとする説もある。いずれにせよその親戚の者の不始末で大叔母が破産するや、ハーンはアショーにあるセント・カスバート高校から退学を余儀なくされ、物質的にも非常に悲惨な境遇に落ちこんだ。ロンドンで最低の生活を送ったらしいが、それは本人が口にすることも憚《はばか》るほどのみじめさだったようである。

来日以前のハーン

一八六九年、十九歳文無《もんな》しで渡米した。以後、生まれの島のレフカスに由来するミドル・ネームのラフカディオをもっぱら用いた。

シンシナーティで八年暮らし、新聞記者として社会の底辺から匍《は》いあがった。人種間結婚を禁止したオハイオ州の法律を無視して混血女性と結婚したが、うまくいかず、それもあって逃げるようにニューオーリーンズへ南下し、そこでさらに十年、新聞の文芸欄記者として多少の名を成した。フランス領西インドのマルティニーク島で二十カ月暮らし、そのルポルタージュで認められた後、今度はそれと同じ伝で日本についてのルポルタージュを執筆するべく、ハーパー社の通信員として、一八九〇（明治二十三）年四月四日、三十九歳で来日する。

ハーンは独学で英仏米の文学を実によく読み抜いた人だが、西洋の大学でオーソドックスな学問をする機会に恵まれなかったこともあり、非西洋の文明に興味を抱いた。父に代表されるような近代西洋の体制や産業主義に楯突《たてつ》きたい衝動がひそんでいたのであろう。それに西洋文明からの脱出は世紀末の流行でもあったのである。ハーンがその小説をいちはやく英訳したピエール・ロティはトルコ、セネガル、タヒチ、日本へ行った。ロバート・ルイ・スティーヴンソンは南太平洋へ渡った。画家のポール・ゴーガンはハーンと同じときにマルティニークで暮らしており、ついでタヒチへ行って土地の女とともに暮らした。ハーンもその系譜に属するが、彼らと違った点は、当時は新興の学問であった民俗学や文化人類学の手法を独学で身につけていたことである。ハーンはその手法を生かしてフランス領西インド諸島で島の黒人たちの怪談や俗諺《ぞくげん》を収集し信仰や習俗を探ることに成功した。それに成功したことがハーンに自信を与え、マルティニークでしたと同様のことを非西洋の国日本でも繰り返して試みようと考えたのである。

マルティニークではカトリック宣教師は島の黒人はみなキリスト教徒になったと得意気だったが、ハーンがクレオール語の物語を集めてみるとアフリカ以来の精霊の世界がいまだ生き生きと伝わっていた。それならば日本も辺境へ行けば、文明開化以前の、いや仏教伝来以前の日本の固有の宗教も生きており、その風俗もかいまみられるに相違ない。日本の庶民の生活を自分自身も生きて、その暮らしぶりを書き留めてみようと思った。ハーンはそんな新世界を発見しようとする自分を「文学上のコロンブス」とひそかに自称していた。

ハーンが来日した当初頼りにした人はバジル・ホール・チェンバレンである。ハーンとチェンバレンの関係については『破られた友情――ハーンとチェンバレンの日本理解』(新潮社、一九八七年)で詳述したので再説しない。チェンバレンは『古事記』をいちはやく明治十五年に英訳したイギリスの学者で、二十世紀前半、西洋日本学の大御所として君臨した。同じ一八五〇年に生まれたハーンは十七年遅れて来日した者として、当初は日本語に堪能なチェンバレンに兄事し、二人はハーン来日後の六年間ほどは親しく文通を交わす間柄であった。ハーンはこのチェンバレンと、ニューオーリーンズの万国博覧会の折に知り合った文部省高官の服部一三の世話で、明治二十三年八月末に松江へ中学の英語教師として赴任する。松江の島根県尋常中学校では西田千太郎という優れた同僚が親身に世話してくれた。

始め良ければすべて良し

ハーンは不幸な崩壊家庭に育った。ハーンが来日してはじめてしあわせな人となったのは家庭の幸福に恵まれたからである。来日した年の冬、松江で小泉節子(本名セツ)と出会い、節子とのあいだに一雄、巌、清、寿々子の三男一女を儲けることとなる。アメリカではとてもまともな結婚はできないと諦《あきら》めていたハーンは、背は低く色は黒く、十六歳のときに左目を失明した、自分は醜《みにく》いと思いこんでいた人であった。そんなハーンは、長男一雄が一八九三年十一月に生まれたとき、深く感動し、喜んで産婆にキスして驚かせたが、「自分の子供を産んでくれる女を虐待する男も世の中にはあるのだと思い出したら天地がしばらく暗くなる様な気がした」と友人ヘンドリックに書き送った。もちろん父のことを思い出してのことである。気がついてみると父と同じように異国の女と結ばれていたハーンは、父のような非道な振舞《ふるまい》はするまいと思い、遺産が妻子に伝わるよう、一八九六年に日本に帰化、小泉家に入籍、小泉八雲と名乗った。不平等条約の当時は西洋人の夫の遺産は日本人の妻子へは渡らず西洋人の親戚に渡ることとなっていたので、それでこのような複雑な手続きを踏んで日本人となったのである。ハーンと節子の家庭は幸福であった。ハーンと節子の共同作業の詳細はこの先でふれるが、「始め良ければすべて良し」とはハーンと小泉節子の二人の出雲《いずも》の国での出会いの目出《めで》度《た》さを寿《ことほ》ぐ言葉（梶谷泰之）であり、それは間違いない真実ではないだろうか。

小泉八雲は一九〇四（明治三十七）年九月二十六日に東京で亡くなった。墓は雑司ケ谷墓地にある。

日本での生活と文業

ハーンは来日して横浜で足しげく神社仏閣を見てまわり、日本が文筆家としての自己実現をするにふさわしい土地であることを確認した。とくにお地蔵様を見るに及んで日本が子供にやさしい国であることを強く感じた。するとハーンはハーパー社との契約を破棄して、実存的自己投企をあえてしたのである。英語教師として身を立てながら、西洋人にいまだ知られぬ日本の面影を書きとどめようと決意した。――松江で一年間中学生を、熊本で三年間高校生を、東京の帝国大学で六年半、早稲田大学で半年間、大学生を教え、すぐれた外人教師として敬愛された。百数十年に及ぶ日本のお雇い外国人教師の中でもっとも評判の高い一人はハーンであろう。

東大の講義は平明で含蓄に富み美しい。ゆっくり話す英語の見事さに学生たちは魅了された。その講義録は死後に刊行されるや米英でも評判となった。*Life and Literature* など不朽の価値がある。ハーンの後釜《あとがま》にすわった夏目漱石は前任者のあまりの評判の高さに英文学教授として劣等感に苛まれたほどである。だが教職はハーンにとってはあくまで第二の仕事であった。ハーンは自分の天職が筆の人であることを深く自覚していた。

ハーンは、庶民の日常の生活とその霊の世界に深くはいりこんだ。来日第一作『知られぬ日本の面影』（一八九四）は出雲地方に多く材をとった、さといフォークロアの観察に満ちた紀行文学である。日本社会で宗教が占める意味への洞察、先祖崇拝の風俗への共感的理解、妖怪に対する民俗学的観察など、ハーンが在日十四年間に書き留めた文章は鋭く、日本人読者をも首肯させる。ハーンこそ「霊の日本」の最初の西洋人発見者といえるであろう。ハーンがいう ghostly Japan とは神道や仏教の日本、その宗教や風俗のことである。『心』(一八九六) などに描かれる女たちの生き方が日本で愛読されるのは、読者がそこに深く感ずるものがあるからであり、ハーンが描いた明治日本に、ときに理想化の度が過ぎるとはいえ、自分たちの心のふるさとを見出すからであろう。だが紀行や日本論のジャンルにもまして小泉八雲は『怪談』(一九〇四) の著者としてもっとも広く世界に知られるにいたるのだが、ハーンにとっては妖怪変化《ようかいへんげ》もまた日本人の霊の世界をかいまみるための心の窓口であったことを忘れてはならない。

ハーンは十四年間の日本滞在中に十三冊の日本に関する書物を著わした。

『知られぬ日本の面影』(*Glimpses of Unfamiliar Japan*) 上下二冊、一八九四
『東方より』(*Out of the East*) 一八九五
『心』(*Kokoro*) 一八九六
『仏の畑の落穂』(*Gleanings in Buddha-Fields*) 一八九七
『異国情緒と回顧』(*Exotics and Retrospectives*) 一八九八
『霊の日本』(*In Ghostly Japan*) 一八九九

『影』(*Shadowings*) 一九〇〇
『日本雑録』(*A Japanese Miscellany*) 一九〇一
『骨董』(*Kottō*) 一九〇二
『怪談』(*Kwaidan*) 一九〇四
『日本——一つの解明』(*Japan: An Attempt at Interpretation*) 一九〇四
『天の河縁起』(*The Romance of the Milky Way*) 一九〇五

ハーンの怪談の位置

ハーンの怪談ghost storyをどのように位置づけるか。ここで注意せねばならぬことはハーンは『怪談』と題された一九〇四年刊の一冊に収めた十四話のほかにもたくさん怪談を書いており、その定義によってghost storyの数に多少の異同は生じるが、ハーンが英語に仕立てた怪談は総計およそ五十話に及ぶということである。その頂点に位するのがハーン逝去《せいきょ》の年、一九〇四(明治三十七)年に出た『怪談』で、その次に位するのが『骨董』といえるであろう。そこにいたる作品制作を時間を過去へと戻りつつ振り返ると、『怪談』の二年前の一九〇二年に刊行された『骨董』に九話、一九〇一年に刊行された『日本雑録』に六話、一九〇〇年に刊行された『影』に六話、一八九九年に刊行された『霊の日本』に五話の怪談が収められているが、これらは机に向かって仕事に打ち込むことの多かった東京時代の産物である。しかし来日第一作の一八九四年刊の『知られぬ日本の面影』という紀行文の中にも、その作だけで一章立てとなってはいないが、『鳥取の布団の話』『子供を捨てた父』などの怪談や民話がすでにちりばめられている。いや、来日前のマルティニーク時代にも土地の民話を再話しているが、その中に怪談の色合いの強い Guiablesse『女悪魔』などがある。またアメリカ時代の新聞記事そのものにも怪談趣味を濃厚にたたえた話がすでに混じっている。なおハーンの死後の一九〇五年刊の遺稿集『天の河縁起』の中にも『伊藤則資の話』『鏡の女』などが含まれている。

再話文学としてのハーンの怪談

怪談 ghost story の魅力とはお化けの魅力である。あの世からこの世ならぬものが現れるから、聴いている子供は「きゃっ」と魂消《たまげ》て叫ぶ。小学校の夏の合宿で先生が話してくれたときの怖さと面白さとが、夕焼けの不気味な赤さとともに八十歳を過ぎたいまも記憶に残る。

ところで怪談といえば今の日本では三遊亭円朝などよりまず小泉八雲の名が思い浮かぶのではあるまいか。彼の作品はそれほど有名である。しかし日本に帰化したとはいえハーンはあくまで英語作家であって、著者名は常に Lafcadio Hearn であった。ハーンの怪談は主として妻の節子が語る怪談を聞いてハーンが英語で見事な芸術作品に書き直したものであり、それら米日の夫婦合作の一連の物語は、本来は米英の読者向けに書かれたものである。その英語文学作品としての見事さについて、批評家マルカム・カウリーは日本民話を再話したハーンの手腕は、デンマークのアンデルセンやドイツのグリム兄弟に比肩し得ると言った。

そのようなハーンの英語文学作品が、日本語に訳し戻されて、里帰りしたのが『耳なし芳一の話』『雪女』『おしどり』『乳母桜』などである。それでは、そんな二重手間を省いて、われわれ日本人は節子がハーンに読んで聞かせた原話そのものを読めばいいではないか、というと、そうはいかない。日本語の原話を私たちが読んでもさほど心を動かされはしないからである。『耳なし芳一の話』は『臥遊奇談』に収録される原話の四倍ほどの長さで、そこにハーンの工夫の数々が織り込まれ、それでサスペンスに富む芸術作品と化している。もしハーンが原話を英語にそのまま直訳しただけであったならば、芳一はけっして評判にならなかったであろう。それに『雪女』などは、日本の話に材をとった体裁をとっているが、じつはハーン自身が話の核心を創作したものと私は考えている。そんな場合も含まれるのである。

それでは原拠と再話でどのように変容するか、本書に収められた怪談から次にその一例をあげよう。

『幽霊滝の伝説』の原拠と再話

『骨董』の冒頭に置かれた『幽霊滝の伝説』の原拠は『文藝倶楽部』第七巻第十一号に出た平垣霜月の『幽霊滝』である。伯耆《ほうき》の国の黒坂《くろさか》町近くに幽霊滝と呼ばれる滝がある。滝の脇には小さな社《やしろ》があり、土地の人は滝大明神《たきだいみようじん》と呼んでいたという原拠の設定をハーンは、黒坂町をより淋《さび》しい黒坂村などに変えはしたが、ほぼそのまま踏襲した。ある冬の夜、麻取場《あさとりば》で寒いものだから皆が休息して炉のまわりで浮世話《うきよばなし》をしていたところ、一人の女が「今夜《こんや》あの幽霊滝へ行つて大明神様の賽銭箱《さいせんばこ》を取つて来た者には私等《わたしら》が取つた麻《あさ》を皆与《みんなやら》うじやないか」と退屈まぎれに言いだした。皆の分の麻は欲しい。誰も欲しいが、さて幽霊滝へ行く事が恐ろしい。その上、賽銭箱を取って来る事は罰当《ばちあ》たりだからさらに恐ろしい。ハーンはそこで女たちが次々と「今日紡《つむ》いだ麻は全部くれてやる」と言い出して他人をそそのかす情景を書き加えた。すると「大工の女房が『それじや私《わた》しが行《ゆ》こう』と云《い》つて其年《そのとし》に二歳《ふたつ》になる男の子を背負《をぶ》つて出掛けた」。原拠にないのはそれに引き続く「夜は寒気《かんき》がきつかったが、空は澄んでいた。人気《ひとけ》のない通りをお勝は村はずれへと急いだ。身を切るような寒さでどの家も表《おもて》を堅く閉ざしている。村を出ると、街道沿いに女は駈《か》けた。ぴちゃぴちゃ、と音がした。道の左右に凍てついた田圃《たんぼ》が静まり返っている。女を照らしてくれるものは星だけである」という道中の描写である。

原作の女房に名前はないが、ハーンはお勝《かつ》と呼んだ。姓名をつければ話がそれだけ具体化して信憑性《しんぴょうせい》も増す効果があるからだが、じつはこれは原拠で賽銭箱を取って帰ろうとしたとき、幽霊滝の中から「ヲイおかッさんおかッサン」と声がした。そこからお勝という名にしたものと推察される。しかし「おかッさん」「おかッサン」とは他人の女房を呼ぶときの言い方であり原拠にはそう注釈もついている。ハーンはそれを知ってか知らずか固有名詞扱いにした。そして「何程剛胆《いくらがうたん》な女と雖《いへど》も少しは恐れた様子にて一生懸命にサイ銭箱をかゝへて麻取場《あさとりば》を向けて走り帰つた処《ところ》が誰《たれ》もが其《その》安全なのに驚いた」という短い原拠を次のような語りに仕立てた。


「おい、お勝さん！」

水が砕《くだ》け落ちる音の上から、突然、戒《いまし》めるような声がした。

お勝ははっと立ちすくんだ。頭は真っ白である。

「おい、お勝さん！」

ふたたび大声が響いた。——今度は声音《こわね》に脅《おど》しの凄《すご》みが加わった。

だがお勝は勝気な女である。すぐに正気《しょうき》を取り戻すと、賽銭箱を引《ひ》っ摑《つか》み、一目散に駈け出した。怖ろしいものはそれぎり聞こえもせず見えもしなかった。街道に着いて一息つくと、後はもうひた走りに走った。ぴちゃぴちゃ、と音がした。そして黒坂村にたどり着くと、麻採り場の戸を激しく叩《たた》いた。

女房たちと娘たちは声をあげた。お勝が喘《あえ》ぎながら、手に賽銭箱を抱えて入ってきたからである。みなは息をこらしてお勝の話に耳を傾けた。

賽銭箱を盗もうとして滝壺《たきつぼ》から名前を二度も呼ばれたのも恐ろしいが、ともかく無事に帰りついた。しかし読者はこの話がこのまま無事に終わるはずはないという予感も抱いている。怪談には怪談たらしめるどんでん返しが必ず起こる。「炉《ろ》に松葉《まつば》をくべて居《を》つた一人の老婆《おばあさん》が『おかつさん小供が泣きやせなんだかへちと下《をろ》してやらつしやい』と言《い》ふてくれるので其《その》背負《をぶ》つて居《を》ッた子を下《をろ》して見ると、大変、大変、此《この》子供の首は失《なく》なつて居《を》ッた、首の無い体だから其《その》恐しさと云《い》ふものは一通りではない、翌朝《よくてう》になつて滝へ若者等《ら》が行つて見たけれど何《な》にもなかつたと云《い》ふ話。」で原拠『幽霊滝』はそそくさと終わる。ハーンはその条《くだ》りを次のような迫力ある語りに仕立て、最後にグロテスクなまでに怖ろしい光景を描いた。

「たいへんだったねえ、お勝さん」と老婆は子供を包んだ綿入《わたい》れの半纏《はんてん》をほどくのを手伝った。「おやまあ、背中はぐっしょり濡《ぬ》れている」と言ったと思うと、老婆はしゃがれ声で叫んだ、「あら、血が！」

その先の最後の光景は（訳文は本書一八二頁参照）、ハーンの『破られた約束』の末尾を連想させるが、英文のまま引用させていただく。

"Arà! It is blood!"
And out of the wrappings unfastened there fell to the floor a blood-soaked bundle of baby clothes that left exposed two very small brown feet, and two very small brown hands — nothing more.
The child's head had been torn off! ...

小泉節子『思ひ出の記』

ハーンの妻となった節子は一八六八年、明治維新の年に生まれた。出雲松江の士族の聡明な娘で、成績も良く、知事さんに表彰されたこともあった。しかし家はやがて貧窮し、小学校も途中で退き、家で織物の手助けをした。ハーンの家へ上がる前の晩まで機《はた》を織っていたと伝えられる。初婚に破れた出戻りであったからこそ外人さんのところへ住み込みの奉公に上がったのであろう。その節子は文化人類学でいうインフォーマントとしてハーンを助けた。インフォーマントとは土地の人で説話や伝説を語ることによって土地の人の気持をありしがままに外部の人に伝えてくれる人のことである。
節子は主観的な感情をこめて民話や怪談を語って聞かせた。そのときはハーンはランプの芯《しん》を暗くし、幽暗な気分にした部屋の中で、夫人の前に端坐して耳をすました。あるとき節子はハーンから『万葉集』の歌を質問され、答えることができず、泣いてその無学を詫《わ》び良人《おっと》に不実の罪の許しを乞うた。そのときハーンは、黙って節子を書架の前に導き、自分の一連の著作を見せて、この沢山の本はいったいどうして書けたと思うか、みな妻のお前のお蔭で、お前の話を聞いて書いたのである。「あなた学問ある時、私この本書けません。あなた学問ない時、私書けました」と言った。この夫婦の協力作業は心打つものである。

『幽霊滝の伝説』について節子は後年『思ひ出の記』で次のように回顧している。

　話が面白いとなると、いつも［ヘルンは］非常に真面目にあらたまるのでございます。顔の色が変りまして眼が鋭く恐ろしくなります。その様子の変り方が中々ひどいのです。たとへばあの『骨董』の初めにある幽霊滝のお勝さんの話の時なども、私はいつものやうに話して参りますうちに顔の色が青くなつて眼をすゑて居るのでございます。いつもこんなですけれども、私はこの時にふと恐ろしくなりました。私の話がすみますと、初めてほつと息をつきまして、大変面白いと申します。「アラツ、血が」あれを何度も何度もくりかへさせました。どんな風をして云つたでせう。その声はどんなでせう。履物の音は何とあなたに響きますか。その夜はどんなでしたらう。私はかう思ひます、あなたはどうです、などと本に全くない事まで、色々と相談致します。二人の様子を外から見ましたら、全く発狂者のやうでしたらうと思はれます。

原拠にない履物《はきもの》の「ぴちゃぴちゃ」という音は節子の耳に pichà-pichà と響いた音であった。また『幽霊滝の伝説』の決定的な台詞《せりふ》は、これもまた原拠にない「あら、血が！」の叫びだが、節子が夫にいわれてそう叫んだのであり、繰り返すうちに自分でもふと恐ろしくなったのである。以上がハーンの再話文学についての技術的な説明である。作品の成立についてこれほど貴重な細部にわたる証言が残されている場合は真に珍しい。

明治二十九年に上京して以来、ハーンは、夏休みに焼津でくつろぐとき以外は、もはや日本人とも西洋人ともほとんど交際せず、教職の余暇には執筆にはげみ、妻が気持をこめて語る怪談を基にして再話文学の創作に打ち込んだ。このような仕事に励むことのできたハーンと節子の生活がどうして「間違ったこと」であり得たろうか。しかし英国国籍を捨てたハーンの晩年を、大英帝国至上主義者のチェンバレンはハーン死後三十年も経ったころ、次のように断言した。

ハーンの一生は夢の連続で、それは悪夢に終った。彼は、情熱のおもむくままに日本に帰化して、小泉八雲と名乗った。しかし彼は、夢から醒めると、間違ったことをしでかしたと悟《さと》った。

八十歳を過ぎたチェンバレンは、かつての友人に対する従来の好意的な見方を改めて、その晩年を「悪夢」(『日本事物誌』*Bassil Hall Chamberlain, Things Japanese*, 1939 edition の「ラフカディオ・ハーン」の項目) と呼んだのである。第二次世界大戦中に公表されたこの見方は、反日的気分の強かった西洋には広く受け入れられたが、しかし私には「悪夢」の要素は認められない。むしろ悪夢の要素があったのは最晩年のチェンバレンの見方であると私は感じている。

怪談の魅力

最後に怪談の重要性について私的な感想もまじえて述べさせていただく。

一般論として私たちはなんで怪談に心惹かれるのか、それについて一言したい。迷信は旧弊なこととしてかつては軽蔑《けいべつ》された。だが怪談を迷信話として小馬鹿にしてはならない。迷信の中にも大切な真理とまではいわずとも大切な心理はひそんでいる。読者はあの世を信じているだろうか。信じていると確言する人もいればあの世など存在しないと言い切る人もいるだろう。私は曖昧《あいまい》である。鬼や妖魔などの実在を確信してはいないから、あの世もまあないと思っている。しかし来世を信じている人を迷信家だなどと笑う気持はない。私事を述べさせていただくと、平川家はお寺さんと縁が薄い。五十数年前、父が死に家で葬式を出した。宗旨だけは知っていたから、真宗の寺を電話帳で調べて、お経を頼みに行った。次は私の番である。やはり式はしなければけじめがつかないだろう。そんな私は唯物論者のような顔はしているけれども、それでもお彼岸《ひがん》には親の墓に参る。だとするとそんな私は百パーセント現世主義でもなければ此岸《しがん》主義でもない。この世ならぬ怪談に胸がときめくのは怖いもの見たさからかもしれないが、そうした話に心惹かれるということは、来世が多少は気になっていることの証拠でもあろう。そういえば子供のころから墓場にお化けが出るような気がしていた。戦前、内房総の海岸で毎夏を過ごしたが、浜辺で遺体を焼く風習だったらしい。昼間、黄色い傘をさしてお婆さんが箸《はし》で拾っているのはお骨《こつ》だと聞かされた。そんな話を十歳年上の姉がした夜は、浜の風音が恐ろしく思われた。

　しかしそのような怯《おび》えの気持がどこかにあればこそ詩文は心に訴えるのである。考えてみると現世本位の写実主義だけでは文学はつまらない。シェイクスピアでもハムレットの父が亡霊として現れると舞台が緊張する。同じように『源氏物語』でも物《もの》の怪《け》が登場すると俄然迫力が増す。『葵上』『夕顔』などの能は『源氏物語』の女たちが霊として登場するからスリルがあるのである。恨《うら》みを抱いて死んだ人は成仏《じょうぶつ》できず、怨念《おんねん》をはらそうとして現世に戻ってくる。あの世とこの世をつなぐ橋掛かりを通って亡霊が登場するのが夢幻能《むげんのう》である。ダンテ『神曲』の地獄篇でも亡霊が名乗り出て恨みつらみを語る。煉獄《れんごく》篇でも前世の所業を後悔しつつ語る。そんな劇的構造はいずれも同じである。ソーシャリスト・リアリズムは人間の尊重を説いたが、亡霊を無視することで人間性を蔑視《べっし》した。これは非常な間違いだった。

能は貴族が舞うから高級で、怪談は庶民が語る娯楽だから下級だなどと分けないでもらいたい。能も怪談も亡霊がある時点で突然正体を現す。『雪女』で巳之吉《みのきち》がうっかり吹雪《ふぶき》の恐ろしかった一夜の話をしてしまうと、お雪がいきなり縫物《ぬいもの》を放り出してすっくと立ち、「それは、わたし、このわたし。このお雪でした」と叫ぶ。同様に『幽霊滝の伝説』でも「あら、血が！」と叫び、最後に首をもがれた子供が現われる。その最後の一句が決定的なのである。

怪談というジャンルを巨視的に位置づけるとざっとこういうことになる。しかし怪談には東アジア的特性もあるのかもしれない。沙漠地帯の一神教の世界と違ってモンスーン地域の湿潤地帯は多神教である。前者は天地創造 Creation の創造者が主宰するが、後者は世界自成 Generation で神々も生物も自生する。前者の怪談はサイエンス・フィクションやホラーものになりがちだが、後者の怪談は人情に富み、人間界と交流する。そんな東アジアは人間味のある怪談に富んでいる。それを耳に留めて次々と再話したハーンは日本人の霊の世界を発見したという点で、やはり初志を貫徹して「文学上のコロンブス」となった人というべきではあるまいか。

ハーンと小さな生き物

この解説にはなお大切なことを書き足さねばならない。ハーンと小さな生き物の関係についてである。

節子の『思ひ出の記』にも山鳩《やまばと》、鶯《うぐいす》、蛇《へび》、蛙《かえる》、蝶《ちょう》、蟻《あり》、蜘蛛《くも》、蟬《せみ》、螢《ほたる》、松虫《まつむし》などが出てくる。また小さな動物としては明治二十四年の「春未だ寒さの身にしむ頃の事でした」として次のエピソードが語られている。

或夕方、私が軒端に立つて、湖の夕方の景色を眺めてゐますと、直ぐ下の渚で四五人のいたづら子供が、小さい猫の児を水に沈めては上げ、上げては沈めして苛めて居るのです。私は子供達に、御詫をして宅につれて帰りまして、その話を致しますと「おゝ可哀相の小猫むごい子供ですね――」と云ひながら、そのびつしより濡れてぶるぶるふるへて居るのを、そのまま自分の懐に入れて暖めてやるのです。その時私は大層感心致しました。

この「大層感心致しました」ということは上品に書いてあるが、節子がハーンの優しさに胸打たれた、いい人だと嬉《うれ》しく思ったということである。そしてそのすぐ先にハーンが山鳩のテテポッポ、カカポッポの鳴き声の真似《まね》をしたこと、庭に蛇が出てくると「蛇はこちらに悪意がなければ決して悪い事はしない」といって自分の膳の物を分けて「あの蛙取らぬため、これを御馳走します」といったこと、さらに「西印度にゐます時、勉強して居るとよく蛇が出て、右の手から左の手の方に肩を通つて行くのです。少しも害を致しませんでした」などと語ったことも記されている。

ハーンと虫の研究

ハーンは虫や蛙などを好んで随筆の話題とした作家であった。西洋では猿や驢馬《ろば》と同様、蛙は滑稽《こっけい》と頭から決められていて、それが詩の題材となることはあり得なかった。しかしハーンはそんな西洋的偏見に囚われる人ではない。東大でも昆虫の詩について講義して、その方面で優れているのは西洋ではなく、古代ギリシャと日本である、などと語っている。

世界的に有名な昆虫学者はファーブル（一八二三－一九一五）で、ハーンはその『昆虫記』の英訳を晩年に参照している。ファーブルは進化論に反対であったが、ハーンは進化論者としても昆虫に興味を抱いたらしい。ハーンが昆虫作家として第一級の書き手であることにいちはやく気づいた人は、ハーンの弟子の繞石《ぎょうせき》大谷正信で、すでに大正十（一九二一）年に北星堂から英和対訳で『小泉八雲・蟲の文學』を出している。これは俳句をたしなんだ大谷が、昆虫にまつわる随筆を書こうとしていたハーンに、虫類を扱った俳句を紹介翻訳して手伝ったこととも関係している。ハーンは民俗学的アプローチの手段として俳句を用いたが、その過程で、日本人の虫に対する感情をわがものとすることもでき、また西洋人では、チェンバレンと並んで、俳句という短詩形文学の最初の発見者ともなった。

ハーンは一八九〇年から一九〇四年の十四年間に十三冊の日本関係書物を公刊したが、虫にまつわる随筆が活字となるのは東京時代からで、日本滞在の半ば過ぎ、一八九八年の来日第五作にあたる『異国情緒と回顧』以降である。一九〇二年の『骨董』には一種の怪談として『蠅の話』、昆虫を題材にして書かれた随筆として『螢』、また英語で書かれた仏教文学ともいわれる『草ひばり』が収められ、一九〇四年の『怪談』には「昆虫の研究」という別立ての題で『蝶』『蚊』『蟻』が集められた。

だとするとハーンはさまざまな時期に書いた昆虫随筆をそのときどきに刊行した書物に少しずつ混ぜて出版したまでであろうか。それはハーンの他のジャンルの作品、たとえば怪談とか仏教研究とかとは無関係の、昆虫随筆や昆虫研究という別個のジャンルなのであろうか。そのようにみなす人は多いようである。それだから昆虫学者の長澤純夫は小泉八雲『蝶の幻想』を編訳して一九八八年に築地書館から出している。これは大谷正信の『小泉八雲・蟲の文學』にきわめて近い書物で、この長澤の書物には前者に収められた『蝶』『蚊』『蠅の話』『蟻』『蟬』『蜻蛉』『螢』『草ひばり』『虫の音楽師』『昆虫の詩』のほかに『蝶の幻想』と『蚕』が加えられている。それならばハーンのこの種の随筆にはマルティニーク時代の『百足《むかで》』とか『蛙』や猫（『病理的なるもの』）などの小動物も加えられるべきものであろう。

　ところで『怪談』に収められた最後の物語は『安藝之介の夢』だが、そこでは二十三年のあいだ、南の国の国守であった安藝之介が妃に先立たれて帰国してみると、じつは数分の夢だったと知る（いわゆる「南柯《なんか》の夢」である）。友人が、寝ていた安藝之介の顔の上を舞った黄色い蝶が蟻塚にはいったかと思うとまた出てきて安藝之介の口にはいったと言い、「蟻を調べればわかるかもしれぬ。蟻は不可思議な生き物だ」。そこで鍬《くわ》で蟻塚を掘ると、はたして一匹の雌の蟻の遺骸が見つかった、ということで話は結ばれる。この『安藝之介の夢』にひきつづく「昆虫の研究」の中にも『蟻』の話が出てくる。蟻塚のことも詳しく語られる。だとするとこの二つが無縁であるとは思われない。ハーンは巨視的な生物進化論の立場から人間社会と蟻社会を比較してその生と死を論じているのである。

種の有機的記憶

　イギリスの哲学者ハーバート・スペンサー（一八二〇 - 一九〇三）はダーウィンの『種の起源』（一八五九年）などの発見でキリスト教信仰がゆらいだ精神的空白を埋めるべく

生物・社会・道徳などの諸現象を進化論によって統一的に説明しようとした思想家で、その思想は、トマス・ハックスリー（一八二五－一八九五）の思想などとともに、アメリカ・日本・清末民初の中国などでは「弱肉強食」「適者生存」の思想としても非常なインパクトをもたらした。

十九世紀の末年、独学だがハーンはスペンサーを用いて仏教を再解釈しようとした。ハーンもキリスト教信仰を失って、それに代わる説明を求め続けた人である。西洋はショーペンハウエル（一七八八－一八六〇）以来、仏教に救いを求めるようなジェスチャーをした人がいるが、ハーンもその系譜に連なる一人である。

ハーンによれば、キリスト教と比べると仏教は進化論と矛盾するところがよほど少ない。遺伝学は先祖と私たちのあいだの関係を示唆《しさ》するが、それは前世と現世のあいだに因果があるとする業《カルマ》の発想に近い。そのような思想的立場からハーンは昆虫をも含めて霊魂とは何かを考えかつ論じた。ハーンは人間の霊はsoulであり昆虫の霊はghostであると差別するようなキリスト教的霊魂観はとらないし、輪廻転生《りんねてんせい》という仏教的発想に親しみを感じ、さまざまな生き物の連続性もすなおに受けとめた。

『草ひばり』の中で説かれた有機的記憶organic memoryとは、スペンサーが進化論に基づく彼の総合哲学において「生体内部で有機組織化された記憶」の意味で使ったものである。本能とは、有機組織化された種《しゅ》の記憶であるとする見方である。ハーンはこの説に与《くみ》し、『心』に収められた『前世の観念』でもそれを引用するが、人間のエゴも個ではなく、過去に生きた人間の無数の経験の合成で、霊魂も一つの複合体であるとする。ハーンはキリスト教的な個の霊魂観よりも、種の霊魂観により真実があるのではないかと考えた。ハーンは人間についても個人的経験のほかに、人間が過去に受けた無数の感動、未開時代に民族の中に有機組織化された深いおぼろげな印象が心の中に蓄積されているとしたが、動物や昆虫についても同様であると考えたのである。

人の魂と虫の魂

虫や小さな生き物を大事にしたハーンの人柄や、それを研究したハーンについてはすでにふれたが、ハーン自身はキリスト教的な霊魂観とは違う日本人の霊魂観にじつは心ひかれていた。両者の違いは何か。前者は霊魂 soul はゴッドによって創られた人間のみのもので動物や昆虫には霊魂はないものとする。そのような考え方が支配的だから、獣や鳥や魚や虫に魂のようなものがあったとしても、それを soul とは呼ばない。呼ぶとすれば ghost という。そのような人間至上主義的なキリスト教文明圏の言語的区分の中で育った人であっただけに、ハーンは日本に来て「一寸の虫にも五分の魂」という言い方があることに気づいたときは、諺《ことわざ》の言わんとする「小さく弱い者にもそれ相応の意地があるから侮《あなど》りがたい」の意とは別に、虫に魂の語が用いられているそのことに驚いたのである。『草ひばり』の冒頭でハーンはこの諺をローマ字で Issun no mushi ni mo gobu no tamashii. と引用しJapanese Proverbと英語で説明はつけたが、その諺そのものの英訳はつけなかった。「虫の魂」をsoul of a wormと直訳すれば西洋人読者に違和感を与えることをおそれたのであろう。

ハーンはまず仏教が霊魂不滅を否定することに感銘を受けた。

来日以前からアメリカ人オールコット大佐の手になる『佛《ぶつ》教《きょう》 教義問答』（Henry S. Olcott, *The Buddhist Catechism*）をハーンはよく読んでおり、日本にも持参した。『東洋の土を踏んだ日』の第七節には横浜のお寺でその本を「ごらんなさい」とすすめられたと出ている。それが事実かフィクションかはわからないが、ハーンがこの小冊子に関心を示したであろうことは察知できる。その問答の二二七から二二九には次のように出ている。

「仏教は霊魂の不滅（immortality of the soul）を教えますか」

「霊魂（soul）とは誤った観念を言い表わすために無知無識の人が用いる言葉だと仏教は考えます。万物は流転し、それには人間も含まれますから、人間のあらゆる物質的部分は変化します。変化するものは不滅ではありません」

「霊魂という言葉の何がそのように問題があるのですか」

「人間だけが他のあらゆる存在（entities）や宇宙のすべての存在とは別の存在であり得るという考えと結びつき得るからです。この霊魂だけが別格であるという考え方は、論理的に証明不能であるし、科学的にも裏付けはありません」

「それでは私（I）と言う別箇のものは存在しないのですか」

「まさにその通りです」

では、このような非キリスト教的宗教的風土の日本における霊のことを、西洋語ではなんと呼べばよいのか。『生霊』や『死霊』の作品には living spirit, dead spirit, Shadow などさまざまな英語表現が出てくることは訳註にも指摘したが、しかしハーンが特定の英語単語で特定の日本語単語を訳しているわけでもない。また Shadow（影）などとともに「Shade（陰）は亡者や死者の魂を表すが、特にギリシャ人やローマ人の死者について話すときに用いられる」とハーンは熊本で五高生に教えていた（黒板勝美のノートによる）。『草ひばり』の中でも虫の魂に対し一度目は「その極小の魂が目を覚ます」といって soul をあてたが、それを繰り返すことは避け、二度目には「小さな籠の中の微小な霊魂《ソウル》」には ghost をあてている。不滅の霊魂は人間だけのものとする西洋人読者の感受性に対する配慮もあってのことであろう。なおハーンが魑魅魍魎《ちみもうりょう》やお化けや鬼について用いる、ghost 以下の存在である goblin などの英語の用法や訳語についてはさらに検討するに値することのように思われる。

生物進化論の中で巨視的に位置づける

キリスト教では人間と人間以外の動物を霊魂の有る無しで区別した。しかしそのような区別も、人間についての霊魂不滅の考えも、十九世紀の後半、ダーウィン『種の起源』（一八五九）が学問世界で受け入れられるに及んで、急激に信憑性《しんぴょうせい》を失いはじめた。衝撃が西洋思想界を走った。遺伝学や進化論はキリスト教的人間観の根本にある霊魂不滅の考えを破壊したからである。ハーンは瞼《まぶた》の母との再会を望む気持が強かっただけに、彼岸の世界にも強い関心があった。若いときからキリスト教信仰を失ってしまったハーンを世間は道を踏み外した者として白眼視したが、ハーンは、不可知論者ではあったかもしれないが、無神論者でもなければ唯物論者でもなかった。生来きわめて宗教的な人であったと私は考える。それだからオールコットの『佛教教義問答』の解説などにも関心を示したのであろう。

心の奥底にそんな宗教的説明を求めようとするなにかがあったからに相違ないが、ハーンは進化論的に東洋の宗教を解釈することでその空白を埋めようとした。それはじつはハーン一人にかぎらず十九世紀の末年にあったキリスト教的西洋にあきたらない西洋の一部の人々の「光は東方より」とする西洋脱出の思想運動の一環でもあったろう。それだからこそハーンはやや声高《こわだか》に日本の神仏教は遺伝学や進化論と両立し得ると、その可能性を強弁したのであろう。「神道に固有の真理の要素とは、生者の世界は死者の世界によって直接的に支配されているという考えである」。このハーンの神道解釈の断案は、生者が祖先を敬いその教えに忠実に従うという意味で日本人は死者によって支配されているとする。これはじつは伝統的に農業社会であり老人の智慧《ちえ》と経験を重んじた日本の特質でもあったろうが、ハーンはそれは同時に遠い祖先から遺伝子を伝授されその働きによって生者が支配されているという遺伝学的現実にも近いものであると考えたのである。

そのような立場に立つハーンであったから、怪談もただ単にファンタスティックな物語としてだけでなく、文字通り死後の霊の世界をかいま見せてくれる作品、ghost story としてハーンには親身に感じられたのにちがいない。そしてその霊の世界には人間の霊 soul も昆虫の霊 ghost もともに含まれていたのである。文学者でもあり宗教者でもあり科学者でもあったハーンの怪談の背景には、そのような進化論的な見方がときに現われては消えてゆく。そして仏教の前世の観念や神道の先祖崇拝もその見方の中で再解釈されてゆくのである。

怪談に並んで昆虫の研究が登場する所以であるが、そのようなハーンのアプローチを擬似科学的と評する人もいるであろう。また虫をいたわるハーンを感傷的と評する向きもいるに相違ない。ハーンはアメリカ時代から科学にまつわる啓蒙的評論などもいろいろ書いた、文学や民俗学だけではなく、理系の学問についても仏教についても、独学で実に多くを勉強した記者であった。ただしときに文章を売らんかなの擬似科学に類する論に陥ることがなかったとはいえない人でもあった。

しかし宗教にせよ、哲学にせよ、死者の世界を語るものは、おおむね大同小異なのではあるまいか。ハーンの所説を聞くうちに、私には彼と同時代人であったニーチェが説く永劫回帰の思想などが思い出されて、微笑せずにはいられないのである。

翻訳について

訳出に使用した英文テクストは、十六巻本 *The Writings of Lafcadio Hearn* (Boston and New York: Houghton Mifflin Company, 1922) の第十一巻 *Kottō and Kwaidan* も参照したが、しかしこれは校訂者の手で句読点などが改められているので、それぞれ一九〇二年にMacmillan から、一九〇四年に Houghton Mifflin から出版された *Kottō* と *Kwaidan* の単行本を一九七一年に復元した Tuttle 社の版本を使用した。

訳者は小泉八雲著・平川祐弘編『怪談・奇談』(講談社学術文庫、一九九〇年)で『怪談』を中心に本書収録作の半ば近くはすでに訳出していたが、その既訳分も大幅に改訳し、他は新しく訳出した。また日本人読者には自明と思われる事柄について述べた原註もすべて訳して、ハーンや当時の西洋人読者の日本理解の程度を示す一助とした。なお再話ものの訳出に際しては原拠に出てくる日本語の言いまわしや固有名詞など、ハーンの英文に沿う形であるかぎり、それを活かすようにつとめた。

ハーンが用いた原拠の多くは富山大学ヘルン文庫に保存されている。『怪談』『骨董』に限らずハーンがいわゆる怪談・奇談に利用した原拠のテクスト三十点は、講談社学術文庫『怪談・奇談』に布村弘の目配りの行き届いた解説とともに覆刻されている。

なお原話がハーンの手でどう変容したのか、その研究は近年とみに数を増しているが、遠田勝の分析などすこぶるソフィスティケートしており意表をつくものもある。牧野陽子『〈時〉をつなぐ言葉――ラフカディオ・ハーンの再話文学』（新曜社）は芸術的感覚が研ぎ澄まされていて優雅である。私自身も『小泉八雲――西洋脱出の夢』『オリエンタルな夢――小泉八雲と霊の世界』『ラフカディオ・ハーン――植民地化・キリスト教化・文明開化』、さらに近くは『ハーンは何に救われたか』（勉誠出版、二〇一七年）、英語の *Ghostly Japan as Seen by Lafcadio Hearn*, Bensei Publishing, Tokyo, 2022 などで取り扱った。この英書が平川のハーン研究の総決算とお考えいただいて結構である。

本書は二〇一四年六月に河出書房新社より刊行された『個人完訳 小泉八雲コレクション 骨董・怪談』を改題・再編集の上、文庫化したものです。

怪談《かいだん》・骨董《こっとう》

二〇二四年 二 月一〇日 初版印刷
二〇二四年 二 月二〇日 初版発行

著　者　小泉八雲《こいずみやくも》
訳　者　平川祐弘《ひらかわすけひろ》
発行者　小野寺優
発行所　株式会社河出書房新社
〒一五一-〇〇五一
東京都渋谷区千駄ヶ谷二-三二-二
電話〇三-三四〇四-八六一一（編集）
〇三-三四〇四-一二〇一（営業）
https://www.kawade.co.jp/

ロゴ・表紙デザイン　粟津潔
本文フォーマット　佐々木暁
本文組版　KAWADE DTP WORKS
印刷・製本　中央精版印刷株式会社

Printed in Japan　ISBN978-4-309-42085-1

神曲 地獄篇

ダンテ　平川祐弘〔訳〕　46311-7

一三〇〇年春、人生の道の半ば、三十五歳のダンテは古代ローマの大詩人ウェルギリウスの導きをえて、地獄・煉獄・天国をめぐる旅に出る……絢爛たるイメージに満ちた、世界文学の最高傑作。全三巻。

神曲 煉獄篇

ダンテ　平川祐弘〔訳〕　46314-8

ダンテとウェルギリウスは煉獄山のそびえ立つ大海の島に出た。亡者たちが罪を浄めている山腹の道を、二人は地上楽園を目指し登って行く。ベアトリーチェとの再会も近い。最高の名訳で贈る『神曲』、第二部。

神曲 天国篇

ダンテ　平川祐弘〔訳〕　46317-9

ダンテはベアトリーチェと共に天国を上昇し、神の前へ。巻末に「詩篇」収録。各巻にカラー口絵、ギュスターヴ・ドレによる挿画、訳者による詳細な解説を付した、平川訳『神曲』全三巻完結。

デカメロン　上

ボッカッチョ　平川祐弘〔訳〕　46437-4

ペストが蔓延する14世紀フィレンツェ。郊外に逃れた男女10人が面白おかしい話で迫りくる死の影を追い払おうと、10日の間語りあう100の物語。不滅の大古典の全訳決定版、第１弾。

デカメロン　中

ボッカッチョ　平川祐弘〔訳〕　46439-8

ボッティチェリの名画でも有名なナスタージョ・デリ・オネスティの物語をはじめ、不幸な事件を経てめでたく終わる男女の話、機転で危機を回避した話など四十話を収めた中巻。無類の面白さを誇る物語集。

デカメロン　下

ボッカッチョ　平川祐弘〔訳〕　46444-2

「百の物語には天然自然の生命力がみなぎっていて、読者の五感を楽しませるが、心の琴線にもふれる。一つとして退屈な話はない」（解説より）。物語文学の最高傑作の全訳決定版、完結編。